遇见

终不能

幸免

梅子黄时雨 著

Beijing United Publishing Co., Ltd.

北京联合出版公司

图书在版编目（ＣＩＰ）数据

遇见，终不能幸免 / 梅子黄时雨著． -- 北京 ： 北京联合出版公司，2021.2

ISBN 978-7-5596-4834-1

Ⅰ．①遇… Ⅱ．①梅… Ⅲ．①长篇小说－中国－当代 Ⅳ．① I247.5

中国版本图书馆 CIP 数据核字（2020）第 248848 号

遇见，终不能幸免

作　　者：梅子黄时雨
出 品 人：赵红仕
责任编辑：高霁月
封面设计：吴黛君

北京联合出版公司出版

（北京市西城区德外大街83号楼9层 100088）

北京新华先锋出版科技有限公司发行

涿州汇美亿浓印刷有限公司印刷　新华书店经销

字数223千字　620毫米×889毫米　1/16　17印张

2021年2月第1版　2021年2月第1次印刷

ISBN 978-7-5596-4834-1

定价：49.00元

目 录
CONTENTS

LOVE IS PROVIDENCE

Chapter 1　你是谁的一见钟情

他说，世上哪有那么多一见钟情，

很多东西都是从吸引、感兴趣开始的。

一见钟情，不过如此而已。

江澄溪一直在研究一个问题，她到底是怎么招来贺培安的。

她妈石苏静就曾暴怒地用手指戳她的额头："江澄溪，你这个没脑子的，竟然会去招惹那种人！"

在三元市，"那种人"三个字是绝对的贬义词，大致是小偷、流氓、土匪、恶霸这类人的代名词。

江澄溪默不作声，在一旁做小媳妇状。她妈当年是三元电控厂一朵带刺的花，那嘴巴跟容貌一样，当年在厂子里可是无敌的。老爸江阳在众多追求者的重重围堵下带血突围，抱得美人归后，对石苏静那真是捧在手里怕掉了，含在嘴里怕化了。

一般男人多少还要点面子，怕老婆还担心被人知道。可好脾气的江阳从不遮掩，甚至会以怕老婆为荣。任石苏静再怎么样，他都是打不还手，骂不还口。骂累了，他会捧杯水给老婆："老婆大人，累了吧，喝口水，消消气！"被拧了耳朵，他还会捧着老婆细嫩的手吹气呵护："都是我的错。老婆大人，你打疼了吧，来，我给你捏捏……"

所以江澄溪自打懂事起，就明白了老爸江阳绝对算是一个极品，妥妥的一个"妻奴"，就像动画片里的灰太狼！面对这个"妻奴"惯出来的，可以在家里横着走、竖着走、倒着走的奇葩，你说她不做可怜状，这训话得拖到何时才能结束啊？

石苏静竹筒倒豆子般一口气说了半天，一看女儿红着眼颤着肩缩在沙发里，心倒也软了几分："还哭，哭什么哭？你如果真的嫁给他，以后有的是日子让你哭。"说到这里，石苏静刚压下的火气又上来了，真恨不得把她塞回自己的肚子，"江澄溪，你怎么就这么没心没肺啊！从小我也没虐待你啊，好吃好喝地供着。可你都吃到哪里去了？就长个子，不长脑子啊！"说着说着，手就往女儿身上抽，"叫你去惹这种人！叫你去惹这种人！"

石苏静恨不得仰天长叹，控诉老天对她的不公："我石苏静上辈子到底是作了什么孽啊？生下这么一个没脑子的女儿！"

江澄溪内心其实也非常委屈，她也不知道自己是怎么招惹上贺培安的。

她第一次看到贺培安，是在闺密王薇薇的生日聚会上。王薇薇的男友周士强在本市最大、最豪华的酒店订了一间大包房替她庆祝。

那天，江澄溪奉了王薇薇的"懿旨"，吃过早饭后就来到她家报到，然后把王薇薇从热腾腾的被窝里头薅出来。两人去逛街、吃饭，又去王薇薇事先预约好的美容会所做了全套护理。按她的话是"从头到脚地呵护一遍"。

呵护好，已经是下午四点多了，于是两人直奔酒店。不多时，王薇薇男友的朋友、朋友的朋友纷纷前来。王薇薇拉着她，给她介绍了很多初次见面的朋友，她含着标准笑容，一一说了句"你好"。再接下来就到了开席、举杯相祝的时候。

直到那时，一切还都在轨道上。

就在他们的包厢气氛正浓的时候，服务生在外头轻敲了一下门，然后推开门，躬身道："贺先生，请。"

周士强一看到来人，赶忙站了起来，神色明显受宠若惊："呀，贺先生，什么风把您给吹来了？"

那位贺先生浅浅一笑："我在隔壁包厢。刚在外面碰到了李汉威，他说你和培诚在这里……"

周士强忙让服务生腾出位置，加餐椅加餐具，殷勤热络得仿佛迎接某位政要。那贺先生的眸光不着痕迹地扫过众人，在江澄溪处微微停顿了一秒，对方若有所思地对着众人淡淡一笑："我脸皮厚，就不请自来了。大家不会见怪吧？"

周士强笑道："什么话！贺先生能来，不仅是我的荣幸，更是我们寿星薇薇的荣幸。"

贺培安接过服务生手里的酒杯，探手在桌上的旋转盘上轻轻碰了碰，道："我量浅，请各位多多包涵……"最后，他的视线停在王薇薇身上，"王小姐，祝你生日快乐。"说罢，他一仰头，将半杯红酒一饮而尽。

很久后江澄溪才知道，贺培安一般都是端一杯清茶，含着笑淡淡说一句："以茶代酒，天长地久。"此刻这样表示已经给足面子了。

那个时候，桌上的其他人，除了江澄溪、贺培诚和王薇薇之外，纷纷举杯，一口气喝光了杯中所有的酒。王薇薇暗地里拉了一下江澄溪的裙摆，示意她也喝完。之后王薇薇款款起身，妩媚地微笑："谢谢贺先生。"她端起酒杯，将自己满满的一杯红酒喝光。

贺先生嘴角微勾，露出淡淡的一个笑容，赞了一句："王小姐好酒量。"

江澄溪不是傻子，自然知道这个人的来头不小。她低垂眉目，却能强烈地感到那位贺先生的目光在自己身上停顿过。那个时候，她并不知道惹上贺培安的原因，其实是那天他推门而入的时候，第一眼看到的便是贺培诚跟她聊得兴味正浓。

"各位，招呼不周，请大家多多包涵。"贺先生顿了顿，对着江澄溪的方向，说了一句，"培诚，你等下代我请在座的各位朋友去会所好好玩玩。”

江澄溪听到自己身边的男子爽快地应了一句："好啊。"说罢，他微笑着对众人道，"既然我大哥都这么说了，大家等下就不用客气。该玩的玩，该喝的喝。"

想不到这个阳光帅气、刚刚与自己相谈甚欢的年轻男子，居然有这种气场强大、来头不小的大哥。江澄溪吃了一惊后便收敛了些，再不敢没心没肺地跟贺培诚说笑了。

最后，贺先生朝众人颔首示意了一下，道："抱歉各位，我还有事，先走一步了。大家慢用。"然后，他就转身离开了。

这便是江澄溪第一次见贺培安的所有经过。在母亲石苏静的纤纤玉指下，她毫不隐瞒地一一做了汇报。

其实那次见面，江澄溪就得出了这个人不好惹的结论，但从未想过自己以后会与他有那么深的纠缠。

如果时光可以倒流，就算有人拿刀架在江澄溪的脖子上，她也绝对不会去王薇薇那一场堪比"鸿门宴"的生日会。

隔了两天，王薇薇约江澄溪出去吃饭。除了周士强之外，居然还有那天坐在自己边上的那个阳光男。其实王薇薇当时给她说过他的名字，但叫什么她早忘记了。

一进去，那阳光男露着一口整齐的白牙朝她爽朗地微笑："嗨，你好。"

江澄溪礼貌性地回以微笑，转身凑到王薇薇耳边小声问道："他叫什么来着？"

王薇薇也早料到她不记得了，于是压低了嗓音："贺培诚。"

一顿饭下来，贺培诚颇为热情，不时与她搭话。饭后上了周士强的车，王薇薇从副驾驶座上回头朝她眨眼："澄溪，你觉得贺培诚怎么样？"

这个贺培诚的意思太明显了，傻子都明白。江澄溪把零碎的长发夹到耳后，慢腾腾道："无感。"

王薇薇则对着化妆镜补唇彩："拜托，要求不要这么高好不好？江澄溪，你真以为你现在还十八啊。后浪推前浪，我们已经属于被后浪拍在沙滩上的那种了！"

江澄溪避重就轻，不愿多谈："薇薇，我不是挑。真的只是对这位贺培诚没感觉而已……"

王薇薇"啪"地一下合上手上的化妆镜，挑着精致的眉毛，一副光火的表情："江澄溪，你醒醒吧。陆一航去美国都四年多了，据我所知在那里也换了两任女朋友了。你再这么执着下去，你就等着做'剩斗士星矢'吧！"

江澄溪每次听到"陆一航"的名字，心里不免有些苦涩，这次也不例外。她也知道王薇薇是真心为自己好。她这个人素来心软，见王薇薇露出跟她妈如出一辙的那副恨铁不成钢的表情，口气不由得软了下来："我真没有一直记着他啊……"

话还未说完，王薇薇已经白了她一眼，说道："你这是此地无银三百两。"末了，她语重心长地道，"澄溪，你那个时候才高三，不过是个小屁孩，懂什么啊？再说了，老话说得好，初恋本来就是用来分手的。陆一航去美国的时候我就跟你说过了，你们之间到此为止，不可能再有以后了……你还不信，一直痴痴地等。你看你为了他，原本是可以考重点的成绩，结果后来呢……还有，在大学里头，恋爱是必修课程，就你……都成'望夫石'了！"

这些年来的事实证明，就算当年的王薇薇也不过是个高中小屁孩，但那时的眼光就是比现在江澄溪的眼光还毒辣。江澄溪叹了口气，辩驳道："薇薇，我跟你说过很多次了。我真不是等陆一航，我只是对其他男的没感觉而已。"

江澄溪也不知道到底是因为她的初恋刚萌芽就被扼杀了，还是因为她没有碰到真正与自己有缘的人。这些年，她确实没有谈恋爱。

她说的也是实话，这么多年，她根本没有刻意地去等陆一航，她只是一直有些不明白，陆一航走就走了，为什么没跟她说清楚？若是陆一航当年说一句："澄溪，我们就这样吧。"那么她也就死心了。但是陆一航没有，他明明好好的，说以后天天通邮件，说希望她也一起去留学，转身却一声不吭地出国念书了，从此再也没有和她联系过。仿佛两人从未相识，更未相恋过一般！

那个时候已近高考，父亲江阳一直对她寄予厚望，希望她可以入读省里那所最好的中医学院。很小的时候，江阳就把她抱在膝头，给她讲解什么"金革羽水气"的脉法练习，教她练手指的敏感度，说切脉如同看书，脉象也有八纲，八纲脉必须要掌握；稍大一点就给她分析脉象，教她认识一些草药，跟她解说阴阳和病人的病情，比如从脉象确定人体脏腑的阳盛阴衰，从而确定病情之类的。

高考前最后一次模拟考的成绩出来后，原本一直名列前茅的她跌出了班级前三十名。班主任感到吃惊，以为是她压力太大，得了考前综合征。老师把她的父母请到学校，语重心长地谈了半天，又对江澄溪做了各种思想工作，说了只要她能正常发挥就绝对能进第一志愿之类的话，让她放松情绪，以最佳状态应对高考。

可是没用！江澄溪的成绩不明原因地一落千丈，在最终的高考中爆出了她当时所在高中的"特大冷门"——发挥严重失常。父亲江阳一直以来都希望她可以报考中医学院，继承他的衣钵。可那个时候，她的分数只能念一个护理专业。

母亲石苏静查到高考分数的第一反应自然是："不可能，我们家囡囡绝对不可能考这点分数。"可后来也不得不接受现实，石苏静在沙发上坐了半天，之后咬牙吐出了两个字："复读。"但江澄溪垂头丧气，双眼发白犹如瘟鸡："妈，我不要复读。我再也不想高考了，再也不要高考了。"

石苏静虽然恨铁不成钢，但江澄溪将自己反锁在房间里，三天里不吃也不喝，不得已加上心疼，她还是跟江阳一起接受了女儿不复读的决定。

在大学里，她读的护理专业几乎整个系都是女的，就是一般人俗称的"尼姑系"，僧多粥少。一些班里有几个男的，哪怕长相如恐龙，也都被当成国宝，早早瓜分了，哪里轮得到她？再加上她是走读，不住校，跟学校的男生根本没有什么机会接触。

王薇薇闻言，哧声道："你没处怎么知道有没有感觉呢？怎么也得处过了才知道啊。"之后，她又说起了贺培诚，"不过，我也不是特地要撮合你跟贺培诚。他那个大哥可不是什么善茬儿。今天这事我倒有点对不起你，本来我就只约了你……"

事情是这样的：王薇薇约好了江澄溪，刚结束通话，周士强的电话就跟着打进来了，王薇薇随口说了一句，说晚上她跟江澄溪一起吃饭。结果，隔了不到一分钟，周士强又打了电话过来说贺培诚在，晚上想请她们一起吃饭。

王薇薇是人精，自然听出了周士强电话里的意思，知道贺培诚绝对就在他边上。她也知道周士强素来就想跟贺家搭上关系，现在这么好的机会，他自然不会放过！这种情况下，王薇薇也不好意思拒绝。就这样，四个人一起吃了饭。

像他们这样的，吃了饭肯定有后续活动。周士强提议去酒吧，贺培诚赞成，王薇薇表示随便，江澄溪则不表态，于是四个人去了酒吧。江澄溪之前也去过几次酒吧，一来有王薇薇罩着她，二来江澄溪酒量不错，倒也从未喝醉过。她老妈石苏静对于两人偶尔去酒吧之事也很清楚。由于江澄溪向来乖巧，加上嘴甜又机灵的王薇薇在她面前再三保证，所以石苏静也就睁只眼闭只眼，偶尔让女儿出去放放风。

江澄溪入座后，贺培诚便在她边上坐了下来："江小姐，喝什么？"

王薇薇打了个响指叫来了服务生，在服务生耳边说了几句，听到贺培诚这么一问，便微笑着替江澄溪答道："我们澄溪从来只喝特调酒。"

贺培诚一听，不由得定睛打量着江澄溪，心里"咯噔"一下，暗道：真是有眼不识泰山，居然是酒中女豪杰！

不一会儿，服务生把他们的酒端了上来，放到江澄溪面前的是一只矮酒杯。贺培诚自然认得，这种杯子是酒吧里头专门用来配伏特加的。

贺培诚一晚上一直在找话题，头一个是："江小姐在哪里工作？"

江澄溪礼貌地回答："目前在毕业实习。"

贺培诚又问："那江小姐在哪里实习？"

江澄溪被一口一个的"江小姐"叫得起了鸡皮疙瘩，不过彼此并不熟，她也不好意思说请你不要叫我江小姐了，基本没人这么叫我。另外，贺培诚对她过分的热情，令她感觉有些头大。

于是，江澄溪一边向王薇薇发出求救信号，一边回答他："目前在我爸爸的诊所帮忙。"

"原来伯父是开诊所的，看不出江小姐出自医学世家……"

……

王薇薇接收到了江澄溪的求救信号，便眼波流转、似笑非笑地插话进来："哟，贺培诚，你这聊天的口气倒有点像是 FBI 查案。"其实王薇薇已经够婉转含蓄了，若是换了别人，她肯定杏眼一瞪，口气不善："怎么？你要录口供啊？去去去，一边站着凉快去。"

贺培诚哪里听不出王薇薇在拿他打趣，遂笑了笑，直言不讳地承认自己的目的："薇薇，那是因为我很想交江小姐这位朋友，所以想深入沟通、了解而已。你看我，风流倜傥、玉树临风的，不差吧……"

王薇薇大笑："哎，贺培诚，这年头见过自吹自擂的，没见过你这样自吹自擂的。就你那一表人渣的模样，拜托，为了保护自己，爱护他人，请不要这么晚出来吓人了……我们躲都来不及……"王薇薇的声音素来又娇又软，一番话含笑说来，哪怕是调侃，也叫人骨头都禁不住酥了。

这个似是而非的打岔，令气氛逐渐变得轻松。贺培诚笑得前仰后合，露出一口好看的白牙。周士强则搂着王薇薇，毫不避讳地亲了一口，当众秀恩爱："躲什么呢？来来来，我们四个人难得一起出来，干一杯吧。这叫作及时行乐。"

几只杯子轻轻触碰，贺培诚看到江澄溪豪气地将杯中之酒一饮而尽。

他不由得目瞪口呆、两眼发直："江小姐，佩服佩服。"

王薇薇轻撩着长发，艳光四射地笑："我们澄溪是出了名的千杯不醉。我素来尊称她为女酒神。"

周士强有心为贺培诚搭线，趁机道："培诚，大家都是朋友，你就不要这么客套了。江小姐前江小姐后的，你不累我们听着也嫌累，叫澄溪就行了。"王薇薇面上噙着笑，私底下却狠狠拧了他一把，意思是你凑什么热闹。

聪明的贺培诚立刻从善如流："澄溪，你也不要叫我贺先生了。我的朋友都叫我培诚。"

一个晚上下来，贺培诚看到江澄溪豪爽地喝了好几杯酒，出来的时候也只是脸色微红，没有半点醉意。

贺培诚微笑道："薇薇，能否给我个机会送澄溪回家？"

王薇薇笑道："贺培诚，咱们可都是千年的狐狸，就别玩什么聊斋了。我可实话实说，送我们澄溪的这个机会可不会轻易给人的。至少要过五关斩六将才行。"

贺培诚姿态闲适地摊了摊双手："那下次吧。我对自己有信心。"

王薇薇哧哧地笑："这年头有信心确实是件好事。"

清亮如明珠的路灯下，贺培诚对着江澄溪欠了欠身，舒舒朗朗地一笑："那么，澄溪，下次再见。"

第二天早上，江澄溪照例是被父亲江阳叫醒的："囡囡，起床了。"

江澄溪睡眼惺忪地翻了个身，青蛙似的趴在床上怎么也不肯动："爸……让我再睡十分钟。"

过了片刻，父亲又敲门进来："囡囡，快起床了。都七点半了，爸爸还要赶去诊所开门呢。"

江澄溪八爪鱼一般伸着腿脚，哈欠连天："老爸，好老爸，我好困，再睡一会儿……就一会儿……"

江阳见自己女儿的可爱模样，也不忍心再吵她，于是爱怜无限地摇头叹息，蹑手蹑脚地退出了女儿的房间。

江澄溪只觉自己才又睡了不过几秒，母亲石苏静的声音就在她房间里响了起来："江澄溪，你倒是给我看看，现在已经几点了？太阳都已经晒屁股了！别因为在你爸的诊所上班，你就随便偷懒。要是你在别的地方工作，难不成也这样三天两头地迟到？"

　　说了半天，只见江澄溪翻了个身，照旧赖在床上，石苏静"唰"地一下拉开了窗帘，让清晨明亮的光线照进来。她不急不慢地使出了撒手锏："江澄溪，要是你再不起来，可别怪我把你的苏小小扔到马路上去……"

　　话音落了才一秒，江澄溪已经腾地一下从床上跳了起来，趿着拖鞋冲进了浴室洗漱："妈，我起来，我起来了。"

　　她老妈石苏静在这个家里那可绝对是说到做到的主儿。这么大冷的天，把苏小小这只龟扔到马路上不是活活要它的命吗？

　　拉开餐椅一坐下，围着围裙的江阳立马给女儿端上了一小碗热气腾腾的小米红枣白豆粥："囡囡，你妈发威了，还不快吃。"

　　石苏静在边上自然听得一清二楚，顿时柳眉倒竖："一大早的，怎么说话呢！"

　　江阳马上讨饶："呀，老婆，这纯属口误……口误……"

　　江澄溪幸福地微笑，胡乱吃了几勺，搁下碗："爸，我好了，走吧。"

　　临出门，在玄关换鞋的时候，她还没忘记苏小小："妈，你记得把苏小小的窝搬到阳台上，让它晒晒太阳……"

　　冬天的清晨，薄雾蒙蒙。江澄溪和父亲江阳像往常一样来到诊所。已经有好几个家长带着孩子在排队了，见了江阳，纷纷上前："江医生，您来了……"

　　江澄溪一进去，赶忙戴上塑胶手套，扫地擦桌子。擦好后，她便去烧水，帮父亲泡一杯参茶，轻手轻脚地搁在父亲桌上。

　　江阳正取下听筒，挂在脖颈："有点炎症，家里有治疗咳嗽的药水吗？"

　　家长："有。"说着报了一个牌子。

江阳道："这个药水可以用。我再给你配点消炎的中成药。你们家长要特别注意一点，如果反复发热的话，就必须要去正规医院做个详细检查。"

家长应了一声，又连声道了谢，然后到小郑和江澄溪这里配药拿药。

接着下一个人又抱着孩子上来："江医生，我女儿……"

江医生摆手道："你不说我也知道她最近肠胃不好，估计还上吐下泻。你孩子的鼻根处青筋外露，肯定有肠道方面的病。青筋的颜色这么深，看来病得不轻，来，我先给她把把脉……"

江家是祖传的中医世家。据说江澄溪曾祖父的曾曾祖父还曾经是皇宫里的御医，但到底是真的还是中途添加了点料，她就不得而知了。不过，她从小就知道父亲从当年坐堂行医的祖父手里学得一身医术，后来进了市中医院，主治中医儿科。前几年由于母亲石苏静身体不好，父亲便提前从医院退了下来，在梧桐路上开了个小诊所。

江澄溪虽然不大相信自己的曾曾曾祖父做过御医，但不得不承认父亲还是有点本事的。记得开张的第一个月，很多家长便慕名而来。因为父亲看病，一来对症下药，药到病除的案例极高；二来价格公道。几年下来，江氏中医儿科在三元市的家长圈里颇有口碑。但凡三元市的孩子有个头疼脑热的，亲戚朋友都会关切地问一句："找江医生看过没？"大家口中的江医生便是江澄溪的父亲江阳。

在诊所，每天上午都非常忙碌，吃中饭基本都在下午一点多。到了四点，父亲就雷打不动地拉下铁门关诊所了，一路散着步去菜市场买菜，回家煮饭煲汤，侍候老婆。日子过得那叫一个悠闲滋润。

父亲一生中唯一可以挑剔的大约便是她了。江澄溪知道父亲有的时候很希望自己是个儿子，可以继承他的衣钵。当年她没考进中医学院，想来父亲心里多少是有些失望的。不过他从未将这种失望表露出来过，总是慈爱万分地对她说："囡囡，人的一辈子过得很快，只要你开心就好。开心最重要的。"

王薇薇向来很羡慕江澄溪有这样的父母。她曾不止一次地对江澄溪说："江澄溪，你知不知道，我其实特讨厌你。讨厌你有这么幸福的家庭，讨厌你有这么爱你的父母……总之，我讨厌你的一切。"最后，王薇薇总是把右手做刀子状架在江澄溪的脖子上，下巴四十五度微扬，然后以一句"江澄溪，你等着，总有一天我会代表月亮来消灭你的"结尾。

江澄溪当然知道王薇薇在跟对方开玩笑，每次王薇薇对她这么说的时候，她总是笑眯眯地一把搂住对方的脖子，亲亲热热地道："薇薇，没关系，有我喜欢你，有我对你好啊。"或者："来啊，快来呀，我等你快来消灭我。"

每每到了这个时候，王薇薇总是用一种很奇怪的感动眼神看着她，弄得江澄溪毛骨悚然，摸着竖起汗毛的光裸手臂，胆战心惊："薇薇，你应该没有蕾丝边的倾向吧？"王薇薇便会"嘿嘿嘿嘿"地笑，脸上露出一丝坏笑，扑上来："亲，恭喜你，答对了。"

江澄溪有温馨的家庭，从小父爱母爱充裕，又有王薇薇这样的好闺密，所以她一直觉得自己过得很幸福，也很知足。

诊所的午饭向来都是在隔壁一条小吃街的餐馆订好的，每天由餐馆准时送来。忙了一个上午，虽然江澄溪不是主力人员，而且中间还吃了几块饼干垫底，但也已经饿得前胸贴后背了。这时一看到餐馆送吃的过来，她赶忙与小郑在茶水间将饭菜碗筷一一摆好，然后又招呼父亲："爸、马阿姨，吃饭了。"

四个人才坐下来吃了不到片刻，便听见外头响起了"欢迎光临"的音乐声，看来又有病患上门了。江澄溪自觉地搁下筷子起身，出去招呼。

见到来人，江澄溪明显一愣："咦，怎么是你？"居然是贺培诚，此刻正笑意融融："嗨，澄溪。原来你真的在这里。我刚好路过这条路，看到上面写了江氏中医儿科，便进来看看是不是伯父的诊所，结果运气这么好……"

江澄溪"呵呵"微笑，她不傻，怎么可能不知道这个所谓的"巧"字里头有很多文章。这时，江阳也从里头走了出来，见到一个年轻帅气的男子，明显认识自己的女儿。他便抬手放在唇边，假意"咳嗽"了一声。

贺培诚见此人五十多岁的模样，一身白大褂，立刻了然他的身份，朝江阳欠了欠身："这位一定是江伯父吧。江伯父，您好，我是贺培诚。"

江阳将贺培诚从头到脚打量了一番，见他文质彬彬，礼貌也颇周到，看上去倒也合眼缘，遂笑了笑："你好。"

由于贺培诚，那日回家的一路上，江澄溪被父亲用"不着痕迹"的眼神各种打量。她只好澄清道："爸，我跟他真不熟，才认识几天而已。"

江阳一副"我是过来人，我明白"的模样，语重心长地做起了长篇报告："囡囡，小年轻都是这么过来的。从不熟到熟再到很熟……我家囡囡年纪也不小了，谈恋爱也正常。想当年，我追你妈的时候……"他啰里啰唆地又说了一遍自己追石苏静的光荣史，末了，还不忘老王卖瓜般地把贺培诚夸一句，"这姓贺的小子挺会看人的，看上我们家囡囡，不错！有眼光！"

第二天下午，贺培诚又出现了，还给诊所的人带来了精致的小蛋糕和奶茶。江澄溪看到小郑和马阿姨含着促狭笑意的眼神，觉得有些如芒在背。

她直截了当地问贺培诚："你不会又是正巧路过吧？"

贺培诚一副正经模样，点头："是啊，我正好路过。"

江澄溪摸了摸自己的鼻尖，暗忖：她难道真的长了一副"人傻、好骗、速来"的模样吗？

第三天下午，贺培诚又来了，带来了三元市最有名的甜品店的甜品。江澄溪眉头大皱，几近打结："又路过？"

他脸微红，气倒不喘："嗯，是啊，又正好路过。"他笑眯眯地指了指城西的某个方位，"我家住那里。"

江澄溪闻言，简直欲哭无泪："你的意思是每天都会路过？"贺培诚不答，望着她微笑，一口白牙熠熠发亮。

往他家那个方向，三元不知道有多少条路。但贺培诚每天一定要经过她家诊所那条，江澄溪也实在是无计可施。毕竟马路又不是她们家的！

小郑这吃货已经抱着甜品在一旁大快朵颐了。等贺培诚走后，小郑露出一副好吃到"默默流泪"的表情："这贺培诚，可真是好人哪！好人！这年头，好人已经不多了。澄溪，你得好好把握。"

江澄溪对着自己面前的琥珀果仁双皮奶，头也不转地从齿缝里蹦出几个字："别烦我，我烦着呢。"

接下来的日子，贺培诚三天两头"路过"，令诊所的小郑每天午餐一过便开始期盼各种蛋糕、甜品、奶茶、咖啡。有时，她甚至会在诊所门口探头探脑："甜品外卖怎么还没到呢？"

这日下午，江澄溪不得不抽出时间，请贺培诚喝咖啡。贺培诚一副喜出望外的表情，让江澄溪倒有些不好意思开口了，就怕一个不小心得罪了人家。

但是这种事情拖不得，必须开口，还是快刀斩乱麻的好。两人入座后，各自点了单，服务生刚转身离开，江澄溪看准时机，开门见山地道："贺培诚，其实我想跟你说，咱们不合适，真不合适……"

贺培诚眼含笑意，波澜不惊地打断她未完的话："怎么不合适了？我看咱俩挺合适的。年龄上，我才比你大半岁。再说了，你长得漂亮，我长得也不赖啊！我就觉得咱俩怎么看怎么合适……"

这明显有被倒过来说服的节奏了！趁自己目前态度还坚定，江澄溪赶紧打断了他的话，准备来个速战速决："Stop！可……我跟你之间最大的问题是，我对你没感觉。"

贺培诚依旧望着她微笑，江澄溪不得不承认这厮皮肤白净，眯着眼笑起来的时候露出一口好看的牙齿，还真有种偶像明星的味道。他说自己长得不赖，还真不是臭美。

他温柔地凝望着她："澄溪，你现在不喜欢我，没关系。日久见人心，等时间一长……澄溪，你会发现我的好的。"

还时间一长，时间长她就要疯了。难道贺培诚真的是代表月亮来消灭她的吗？看来沟通已经无望了，她想了半天，觉得应该来一招狠的，于是说："贺培诚，这不是时间长与短的问题，是喜欢不喜欢的问题。我有喜欢的人了，我很喜欢他，所以你没有机会了！"

想不到他根本无动于衷，隔着铺了田园风味的格子桌布的小长桌盯着她看了片刻，然后缓缓一笑："哦！没关系啊！我可以和他公平竞争。没结婚之前，大家都有机会。是不是？

"澄溪，你可以不喜欢我，可你不能让我不喜欢你啊。再说，就算你结婚了，说不定某天也会离婚的，我不还是有机会？"

她还没结婚就已经被他咒离婚！算他狠！江澄溪"灰溜溜"地战败而归。

她实在搞不懂贺培诚喜欢她哪一点，扪心自问，论长相，她比不过王薇薇；论身材，她也比不过王薇薇；论家世，她还是比不过王薇薇。

王薇薇她爸是三元一家中型企业的老板，家中资产在三元来说，虽不能排在前头，但也绝对属于颇为有钱的那种，再怎么也比他们这种平头小老百姓强。

事隔很多年，贺培诚才告诉她当年为什么会对她感兴趣，会喜欢她。是因为王薇薇生日那天，同一桌上的几位女孩子，就她一副没心没肺的样子，注意力全在美食上。而其他几位，不是小心翼翼地细嚼慢咽，就是顾及淑女形象，各种搔首弄姿，做作得让人倒胃口。

贺培诚可以说自从朋友间开始应酬以来，从未见过很多优质男子在旁，会有江澄溪这样没心没肺只顾吃喝的女孩子。他觉得很新鲜又很有趣，聊过之后，越发觉得她性格单纯，容易满足。贺培诚很少见到这样清新自然的女孩，所以就非常感兴趣。

那时，贺培诚还坦白地对她说了一句实话。他说，世上哪有那么多一见钟情，很多东西都是从吸引、感兴趣开始的。一见钟情，不过如此而已。

因为石苏静的身体不好，所以江家的家务活从来都是江阳一手包办。他素来注重养生，又是爱妻专业户，所以每天早餐便是各种爱心粥，山药薏米芡实白米粥、小米白豆粥、赤豆粥、绿豆粥等，以及专门针对石苏静糖尿病做的高纤维馒头。这些粥品对女人的身体特别好，婚后的这些年，石苏静在江阳精心的照顾下，糖尿病病情十分稳定，二十多年来从未有过并发症。对于从小就是 1 型糖尿病患者的她来说，这简直是一个奇迹。

这日，江澄溪很快喝完了粥，跟着父亲步行到了诊所，便开始忙碌。过了两个小时左右，她已经饥肠辘辘。逮了个空当，她便溜出诊所，去对面的超市买了牛奶和几包饼干。

穿马路的时候，她左右看了看，这才缓步通过。此时一辆停在自家诊所门前的车子突然发动，朝她撞过来。也不知道是自己不注意，还是车子里的人没察觉到她的存在。等江澄溪发现的时候，离她仅有一只手臂的距离。

江澄溪一惊之下，赶忙后退数步。正在千钧一发间，车主也发现了这个状况，赶忙踩一个急刹，嗪的一声急急停了车子。男子第一时间下车，连声致歉："不好意思，万分不好意思。你有没有事？我送你去医院检查一下吧？"

抱在手里的两包饼干因她的后退动作落在了马路上。江澄溪弯身捡了起来，有些心疼地吹了吹包装上沾到的灰尘，估计里头的饼干已经成碎块了。听到车主的询问，她头也不抬地道："我没事，你没有撞到我。下次小心。"说完，江澄溪起身便想走。

那人一下挡在她面前，拦住了她，从口袋里掏出了精致的名片盒，取了一张递给她："小姐，这是我的名片。这样吧，如果你回去后觉得有什么不舒服的话，就联系我。我会负责到底的。"

现在的社会，人情淡薄，发生这样的事情，很多车主一听没事，估计早开车走了，像他这样的人倒是不多见。

江澄溪不由得生出了几分好感，认真地打量了那男子一眼。这一打量，发现那人竟然有一张英俊好看的脸，温柔的眼里诚意十足。哪怕江澄溪平素不好男色，也不得不承认眼前的这个男人有一种魔力，令他身边所有的一切都褪成了灰暗背景。极品啊，配上他身后的光线，这照片若是拍出来，肯定是史无前例的惊艳美照。

提起美照，其实江澄溪平素还有一个爱好，就是拿着她那台最廉价的单反拍照片。想要拿国内国际大奖那是一辈子都不可能的，那些照片最大的用途不过是放在电脑里头自我欣赏。

发呆了数秒后，回过神的江澄溪赶忙摇头，根本没有想接名片的打算："不用，我真没事。"

那人见她如此，似乎还是不放心，态度更诚恳地道："要不你留个电话给我，过几天我打你电话再确认一下，也好放心。"

如果这个社会多点这样的人，世界也会更美好。江澄溪莞尔一笑："我真没事……看到那里了吗？"她随手指了指自家的诊所，"你放心，我就在诊所工作。我很确定你没有撞到我，我也没有受任何伤，所以你用不着再跟我确认了。再见！"

说罢，她便头也不回地回了自家诊所。她以为这样的事不过是个小插曲，不过数分钟便被她抛在了脑后。

几天后，下午时分，诊所刚清闲下来。小郑正在给最后两个病人取药，她在边上帮忙。突然听见有人在门口敲了敲，诊所并不大，所以江澄溪听见响声，以为又是贺培诚来了，苦大仇深地抬头，发现来人居然不是贺培诚，而是那天差点撞到她的英俊车主。

那车主看见了她，嘴角飞扬，露出一个动人心魄的微笑："你好。"

江澄溪颇为惊讶："你不会是来确认一下我有没有事吧？"

男子含笑上前，姿态潇洒地摊了摊双手："我看我现在已经不用确认了。"说罢，他风度翩翩地向江澄溪伸出了手，自我介绍道，"你好，我叫钟文言。"

江澄溪在身旁小郑灼热的目光下伸出了手，与他轻轻一握："你好，我是江澄溪。"

钟文言闲聊了几句，不外乎说她没事他就放心之类的话，便告辞了。

那时候小郑已经送走了最后一位病人，钟文言前脚才跨出大门，她就惊呼出声："哎哟，哎哟。这人长得好帅啊，笑起来很像韩剧里的那个李敏镐，还有两个酒窝……天哪，天哪，我的心，如今碎得跟饺子馅似的。这是老天要亡我的节奏吗？"

她朝江澄溪左看右瞧，上上下下地打量了好几番，挤眉弄眼地道："澄溪，看不出来嘛，最近桃花朵朵开啊。贺培诚和刚才这个都是我喜欢的男人的类型啊！"花痴过后，她又会用手并成大刀状，搁在江澄溪的脖子处做威胁，"快说，快说，你最近是不是去千佛寺拜过菩萨，求过桃花啊？"

三元城外的千佛寺据说菩萨灵验，有求必应，所以向来信者众多，香火鼎盛。

江澄溪自问不是她的敌手，忙双手合十，连连求饶："小郑姐，您放心，您给我放一千一万个心。如果我去千佛寺的话，我一定会求菩萨把我所有的桃花都转给你的。OK？"

小郑这才满意地点头，放过了她："小样，看在你认错态度端正的分儿上，主子我今天就饶你这狗奴才一命吧。"

"奴才谢小郑主子的不杀之恩。"

"去给我倒杯茶来。"

"喳，主子。"

两人嘻嘻哈哈，吵吵闹闹，在诊所的每一天都过得很快。

小郑是标准的外貌协会会员，加上江澄溪没告诉过她贺培诚那吓人的身份，所以小郑对贺培诚一直颇有好感。若是旁人的话，江澄溪早恨不得把她跟贺培诚"送做堆[1]"。可贺培诚这根骨头实在太大、太硬了，考虑到一般人都啃不了，所以她再三考虑后决定还是不祸害小郑这棵国家幼苗了。

贺培诚三天两头地继续"路过"，态度诚恳礼貌周全，挑不出一丁点儿的错。江澄溪实在是拿他一点办法也没有。江阳在边上冷眼旁观，对贺培诚的表现倒是颇为满意的，总结一句"不错，这孩子倒也心诚！"自己手上有个宝，而对方是个识宝的人，日子一久，江阳不免有种惺惺相惜之感。

---

[1] 此处指将男女撮合在一起。

这期间呢，钟文言也来了几次，除了要电话外，甚至开口约她："江小姐，虽然你没受伤，可我一直觉得过意不去。能否给我一个机会请你吃顿饭，当作赔罪呢？"

吃顿饭当赔罪！多港剧多小言多八点档的搭讪借口啊！江澄溪也觉得纳闷，他这算是对她有意思吗？在追她吗？

不过，纳闷归纳闷，不解归不解，江澄溪还是委婉地拒绝了："钟先生，真不用。你看我没病没痛，好吃好睡的。再说，你都确认这么多次了，还不放心啊！要不，我给你写份保证书吧，就算我有个头疼脑热的，也绝对跟钟先生你没有任何关系！"

拒绝钟文言后，江澄溪打了个电话给王薇薇汇报情况。王薇薇第一反应是一愣："不会吧？宝马车主和被撞车者，也太像言情小说了吧？那车主还有点像李敏镐……"她沉吟数秒，迟疑着道，"澄溪，你确定不是你会错意？"

诊所又不是只有她一个人，不算她老爸江阳吧，至少还有马阿姨和小郑。江澄溪觉得自己已经够后知后觉的了，会错意的可能性是非常低的。

江澄溪一愣后装作勃然大怒："王薇薇，你这话什么意思？我有这么差劲吗？"虽然她不认为自己漂亮到会让人随便搭讪……王薇薇也意识到了自己的错误，立刻端正了自己的态度："亲，是我的错，都是我的错，是我惹的祸！我不是这个意思啦。你大人有大量，就饶了小人这一回吧。你呢，绝对是属于那种人见人爱、花见花开、车见车爆胎……哎呀呀，我词穷了，你自己在后面加几句。"

江澄溪被她逗得十分欢乐："行了，行了，已经够恶心了。我全身都起鸡皮疙瘩了，你饶过我吧。晚上，我爸爸做我最喜欢的土鸡煲，我还想多喝一碗汤呢……"

王薇薇笑骂："你这吃货，就知道吃！"

江澄溪再度"大怒"："哪怕是吃货，我也是可爱的吃货，好不好？"

王薇薇哈哈大笑："吃货，还有可爱与不可爱之分吗？"

江澄溪愤愤不平："有，当然有！"

王薇薇语重心长，谆谆告诫："好啦，可爱的吃货，快春天了，你给我少吃点。知道'二月不减肥，夏天徒伤悲'不？你前几天不是才跟我说你胖了两斤？"

唉，正中软肋。江澄溪顿时无言以对。

王薇薇跟她完全是不同的型，走不同的路线。江澄溪继承了她妈石苏静的容貌，五官倒挑不出错，眼是眼，鼻是鼻，只是耐看有余，跟那种一笑百媚生的女人味儿实在是搭不上边。王薇薇的说法是："江澄溪，你这模样要是生在古代，那真是家门都要被媒婆踏破了。"王薇薇没有说完的话，江澄溪倒是知道的，可惜啊，现在不流行她这款。

现在流行的是王薇薇的样子，眼媚嘴嘟下巴尖，再加上前凸后翘的S形身材。王薇薇也知道自己的优点，平日里就喜欢穿贴身衣裙，毫不吝啬地与大众分享她的好身材。每每跟她逛街，不喜化妆、清汤挂面长发的江澄溪便是那墙上一小朵壁花，而且是属于用放大镜也找不到的那朵。好在，她也喜欢。

江澄溪刚挂了电话，贺培诚拎着下午茶就上门了："澄溪……"

一听到他的声音，江澄溪恨不得自己可以立马土遁。王薇薇说贺培诚这一招毒辣，这么下去，就算她江澄溪不承认贺培诚是男友，周围的人也会把他等同于她男友。以后江澄溪若是遇到自己喜欢的人，哪怕那人对她也有好感，可被贺培诚的身份和架势一吓，估计就以为名花早有主人，自觉地把好感的小苗苗生生掐死在萌芽状态，另谋其他佳人去了。

看来，为了自己以后长期的幸福着想，心软不得。抽时间她真得去一趟千佛寺，求菩萨把贺培诚这朵烂花转给小郑……不，转给谁都行，只要不在她眼前晃悠就成。

江阳这段时间也在默默观察贺培诚，看这小年轻每天准时报到的心诚模样，倒真有几分自己当年的影子，不免有些英雄重英雄惺惺相惜的好感。于是这日回家，他把贺培诚的情况汇报给了家中的最高领导石苏静。

石苏静听后，琢磨了半晌，说了一句："我看囡囡对他没意思，况且那人的家庭情况我们一点也不了解。依我看，还是沈擎不错。老沈家夫妻俩明里暗里都是这个意思。这沈擎，毕竟你在中医院带过他一年。再说了，你不是一直想有个人继承你的衣钵吗？"

江阳叹道："再不错也没用。沈擎啊，囡囡明摆着不喜欢，要是喜欢的话，早在一起了……"

石苏静："这结婚啊，是细水长流地过日子。要找一个人品好，真心对囡囡好的人。我一直觉得沈擎好，模样周正，单位稳定，最重要的是他心地好，有责任心，又孝顺。再说，老沈夫妻也是你们医院的，两家也算门当户对、知根知底。

"可我呢，也不知道囡囡到底是怎么回事，不知道是在这方面没开窍呢，还是真不喜欢沈擎。我明着暗着试探了她一段时间，前几天还问她，你沈大哥在国外怎么样？可她没半点上心的，一直在边上逗苏小小玩，好半天才回我一句，说就跟沈擎发过一封邮件……"

江阳递了一小截黄瓜给她："沈擎去进修了，要明年才回来，具体该如何也等他回来啊。搞不好他早有意中人了呢？就算现在没有，这还要一年多的时间，谁也说不准啊。再说了，我们家囡囡说大不大说小不小，要是一不小心给耽搁了……唉，实在太纠结矛盾了。囡囡她不谈恋爱，我急，怕好的男孩子都被别人家挑光了。可她要是真谈恋爱了，嫁人了，我也急，我想想都舍不得，你舍得啊……唉，真是左右为难！"

石苏静又何尝不是如此，不过他们两人再怎么商量也商量不出一个结果来。于是她尝了一口黄瓜，不再继续这个话题："这黄瓜不错，哪里买的？"

"就街口小刘那里，说是新品种……我特地尝过，挺新鲜的，正好适合你吃。"

石苏静："水分倒是蛮足的，挺爽口。"

江阳："你喜欢就好，明天我再去买点。"

老两口一片脉脉温情。

Chapter 2　我一直在等你的路上

你可以等那个有感觉的人到来。

可在他来之前，你在等的路上，

总可以跟别人先聊聊天、说说话吧。

天气逐渐热起来，终于可以脱掉厚厚的外套了。

王薇薇的眼睛毒辣，这一点在购物方面体现无遗。跟她逛街的时候，随随便便扫上一眼觉得不错的东西，都会让江澄溪的小胖钱包立刻瘪了。

这日，陪逛的江澄溪也买了一件春装和一款皮鞋。虽然还蹭了王薇薇的 VIP 卡可以打折，但这一买，这个月的工资就全部泡汤了。她在她爸那里，每个月可以领到两千多元的基本工资。吃住家里全包，这工资就等于是零用钱。她没什么开销，平时小日子还是过得很滋润的，可每次跟王薇薇一买衣服一消费就捉襟见肘了。

王薇薇则跟往日一样，乐此不疲地进了一个店又一个店，大包小包地买了不少战利品。到最后，穿了平底鞋的江澄溪都吃不消了，讨饶道："薇薇，我们今天就到此为止吧。要不，明天再战江湖？"

王薇薇今天买到了几款心头好，龙心大悦，于是女王大赦天下："好吧。看你今天陪我逛街的分儿上，请你去明道吃饭。"

周士强很快"奉诏"过来接她们，去了东城的明道。王薇薇素来喜欢在明道吃日本菜，所以江澄溪也来过几次，在包厢里搁下手提包后，便熟门熟路地去了洗手间。

等她从洗手间回来，跪着的服务生拉开包厢门的时候，江澄溪就郁闷了。贺培诚居然也在。

见到江澄溪，他的笑容灿烂得叫人晃眼："澄溪，看我们有缘吧。我刚好也在这里吃饭，这么巧就遇见薇薇和士强了。"

这样的话也不知是解释还是掩饰。看情形，多半是周士强捣的鬼。现在这个社会多个朋友多条路，江澄溪早看出来周士强有心结交贺培诚。

现在贺培诚跟他们一起吃饭既已成事实，再去猜想其中的过程已经毫无意义了。江澄溪当是给王薇薇和周士强面子，客气微笑："是啊，真是好巧。"

她后来才知道，明道就是他们贺家的。楼上有一层专门留给贺培安招待客人，从不对外开放。

自从王薇薇把贺培诚的背景告诉江澄溪后，她每每见了贺培诚都笑也不是、哭也不是。

王薇薇告诉她，贺培诚与贺培安是同父异母的兄弟，他们的老爸则是贺氏公司的贺仲华。贺仲华在几年前已经去世，刚留学归国的贺培安接手了他爸在贺氏的位子。

这个并不厉害，厉害的是这位贺培安先生的外公，那是当年三元鼎鼎大名的祝国重，人称"重爷"。据说是个一跺脚，整个三元也会抖三抖的人物。如今，接祝国重位置的是他当年收养的干儿子李兆海，人称"海叔"。这个李兆海一生未婚，素来把贺培安当作自己的儿子。所以贺培诚的那个大哥贺培安虽然年轻，但三元市面上的人物无论地位高低、年纪大小，见了他都会客气地尊他一声："贺先生。"

贺培诚斯文俊俏，是现在流行的花样美男的长相，身后居然有这种势力。唉，江澄溪每每念此，不免暗暗感叹一句：这世道，真是人不可貌相，海水不可斗量啊！

从此之后，她能躲就躲、能避就避，实在没办法，就诚惶诚恐加一万个小心翼翼。她对贺培诚没有任何感觉，不想跟他有任何牵扯，但也不想得罪他，谁知道得罪他会有什么后果。

于是，此刻，江澄溪就万分客气地在贺培诚的身边坐了下来。

一顿饭的时间，贺培诚热情地给她添菜。

江澄溪实在吃不消，暗中不停地向王薇薇使眼色，想让她早点结束这顿饭。王薇薇倒也识相，吃了七七八八，便捶着腿直嚷累："我今天和澄溪逛了一天，累惨了。士强，我想回家了。"

周士强早被王薇薇在暗地里拧过大腿了，于是接了话："好吧好吧。"说完，他抬头朝贺培诚耸肩微笑，一副无奈的表情，"女人啊，都这样……逛的时候恨不得逛到天黑，把整个商场搬回家，逛好了又嚷嚷着叫累。"

贺培诚一笑，侧头道："澄溪，我顺路，送你回去吧？"

江澄溪已料到他会这样说，忙道："不用了，不用了。有薇薇呢！"

贺培诚见状除了微笑外，倒也没再说什么。江澄溪真心觉得贺培诚这点还是不错的，除了每天去她父亲的诊所给她送下午茶点，然后不时出现在她身边外，其他方面倒也不会勉强她。江澄溪在知道他的身份后，吓得第二天根本不想去上班，就怕他带一群墨镜黑衣的保镖守在她老爸的诊所门口。好在，贺培诚没这么做过。

不过欣赏归欣赏，江澄溪可不敢跟他有任何关系。一是怕，二是实在没感觉。王薇薇摇头叹息，对她无可奈何："OK，你可以等那个有感觉的人到来。可在他来之前，你在等的路上，总可以跟别人先聊聊天、说说话吧！再说，有很多感情是处出来的，说不定处处就有感觉了。"

但江澄溪对此一直不同意。感觉这东西玄得很，有就是有，没有就是没有。

想当年，她对陆一航可不是这样的。每次见了他，她都心里小鹿乱撞，眼神也不敢与他相碰，连手脚都不知道往哪里摆。那种感觉现在想来心都还是酥酥麻麻的。还有夕阳下，那次的初吻，两唇相触碰的时候，天地静止，整个世界像被按下了暂停键，但那清润甜蜜，心跳得快要从胸口而出的感觉比拥有了全世界还快乐……

胡思乱想的后果就是在下台阶的时候，她一脚踏空，直愣愣地往地面扑去……

贺培诚站在身边，赶忙一探手："小心——"他一把捞住她，避免了她与地面来一次零距离的亲密接触。

王薇薇也来来搀扶她："澄溪，你没事吧？"

江澄溪脸色大窘，唉，实在不该想那次接吻的。真的是色字头上一把刀，弄得她现在这样尴尬。幸亏天色昏暗，多少掩饰了她的尴尬。

王薇薇不明就里，不免嘀咕她："好好的也会摔一跤……"

江澄溪第一时间从贺培诚的臂弯里抽身，尽量地保持距离："没事，我没事。我只是脚滑了一下，谢谢，谢谢。"

温香软玉满怀的贺培诚自然笑得很欢："没事，尽量摔！也让我有机会表现表现。"

王薇薇闻言，没好气地道："贺培诚，你还想占江澄溪的便宜，想得美。"

春日的傍晚，街头的路灯已经点亮。贺培诚含笑抬头，扫到不远处伫立着正在候车的一群人，其中有两个熟悉的身影。他走上前去欠身打招呼："大哥、海叔。"

贺培安闻言转头："培诚，你也在这里用餐？"

李兆海微点了一下头。

两人身边的随从、保镖等人纷纷低头欠身："诚少爷。"

贺培诚对贺培安回道："是啊，刚跟朋友在里头用完餐。"

此时两辆车子停了下来，李兆海身边的人拉开了门，在车边候着。李兆海道："培安，你们兄弟俩慢聊。我还有事，就先走了。"

贺培诚忙欠身："海叔慢走。"

两人目送着李兆海的车子远去。贺培安问道："要不要带你的朋友去酒吧玩玩？"

贺培诚："正准备过去呢。"

贺培安淡淡微笑："玩归玩，不过可不许在海叔的场子里闹事。"

贺培诚一笑："哥，知道了。这三元城，谁敢不让着我啊？就算借他们几分胆量也不敢。"

贺培安含笑拍了拍他的肩膀，上了另一辆候着的车子。

关上车门的一瞬间，贺培安便收敛了脸上的所有表情，心里玩味似的对贺培诚方才搂抱着的那个女人琢磨了半晌。其实方才江澄溪跌入贺培诚怀里的那一幕，贺培安在不远处看得一清二楚。

他望着外头流水般蜿蜒而过的五彩夜景，沉吟了一会儿，转头问向念平："调查过那个女人吗？"

这样没头没脑的话，想来也只有他手下的向念平能够明白。

向念平回道："嗯。"

天气回暖后，江父诊所的生意相对冷清了些。毕竟小孩子最容易在季节更替之际患病。这日下午，诊所早早地送走了最后一个病人。

贺培诚算准了时间，拎了几份焦糖鸡蛋布丁出现在诊所："小郑，澄溪呢？"

小郑一脸谄媚地接过纸袋，努了努嘴："在里头擦桌子。"

在办公室的江澄溪未见其人已闻其声，"泪流满面"地抬头，便瞅见父亲江阳脸上促狭的笑，她有气无力地抗议道："老爸，我跟他真的没什么。"

江阳捧着茶杯，慢条斯理地吹了吹浮沫，饮了一口，这才缓声道："女孩子有人追很正常。再说了，我女儿长得这么漂亮可爱，没人追那才有问题呢！"

江澄溪整理着父亲桌台上的物品，吐着舌头糗他："你这是王婆卖瓜，自卖自夸。"

江阳乐呵呵地微笑："囡囡，婚前多认识几个男孩子并不是坏事。婚前，女孩子就应该睁大眼睛多瞅瞅、多看看，挑一个好的。婚后，就不要瞅也不要看了，把眼闭起来还不行，还得哄自己：我已经挑了一个最大、最好的西瓜。"

江澄溪捧腹大笑："老爸，我现在总算知道你为什么这么能忍老妈了，敢情是你一直在哄自己：老妈已经是你挑到的最大最好的西瓜了，别的都是芝麻。您的道行确实是高。佩服啊！"

江澄溪并不否认父亲说的多瞅瞅多看看的理论。她老爸会如此说的前提是因为不知道贺培诚的身份，要是知道了贺培诚的背景，老爸估计还得愁怎么让她离贺培诚远点呢。

江阳喝了几口热茶，语重心长地道："囡囡，你可别只顾笑。老爸这经验可是金不换的。"

江澄溪点头如捣蒜："是，是，明白，明白。"

她从父亲的门诊室出来，贺培诚便迎了上来："澄溪，反正今天没病人了，要不我请你喝咖啡？或者带你去碧水路拍照，那里的樱花现在开得正好。"

江澄溪迟疑了一下，点了点头："去喝咖啡吧。"她思来想去，决定还是跟贺培诚把一切摊开来说比较好。

贺培诚的车子停在路边一家咖啡店的门口："这家店每天这个时间都有现烤蛋糕出炉。"

江澄溪讶异抬眉："你连这个都知道？"

贺培诚得意扬扬地笑，之后解释道："因为我妈很喜欢这里做的蛋糕，家里的阿姨天天来买。"

这里的咖啡的拉花精美得像是艺术品，蛋糕也是，叫人食指大动又不忍心把它们吃掉。江澄溪拿着手机变换角度拍了几张照，边拍边思忖着要怎么跟贺培诚开口。

贺培诚凑过来看她手机相册里的美照，这也是他第一次欣赏到她的照片。瞅了一眼后，他不禁张嘴"呀"了一声："澄溪，你很有天赋。不仅取景的角度好，构图也不错。你把人家的蛋糕咖啡拍好看了十倍不止，老板看到肯定会跟你要去照片做招牌的。"

江澄溪："没有那么好，我只是玩玩而已。"美的东西大家都喜欢欣赏，她也不例外，不过她更喜欢用影像保留下来。

这时贺培诚先发制人，他试探性地问："澄溪，经过这段时间，是不是发觉我的好了？"

江澄溪嘿嘿僵笑，极尽委婉："其实，培诚，我觉得，我们真的不大合适。"

贺培诚反驳："哪儿不合适了？我觉得我们各方面都很合适。"

江澄溪尽量保持嘴角的微笑："那我就实话问你。培诚，你到底是觉得我哪里好了，我改……"

后面的"还不成吗"几个字被一个惊讶温柔的女声打断了："培诚？"

抬头，只见一个极美、风韵极致的女子，正浅笑着朝他们款款而来。那女子只穿了一件裁剪大方的墨绿长裙，一头酒红色大波浪海藻一般地披散而下，手里挽了个同色包包。

如今流行卷发，街上十个女子有六七个都是一头轻舞飞扬的波浪长发。这明明是一副普通至极的打扮，在她身上却让人一眼惊艳。当那女子含笑走来的时候，整个小店的空气都似荡起了墨绿色的涟漪。

这人绝对是王薇薇美艳的升级版本。

江澄溪心里头还在暗叹，只见对面的贺培诚脸色微红地站起了身，神色十分腼腆不自然："妈，你怎么在这里？"

江澄溪差点吞掉自己的舌头，这个人居然是贺培诚的妈妈、王薇薇口中千娇百媚的温爱仪。在她的印象中，一直觉得王薇薇已经算是认识的人中美艳型的代表了，所以某日王薇薇用千娇百媚、美艳不可方物来形容贺培诚妈妈的时候，江澄溪觉得很夸张，曾经一度将信将疑过："薇薇，真有你说得这么美吗？"

结果看到王薇薇重重点头以示确认："千真万确！我只见过一次，就被她的美惊到了。"

美女与美女之间，素来都是互相不服气的。能让王薇薇如此心服口服的，江澄溪惊讶之余也就有了印象。

此时，江澄溪终于长了见识，看来世上真有如此让人惊艳的美人。

在这以前，江澄溪觉得贺培诚往人堆里一站，怎么看也算是个帅哥。此时，江澄溪真有些恨其不争，妈妈是这样一个大美女，贺培诚明明是有机会可以帅过布拉德·皮特和汤姆·克鲁斯的。可他居然仅仅长成这样，可想而知，他继承的基因估计都是些歪瓜裂枣。

贺培诚为江澄溪和母亲做了介绍。贺母含笑相问："江小姐，不介意我一起坐吧？"一口又软又糯的清润嗓音叫人无端想起江南的糯米汤圆，还有那些烟雨空蒙、水绿花红。

好在自己没存了做她儿媳妇的心思，江澄溪不卑不亢地欠了欠身："当然不介意。阿姨，您请坐。"

贺母笑盈盈地招呼江澄溪："江小姐，这里现烤的手工饼干和蜂蜜蛋糕很不错，你尝尝看。"说罢，她优雅地招来服务生，轻声细语，"一杯伯爵红茶。顺便再帮我端份你们今天现做的手工饼干和蛋糕。"

江澄溪这个吃货，自问可以拒绝很多诱惑，比如金钱、男色，但绝对抗拒不了美食。她曾经无数次地跟王薇薇开玩笑："薇薇，如果再次爆发战争，我被抓作俘虏的话，你记住了，用钱用权我肯定不招；用男色的话，我也不一定招；但你用美食，我肯定招，而且马上招，立刻招，毫无保留地招供。"

王薇薇翻着白眼，一脸汗颜："了解，再度确认了：你确实是百里挑一的吃货！"

那天下午，江澄溪根本没想到过"矜持"两个字，她喝了一杯咖啡，吃了两块蛋糕、三个不同口味的布丁、好几种手工饼干，撑到"扶墙"而出。

那个时候，她并不知道，正是那一次与贺培诚母亲的偶遇，三个人言笑晏晏、其乐融融的画面，造成了一个非常严重的后果。

碧蓝天空，阳光灿烂，三元城一片春暖花开。

这日，江澄溪见病人不多，便趁机跟父亲江阳请了半天假，准备到对街的理发店打理一下头发，然后去摄影采风。

理发店的人跟江澄溪很熟，见她过来，笑吟吟地上前打招呼："澄溪，穿这么漂亮，准备去哪儿啊？"

江澄溪看了看镜子里头的自己，只是换上了一套新买的春装而已，有那么大差异吗？她嘻嘻一笑："建仁哥，你的眼镜可以去换一副了，人家每天都很漂亮的，好不好？"

玩笑归玩笑，她还是认认真真地打量了一下镜子里头的自己，明明自己一直都是这样，可最近不知道怎么回事，确实如小郑说的，桃花运很多。前几天，从诊所走路回家遇到一个问路的，问好路后，居然还跟她要电话号码。而那个钟文言也来得更勤了，更别说贺培诚了。如果不是诊所要打开门做生意，江澄溪真想把门给反锁了。

连江澄溪自己都觉得不可思议。这样的情况若是发生在王薇薇身上，简直太正常了。可对象是自己，就有些夸张了。

建仁哥闻言，立刻笑皱了一张脸，谄媚万分道："对的，对的。澄溪每天都很漂亮。不过今天更漂亮。"话毕，他撩了撩她的头发，进入工作主题，"还是把头发修短一点吗？"江澄溪点头。

建仁哥唉声叹气做可怜状："澄溪，如果每个人都像你这样，我们这些理发店估计连西北风都没得喝了。"江澄溪多年来都是柔顺黑亮的长直发，从不烫染，一年修几次，也无非是剪短数厘米而已。

江澄溪闻言，故作惊讶地抬头瞅了瞅室外，一脸无辜地道："拜托，建仁哥，现在是春天了，当然没西北风喝啊。喝西北风要等到冬天，还要好久呢，你得慢慢等了！"话音一落，店里头的众人哄堂大笑。

殊不知，这些画面被外面车子里的人瞧得一清二楚。

江澄溪从理发店出来，刚准备伸手拦出租车，便听到有人唤她："江小姐。"

她侧头，看见一个穿着黑色西装的男子，小平头，国字脸。那人朝她微微颔首："江小姐，贺先生想见你，请跟我来。"

几天没出现的贺培诚不知道又在搞什么鬼了！反正兵来将挡，水来土掩。正好，她趁此机会一定要跟他说个清楚。

江澄溪跟着小平头来到了一辆黑色的豪车前。她蹙了蹙眉头，心道：贺培诚这家伙的车也真多，三天两头地换。

小平头甚是客气地拉开了后座的门："江小姐，请。"

江澄溪弯腰正要进去，忽然愣住了，眼前的这人竟然不是贺培诚，居然是贺培诚的那个大哥。他此刻正偏着头，不动声色地与她对视。江澄溪一下子愣在了那里，进也不是，退也不是。

数秒后，这位贺先生倒是先开了口："江澄溪小姐，请问能跟你聊几句吗？"就算他这样闲闲地叠腿而坐，双手交叉搁在腿上，抬着头漫不经心地说话，浑身还是散发着一股让人难以拒绝的气势。

不愧是有个叱咤三元城的外公，哪怕如今这位贺先生从事的是正道生意，那世家的气势也还是在的。江澄溪的一只手搁在车门边，进退两难之下，只好硬着头皮道："贺先生，请问有什么事？"江澄溪感觉到自己的手心有些潮湿。

一瞬间，她反复想了好几遍，她应该没得罪过这位贺先生吧。她跟这位贺先生除了他弟弟贺培诚之外，应该没有其他任何交集。

只见那个贺先生此时轻扯嘴角，朝她一笑。那笑容又浅又凉薄。江澄溪不知怎的心里有些发虚，连笑容也有点发颤："贺先生，有话请直说。"

贺培安笑笑，简洁地吐出两个字："上车。"四周的温度似乎一下子凉了下来。江澄溪望了望对面的诊所，虽隔了一条小马路，但依旧能从透明的玻璃门隐约望见父亲坐在桌子前的身影，身子前倾弓成了平日写诊断时的幅度。这条街的四周都是熟人，跟几个五大三粗的男的在这里僵持着，似乎也不明智。

她沉吟了一下，跨进了车子。坐下来后，她注意到原来一直在车边候着的小平头，在她上车后也坐上了前面副驾驶的位置。

贺培安吩咐道："开车。"

江澄溪心里咯噔一下，顿时又紧张了数分，嗫嚅道："贺先生，这是？"她看着司机发动了车子，如流水般地滑入了行车道。

贺培安："江小姐放心，我们一聊完就会把你安全地送回来。"闻言，江澄溪收回了视线，双手搁在膝头，正襟危坐，等待他说下去。

他说："江小姐，下个月16号是个很好的日子，你看我们结婚怎么样？"江澄溪感到有些莫名其妙，心道：你结婚关我什么事？

她慢了半拍才察觉到不对：结婚？我们？她以为是自己听错了！可是不对……她倏地转头瞧着贺培安："贺先生，你说什么？我们结婚？"

贺培安依旧淡淡的表情，似在跟人闲聊气候般云淡风轻。江澄溪却看到了他轻轻点头，薄唇微启，吐出几个字："是的，我们。"他嘴角轻抿地看着她，然后再度着重强调了一下，"我们，你跟我。"

江澄溪顿时瞠目结舌，活脱脱一副被雷劈了的模样："贺先生……你……"她想跟他说"你是不是疯了"，转念一想，不对，人家是三元城鼎鼎大名的"贺先生"。说他疯了，万一惹怒了他，会不会直接被人拉去灭口，第二天就人间蒸发了呢？

后来，她曾说起这个问题，贺培安的反应是斜睨了她一眼，回答她的除了"哼哼"两声冷笑之外，再无其他。

于是江澄溪改口，小心翼翼地道："贺先生，你是不是弄错了？"若不在车子里的话，估计她已经跳起身了。

贺培安好整以暇地望着她，嘴角轻动，露出一副人畜无害的笑容："你说呢？"

江澄溪直愣愣地瞧着他，半晌才反应过来，用手指指着自己："我跟……"又指向了他，"你？"她吞了口口水，再度确认，"结婚？"贺培安依旧一副寡淡的表情，连眉毛都没动一下："不错。"

这真的不是自己听错了！她的脸色一下子变了："贺先生，你在开玩笑吧？"

贺培安嘴角勾了勾，似笑非笑："江小姐，你是在说我吃饱了没事做吗？"

江澄溪脸色煞白，语无伦次："贺先生，我胆子很小，经不住吓……请问，我是不是哪里得罪您了？请您明说。我跟您道歉！是不是因为贺培诚先生……反正无论我怎么得罪了您，哪里得罪了您，我都跟您说对不起……不，我跟您斟茶认错赔礼道歉……"她也不知道自己在胡言乱语什么，可贺培安的那副表情，让她觉得如果不说什么的话就完了。

贺培安双腿交叠，双手抱胸，一副懒懒的模样。一直等她的话停下来，他才开口："下个月 16 号，你觉得怎么样？我让人查过皇历了，那天是宜嫁娶的好日子。至于钻戒、婚纱之类的，我今天就可以安排。"一副不容拒绝、事情已尘埃落定的模样。

江澄溪咽了口口水，皱眉道："贺先生，我想您肯定是搞错了。今天上车之前，我根本就不认识您。"

她与他，只在王薇薇的生日宴上见过一面。可那仅仅只能算是见过面，绝对不能说是认识。

贺培安不动声色地笑了笑，语调颇为温和："江小姐，你不需要胡思乱想，你只要知道一点，我们下个月 16 号会结婚。这段时间你安心待嫁就行了。"

待嫁？嫁给他？她又不是疯了！江澄溪那一瞬也不知道哪里来的勇气，回望着贺培安，缓缓微笑："贺先生，你觉不觉得你这样的情况应该去本市的公园路 255 号看一下比较好？"

贺培安一怔，然后迅速反应过来，本市公园路 255 号是 W 省赫赫有名的精神病医院。换句话说，她在拐弯抹角地骂他。

贺培安瞧了她半天，忽地嘴角轻轻一勾："江小姐以为我跟你开玩笑吧。不过，请江小姐好好想一想，我们这个三元城有几百万人，一半是女人。你说我会这么有闲情地从这几百万的人口里找你出来开玩笑？"

他一副"你以为你是谁"的模样。这几句话虽然不怎么好听，但是事实。江澄溪顿时噤声。

贺培安道："当然你也可以选择不跟我结婚。现在是民主和谐社会，当然尊重个人意愿。只是江小姐如果你不跟我结婚的话，恐怕伯父那边不会太好过……"

江澄溪终于知道她今天是遇见"瘟神"了！看来她真的应该去趟千

佛寺！此刻，她已经不想再听下去了，只想快点逃出这辆该死的车子。于是，她朝司机喊道："停车！"

司机哪里会听她调遣，车速不见半分缓下来。片刻后，贺培安不紧不慢地开口："小丁，没听见太太吩咐你停车吗？"

那小丁听见贺培安这么说，赶忙踩了刹车："是。"车子四平八稳地在路边停了下来。江澄溪一把推开车门，跳下了车。

在确定自己确实平稳着地后，她扶着车门转身，定定地瞧了贺培安一眼，道："贺先生，有病的话，还是应当尽早看医生，及时治疗为好。"说罢，她当着他的面，"砰"的一声甩上了车门。

她站在路边，这才注意到还有一辆车子跟着，此刻因为他们的车子停下来，那辆车也停在周围。

贺培安按下了车窗："记住了，下个月 16 号。"然后，他抽回视线，吩咐司机，"开车。"

两辆车子很快在江澄溪的面前消失。要不是身处于陌生的街道，她肯定会觉得这是个幻觉，或是一场梦。

但她沮丧地发现不是，因为她能清晰地感受到吹来的缕缕春风，像只温柔的小手轻轻地拂过脸庞。她抬头远眺，望着车子消失的方向，用尽力气吼道："贺培安，你有病啊，你全家都有病！"

她茫然了片刻，心里头七上八下的。也不知道这个贺培安说的是不是真的。然而她越想越觉得怕，就如他所说的，他又不是吃饱撑的，会跟她开这种玩笑。

江澄溪站在明媚万丈的春日暖阳下，越想越觉得害怕。

她给王薇薇打了个电话："薇薇，怎么办？我好像惹到不该惹的人了……"

王薇薇本是懒洋洋地窝在沙发里头，边翻杂志边听电话，听到江澄溪说到贺培安的名字，大吃一惊，从沙发上跳了起来："江澄溪，你马上给我过来，一五一十地说清楚，到底是怎么回事。"

江澄溪伸手拦车，急着想找王薇薇出主意。直到这时，她方意识到自己的手里居然是空的。她那个单反相机呢？虽然一再被王薇薇调侃："就你这破相机，掉在地上都没有人会捡。我又不跟你借钱花，你至于在我面前装那么穷吗？"

对此，江澄溪总是默默地道："这个相机用久了，有感情了，我舍不得把它换掉。"

可现在，这台虽然破旧但有了感情的相机被孤单单地遗忘在贺培安那家伙的车子里了。

这可怎么办啊？

思来想去，江澄溪最后只有认倒霉，就当被人偷了，先去薇薇家再说。

不料身后有个高高壮壮的男子突然走到她前面，也探手拦车。江澄溪在心里头哀叹："这种时候居然还有人跟她抢车。真的是福无双至、祸不单行！"

她思忖着按这个男子的块头，自己是怎么也抢不过他的，于是认命似的退后一步，让他先行。

那男子很快拦到了一辆车子，拉开了后车门。此时，很惊悚的一幕突然出现了，那高壮男子回头，声似响雷："贺太太，请。"江澄溪被惊吓到了，后退两步，左右前后地看了一遍，确认这路口目前就她和他两个人。

江澄溪见鬼似的看着他，只见那男子朝她欠身道："贺太太，请别见怪。是贺先生让我跟着你的。"

江澄溪做了暂停的手势："停！这位先生，我不认识你，在此之前也没见过你。请不要叫我贺太太，我不是什么贺太太。还有，这辆车子是你拦的，你先请。"说完，她掉头便走。

那男子对司机说了一句："师傅，不好意思。"然后"啪"的一声关上了车门，不紧不慢地跟着她。

江澄溪恼怒地转身瞪着他："我警告你，不要跟着我了，否则我报警了。"

那男子欠欠身："对不起，贺太太，是贺先生吩咐的。"

江澄溪觉得自己快被这个叫贺培安的人给弄疯了。她来来回回地想了好几遍，她真没得罪过他。她和他只见过一次面，唯一的交集是他弟弟贺培诚。

唉，看来这事肯定是贺培诚惹出来的。转念一想，再怎么惹，身为他大哥的贺培安也不应该娶她啊。贺培安这种身份的人怎么会跟她说要娶她呢？他是喝多了，还是今早出门的时候头被门框给挤傻了呢！

且不说她从未想过要跟他这样的人有任何交集。她跟他根本就不认识。今天之前她与他只能算有过一面之缘，那次她连他的脸长得是圆是方都没有瞧清楚……疯了，疯了，这世界疯了！

想到贺培诚，江澄溪立马翻出了电话通讯录，拨打过去。连拨了好几个，可回答她的一直是移动公司制式化的甜美女声："你拨打的电话是空号，请稍后再拨。"就知道贺培诚不靠谱，但也不能这么不靠谱吧！这么关键的时刻，他居然失踪了。

江澄溪见那男子的架势就知道他肯定是不会听自己话的，于是也不想白费口舌了。她继续拦车，这一次那男子还是恭敬地站在她身旁："贺太太，我来。"

江澄溪再次被"贺太太"这个词弄得大吃一惊，很不厚道地想起从前与王薇薇窝在沙发里看的那些 TVB 豪门争产电视剧，那些太太的明争暗斗那叫一个精彩。

她回想自己这二十年来做过的坏事，想来想去也没什么呀，除了高中的时候跟王薇薇瞒着父母老师偷喝过红酒，偷穿过抹胸小可爱迷你短裙，偷偷去过一次酒吧，跟王薇薇喝酒热舞，跟陆一航的早恋和初吻。其他方面，她都是循规蹈矩的。大学里除了逃过几次课外，连恋爱都没有谈过……唉！如此乏善可陈、毫无亮点可言的人生，怎么会跟贺培安这样的人物有交集呢？

那男子拦到车后，躬身道："贺太太，请上车。"江澄溪也认命了，索性大大方方地坐了上去，把地址报给了司机。那男子也不客气，一屁股坐进了出租车的前座。

到了王薇薇家所在的小区，江澄溪刚要掏钱包，那男子已经付好了车钱，殷勤地帮她拉开了门："贺太太，请。"江澄溪明显感觉到出租车司机转头盯着她看了两眼，那眼神让她立刻联想到了本市动物园的那对黑白国宝。

对这人来讲暗示根本不起任何作用，江澄溪只好委婉地明示："这位先生，我安全到了。你的任务已经完成，请回去跟你的贺先生复命吧。好走，不送！"

那男子欠欠身，道："贺太太，您叫我小古就可以了。我奉命保护贺太太，没有贺先生的同意不能离开。请贺太太见谅。"

江澄溪再没理这个小古，熟门熟路地去了王薇薇家。小古跟在她身后，则被保安一把拦下："请问您找谁？"

王薇薇家位于三元的某高档别墅小区，物业安保十分严格。江澄溪以为这次总可以把人给甩了。结果刚到王薇薇家门口，便看到小古在后头追了上来。江澄溪目瞪口呆：保安怎么把这家伙给放进来了！

她急急忙忙地把门"砰"的一声甩上，然后直接瘫倒在王薇薇家的沙发上。

王薇薇听完她今天的经历，虽然前面已经被惊吓过了，但此刻还是难以置信地双目圆睁，活脱脱一副被雷劈后的模样："Oh，My God……Oh，My God……真的假的？"

江澄溪双手捂面，完完全全地不知所措，她发出"呜呜呜"的愤愤悲鸣之声，恨不得直接撞墙昏过去算了："你刚刚有没有看到你家门口那尊门神？就是姓贺的派人来盯着我的。唉，逢年过节我妈拉我去千佛寺，我没少拜菩萨也没少磕头啊！怎么会有这种劫难呢？"

她愁眉苦脸地拉扯着王薇薇，只差没下跪了："薇薇，你从小就比我漂亮，比我能干，比我聪明，比我主意多，反正什么都比我强。你快帮我想想办法呀，有道是救人一命胜造七级浮屠啊！"

王薇薇可不是江澄溪，什么人可惹，什么人不可惹，她精明着呢。在三元，贺培安绝对是属于"不能惹"里的不能惹。

王薇薇苦思冥想了半天，真没什么招。装病吧，按人家贺先生这副势在必得之势，就算你江澄溪昏迷了，也照样可以把你架进礼堂。古代还有抱公鸡拜堂的案例呢。他贺培安拎着这么个昏迷的新娘进教堂，又有什么呢！搞不好还感天动地，让不明就里的人以为他对爱人不离不弃，至死不渝呢。

不同意，那就等于在等死。江澄溪不了解贺培安，王薇薇却道听途说了不少。虽然他看上去一副人畜无害的温和模样，但如果不是个狠角色的话，当年才二十出头的他怎么可能接手父亲贺仲华的位置。就算是那时候一些叔伯看在他刚去世的父亲面上让他接了，但没那个能力也走不到今天。现在的贺培安明面上是贺氏企业的老板，可暗地里，三元的三教九流哪个不对他恭恭敬敬、礼让三分啊？

现在唯一希望的就是贺培安在开玩笑。可王薇薇知道，那种可能性比中奖的概率还低。贺培安这么一个大人物，怎么可能跟江澄溪开玩笑？难不成真是一见钟情？

王薇薇心里一动。她抬眼仔仔细细地看了看江澄溪。江澄溪其实长得很清秀，皮肤白皙柔嫩，眼睛黑亮，好像黑白玉雕琢成的棋子。

王薇薇脱口而出："澄溪，贺培诚那个大哥不会是真的喜欢你啊？"江澄溪正捧着马克杯在喝水定神，被王薇薇的这句话吓到了，那口水一下子进了气管，昏天暗地一阵狂咳："薇薇，难道你也疯了吗？"

贺培安喜欢她？亏她想得出来！江澄溪咳得脸红脖子粗，说话也语无伦次："拜托，我就在你生日那天见过那个姓贺的一次。再说了，那天好几个女孩子，哪个不是比我长得好看，打扮得比我漂亮？他难道是瞎子吗？"

王薇薇回想那晚情景，来回确认了数次，确实如此。然而再怎么想也想不通到底是为何。她琢磨了许久："贺培诚在追你，贺培安随便一查就应该知道了。他又不缺女人，为什么一定要跟你结婚呢？解释不通呀……"

"我听说贺培安在女人这方面还是蛮洁身自好的，很多人都说他身边没什么女人。难不成他是个 gay（同性恋），想娶你回去做掩饰？"很快，她就摇头否定了自己的想法，"也不对，就算他是个 gay，现在这个社会对这个也蛮开放的。再说了，他这样的人怎么可能会介意别人的眼光和看法？退一万步说，就算他想娶个老婆做掩饰，想要傍款爷一步登天的女人多的是。既然能用钱随便摆平的事情，何必要娶你这么大费周章呢！"

怎么想也想不通，怎么解释也解释不通。百般无奈之下，江澄溪只好打电话跟母亲石苏静"请假"，获得了批准可以在王薇薇家里窝一晚。

她与王薇薇两个人，你看我、我看你的，红着眼干熬了一夜，怎么也想不出个所以然，更不用说想出办法了。

最后，王薇薇宽慰她："这样吧，明天我去找周士强，让他想方设法去打听打听。"还有一个办法就是找贺培诚出面。但是，王薇薇觉得如果贺培安动真格的话，不要说请贺培诚，就算请地位再高的人出面，也不管用。

江澄溪愁得一夜没睡，一直到天快亮才阖了阖眼。第二天，按照平日里的生物钟准时醒来，转头看到王薇薇在边上卷着被子睡得正香，便蹑手蹑脚地起床梳洗。临走前，写了张便笺贴在更衣室的大化妆镜上："薇薇，我去我爸诊所上班了。你醒了给我电话。"

一打开门，江澄溪便愣住了，昨天的那个人不在了，换了另一个五大三粗的站在门口。见她出来，他神清气爽地欠身，洪亮的声音让人印象深刻："贺太太，我叫小九。"

江澄溪被"贺太太"这个称呼雷得再次抖了抖，期期艾艾地道："我真不是你们什么贺太太。这位小九大哥，我要去上班，麻烦您让一让。"天哪！这可如何是好啊！

小九侧身让出了路，恭恭敬敬地道："贺太太，请。"他先走了几步，径直到了一辆蓝色的车子前，拉开了车门，欠身道："贺太太，这是贺先生给您安排的车子。"

这些人真是油盐不进。江澄溪唯一的办法就是装聋作哑外加不搭理，快速地往大门口而去。小九见状，"砰"的一声关上车门，亦步亦趋地跟上前来。

好在王薇薇家位于市区，出租车往来颇多。江澄溪一拦下车，"嗖"地钻了进去，叮嘱司机："师傅，快开车。"

司机看到车后有个男子，还以为是小情侣吵架。司机师傅见多识广，毫不犹豫地踩下油门，车子便驶了出去。

江澄溪看到总算摆脱了，长长地呼出了一口气。转念一想，自己是跑得了和尚跑不了庙，也没什么可高兴的。果不其然，到了自家的诊所门口付了车钱下车，她一推开门，便看到那辆蓝车跟在自己的出租车后面停了下来。那个叫小九的人推门下车，朝她欠身："贺太太。"

江澄溪实在是受不了，"噔噔噔"地冲了上去："你们家贺先生到底想怎么样？"

小九因江澄溪突然逼近，退后了一步，态度依旧恭敬客气："贺太太，我只是奉命行事，您的问题我回答不了，要不我拨通贺先生的电话，您亲自问他？"

跟那厮通电话？江澄溪心里头咯噔一下。她做了一个深呼吸，一再告诉自己：别生气，别生气！跟眼前的这个人生气也没用，他不过是个跟班。咱不能跟他一般见识。

几次深呼吸后，她露出了一个灿烂如花的笑容："这位大哥……"

小九的神情明显一顿，他居然腼腆地低下了头："贺太太，你叫我小九就可以了。"

江澄溪继续努力微笑："小九大哥，你能不能告诉我，我什么地方得罪你们家贺先生了？"

小九的表情明显错愕："得罪？没，没……贺先生只是说你是贺太太，让我们保护你，还吩咐我们从今以后见了您就跟见了他一样。"

眼前的这厮铁定地位低微，所以对此事毫不知情。江澄溪知道再套话也没用，便转身快快地朝诊所走去。她走了几步，便想到一事，旋即转身，讨好地笑道："小九大哥，能拜托你一件事吗？"

小九刹住了脚步："贺太太，您请说。"

左一句右一句的"贺太太"，江澄溪只觉得太阳穴处突突直跳，整个人处在快发疯发癫的边缘。她再度深呼吸，按捺着自己的脾气："小九大哥，可不可以拜托你就守在车子里？"

小九愣了愣，一副不知如何是好的表情，最后他答道："是，贺太太。"

江澄溪大大地松了口气。如果小九不答应的话，她实在想不出要怎么跟父亲解释这件事。这样一来，多少有点缓冲时间。

她走了几步，摸出了手机想拨给王薇薇，转念想到昨晚王薇薇为了她的事，一夜没睡，现在正是好睡光景。于是，她又默默地把手机放回了包里。

江澄溪在门诊里头熬了又熬，连小郑都看出了异样："澄溪，瞧你这双目无神、精神萎靡的样子。昨晚做什么坏事了？快给我从实招来！"

江澄溪打个哈欠都有气无力："昨晚睡薇薇家了，聊得太晚了。"

原来是"秉烛夜谈"了！小郑深信不疑，还贴心地道："小仓库到了一些药品，你去清点一下。这里我一个人就可以了。"

去小仓库的意思便是让她名正言顺地去偷懒。小郑推着她："快去吧。你在这里精神恍惚的，万一把病人的药弄错了就麻烦了。快去！"

于是，江澄溪在小仓库里头度秒如年地煎熬到中午，才拨通了王薇薇的电话，把她叫醒，然后把小九的事情跟她说了一遍。问："薇薇，你说这种情况，我要不要报警？"

王薇薇从床上爬起来："你等等。"她用冷水拍了拍脸后，思路渐渐清晰，遂语重心长兼条理分明地给江澄溪做各种分析，"江澄溪、你傻啊！就算你报警了，你说能怎么样？除了把事情闹大之外，根本无济于事。这种事情无论真相是怎么样的，闹大了总归是女方吃亏。

"再说了，人家现在的行为能构成什么重罪？跟踪？骚扰？我没念过法律，不知道有没有这种罪。就算有，跟着你的那几个人只要说一句跟贺培安没关系，把事情全揽在自己身上，派出所、公安局能拿贺培安怎么样？你又不是不知道，贺培安是三元城什么都摆得平的主儿。我听周士强说，贺培安跟蒋兆国的儿子一起在美国留的学，两个人要好到可以穿同一条裤子。知道蒋兆国是哪个吗？"

蒋兆国，W 省的新闻里头总是出现的蒋兆国，可谓是无人不知、无人不晓。

江澄溪顿时倒吸了口凉气。贺培安这厮居然还留过学，跟蒋兆国的儿子一起念的书，还要好得可以穿同一条裤子。世界上还有比这个更大的坏消息吗？

王薇薇分析得如此头头是道，一针见血。江澄溪此时已如一只泄了气的皮球，开口的时候都带了哭腔："那你说怎么办？难道我就这么嫁给他了？"

王薇薇思索半天说道："继续观察贺培安的动静，以不变应万变。"

这天下班之前，江澄溪特地买了两瓶水送到车子里。小九和司机一脸的受宠若惊，迭声道："谢谢贺太太。"

江澄溪则借此机会跟小九沟通："小九大哥，等下我就要下班了。你可以回去交差了。"

小九如她所料地摇头："贺先生吩咐的，我们必须送贺太太回家。"

司机也接了口："是啊，贺太太，这是贺先生吩咐的，否则我们回去不好交差啊。我们是打工的，赚份工钱不容易啊。您体谅一下我们。"

江澄溪原想以退为进，让他们别跟着她了。等她反应过来的时候，发现自己反倒被他们以退为进了，一时只恨自己生得笨。

她蹙眉沉吟了许久："那要不这样，我等下走回家，你们的车子离我远远的。行不行？"小九不语，在一旁做思考状，最后才应声："是，贺太太。"

一路上，她不时地观察身后车子的动静。次数过多，引起了父亲的注意："囡囡，你老是往后看干吗？"她当然是看小九他们的车子。可江澄溪不能这么回父亲，于是她只好装模作样地往地上找："我好像掉钱了。"

江阳立马止步，四下查看："掉钱？掉了多少？"

江澄溪在自己的兜里东摸摸西找找，赶忙做失而复得的惊喜状："哎呀，是我搞错了。没掉，在这个口袋里呢。"

江阳"哦"了一声，哭笑不得地给了她一个栗暴："多大的人了，还这么迷糊。"

江澄溪皱着鼻子娇憨一笑，挽着父亲的手，慢慢走着："老爸，这还不都是你宠出来的。谁让我是你上辈子的情人呢！"

江阳抬手，轻轻地在她额头上又弹了个栗暴，笑着长叹一声："唉，敢情是我上辈子作的孽太多了。"

"对的，谁让你上辈子好事不做，净做坏事来着……"

江阳佯怒："反了，反了，居然敢这么说老爸……"

到了家门口，江澄溪偷偷回头，只见那辆蓝色的车子隔了不远的距离，正慢慢悠悠地停下来。

她长长地呼出一口气，这一天总算是在有惊无险中度过了。

第二天，因为有了第一天的经验，也总算一切顺利。

但是第三天，父亲江阳的诊所就出事了。早上十点多是诊所每天最忙的时候。江澄溪在配药，忽然听到门口处传来一阵呼天抢地的哭声："来人哪，大家来看看啊，都来看看我的孩子呀，就吃了这诊所配的药，现在昏迷不醒地躺在儿童医院呢……"

江澄溪脑中轰地一响，抬头便见父亲搁下手里的听筒，对病患道："稍等一下。"他三步并作两步到了门口，拨开渐渐聚集的路人："怎么回事？"

正在那里号啕大哭的女家属看到江阳，立刻起身拽住了他："大家都来给我评个理！我家宝宝前几天不过是因为发烧咳嗽，所以带他来这里看了病……当时江医生还跟我说没事，吃几天药就行了，还给我开了药……结果我孩子今天一早就开始发抖，还口吐泡沫，送到市儿童医院，医生做了脑脊液化验，检查报告出来说是病毒性脑膜炎，而且治疗也被耽搁了，现在已经是中晚期了。虽然医院现在在给孩子做治疗，可医生要我做最坏的打算，说孩子很有可能会脑瘫……"

"脑瘫"这个词一出来，不要说在场的路人、看病的病患，甚至连江阳也重重地吸了一口冷气。

江阳赶忙解释："这位家属，咱们有话好好说。我江某人怎么说也看了半辈子的儿科了，从来没有出过这种事情，会不会是中间有什么误会？"

男家属一手抓着他，一手从兜里翻出了几包药和一本病历，大力摔在地上，恶狠狠地嚷道："大家都来看看，都来瞧瞧，是不是他这江氏诊所开出的药？"

四周群众的视线纷纷落在了那几小包药和摊开的病例上。你看我，我看你，又瞅着那家属和江医生……一时间，大家面面相觑，倒也无人上去翻药。

江澄溪一咬牙，上前几步，拾起了那纸袋里的药。打开了，送至鼻尖一闻，夹杂着淡淡薄荷的中药香味扑鼻而来，确实是自家熬制的药丸无疑。她面色凝重地又翻了翻病例，清清楚楚地瞧见了父亲熟悉的笔迹。

江阳见女儿发白的脸色，便知道药丸肯定是没有问题的，他对自己这几十年的医术非常有信心，绝对不可能出现这种事情。于是他缓声道："这位家属，请你冷静一点，要不你把孩子的情况一五一十地跟我说说，我看看到底是哪一个环节出了问题。我在这三元城里头行医三十多年，一直本着医者父母心的原则，从来急病患所急、想病人所想。虽然如今开了这诊所，但依旧保持本分，从来不敢胡乱断病配药。在这里的各位都不是今天第一天认识我江阳了，对不对？"

他中肯又实事求是的一番话，众人听了纷纷点头："不错，江医生的医术我们信得过。"

"是的，我们从中医院那会儿就在江医生那里看了，都看了两代人了。"

"大家有话好好说嘛！""这事得好好查查，可别冤枉了江医生！"

可是那位家属不管这些，又着腰直嚷嚷："那我孩子怎么会这样？那我孩子怎么会弄成那样？可怜啊，他才六岁啊……"说着说着，那家属悲从中来，泪珠子又扑簌簌地落了下来。

男家属则一把揪住了江阳的衣服，凶神恶煞地欲揍人："要是我儿子有个三长两短，我就砸了你这个破诊所。"

江澄溪拉住了他的手："你放开我爸爸。有话大家好好说。"

周围的群众纷纷劝道："你们别这样动粗。救孩子要紧……"

"先别急，总归会有办法的……"

又有人道："现在的医院，不管什么病，都会把情况说得很严重，自己不肯担一点事儿，啥事都让你签字画押。可能是医院那边把孩子的情况说得过于严重了……"

江阳一边劝慰，一边好言好语地把家属请进了诊所，欲了解整个情况。江澄溪见状，赶忙泡了一杯热茶让家属定神。

排队的病患此时有好几位已经离开了。江阳也明白大家的心理，向依旧守候等着看病的另外几位家属道："各位，今日看诊就到这里吧。真是抱歉。不好意思，不好意思。"

那几位家属纷纷道："江医生，您的医术我们信得过。你帮我们的孩子看看吧，都排半天了。"

江阳瞅了一眼那闹事的家属，忙道："谢谢大家对我的信任。今天大家要不去其他医院的儿科，或者改日再过来。让我跟这位家属好好谈谈，也好给大家一个放心的交代。"大家见他态度坚决，这才领着孩子一一告辞。

他把家属请进了办公室，关上门密谈。个把小时后，那家属才离去。江澄溪从那两个家属冷冰冰的脸上也瞧不出什么，便进办公室问父亲："爸，到底怎么回事？"

江阳的神色十分郑重："他们把这几天的情况都说了一下。孩子的名字、年纪等资料在我本子上都有记录。你看，我就诊本子上面写了他们描述的孩子症状，轻微的鼻塞、流鼻涕、咽喉痛、打喷嚏，有点低烧。这些是感冒的症状，但也是儿童脑膜炎的症状。这些年来，为了谨慎起见，每个来就诊的病人，我都会特地关照他们的家人，吃药后两天不见效，必须立刻去正规医院就诊。以这个孩子的症状，我肯定会说如果孩子头痛得厉害，或者持续发热的话，一定要去正规医院做详细检查。但他们坚持说我没有关照过，一口咬定是因为我这边的不正规治疗，把他们孩子害成了这个样子。爸爸我现在也是百口莫辩。"

既然是事实，而且家属要咬住父亲和诊所不放，对他们来说这就是件天大的事了。江澄溪在刚刚过去的一个小时里，不止一次地想，这事会不会是贺培安搞的鬼。

否则怎么会这么巧，他才一放话，今天她爸的诊所就出事了？

江澄溪忽地想起，刚刚父亲被那家属揪着衣服大闹的时候，候在车子里的小九一点反应也没有。按道理，贺培安让他跟着她，那么方才的事情闹得这么大，小九就算不出来制止，至少也该露个面啊。

想到这里，她匆匆出了诊所，从门口的角度望去，看到小九那辆蓝色车子还是停在路边。

她还未走近，小九已经推开门下车了："贺太太。"

江澄溪面无表情地道："我要见贺培安。立刻！马上！"

小九取出了电话，拨通了号码，通话的时候走开了几步。再过来的时候，他道："贺太太，请上车。"

车子绕了很长的路，慢慢地绕进了一条梧桐小道，路面的宽度估计还不容两车擦身而过。百年的梧桐树，枝繁叶茂地遮住了小道所有的阳光。边上是石砌的古朴围墙，爬满一整墙似水流淌的藤蔓。

江澄溪也算是土生土长的三元人，却不知道在三元城里竟还有这样幽静古朴的小道。时光仿佛在这里停了下来，所有的一切都变得安安静静，不沾惹半丝喧嚣尘埃。

要是能够在这里取景拍照就好了，在这里拍的照片，每一张都是风景。若是平时，江澄溪早就两眼放光了。可此时的她，就跟严霜打过的茄子一般，蔫不拉叽的。

车子缓缓停下，小九下车过来拉开了她这边的门："贺太太，请。"

映入眼帘的是一幢外形古旧的老别墅。大门口前的庭院里还有座用石头砌成的喷水池，最中间是拿着弓箭的天使雕塑。石头的颜色由于风吹日晒，显得古旧深邃。

江澄溪跟随小九进了屋，屋内低调奢华，所有的摆设，哪怕是一个相框都精致得恰到好处。小九上了二楼，来到一个房间门前，探手敲了敲门："贺先生，贺太太来了。"

江澄溪听到里面传来了贺培安淡淡的声音："进来。"

于是，小九推开门，做了一个请的动作。

这是一间书房，视线尽头是一整扇法式落地长窗，窗外还有一个小露台。春日午后的光线带着浓浓的暖意，穿透白色的帘子散落进来。

贺培安坐在法式的高靠背椅子上，此时正对着长窗。从江澄溪的角度，只能瞧见椅子高高的背影。

"怎么？想好了，肯答应了？"贺培安的声音轻淡，喜怒不辨。

其实那家属刚开始闹事的时候，小九就已经打电话向贺培安身边的向念平汇报了这件事情。也是贺培安示意静观其变，因此小九才一直没下车。所以，他非常清楚江澄溪此刻为什么会站在他面前。

偌大的书房里只有他们两人，安静得几乎可以听见风吹拂纱帘的声音。最初的冲动已经没了，江澄溪觉得莫名紧张。她双手捏握成拳，深吸了口气，这才缓缓开口："贺先生，如果我和我的家人有过任何冒犯您的地方，我在这里跟你道歉，对不起，是我不懂事。可否请您高抬贵手，放过我们？"

江澄溪生平第一次说出这样的话。她妈石苏静从小就教育她："囡囡，做人最要紧的就是要有骨气。记住了，凡事要靠自己，不要随便求人。"也会跟她说："没有钱没关系，一家人开开心心就好。穷开心就是这个意思。"所以从小到大，她从来不求人，也不羡慕王薇薇这样有钱的同学，她一直觉得自己过得很好很满足。

可是此时此刻，她再没有第二条路可走。

贺培安闻言，只是漫不经心地一笑："不，你不用跟我道歉！你们从来就没有得罪过我。"

江澄溪咬着唇，嗫嚅道："贺先生，那为什么呢？你为什么一定要跟我结婚？我们家无权无势，再说了，我也不漂亮……贺先生，你随便在马路上抓一个人也比我好看……"

就在此时，贺培安转过了椅子，融融的光线里头，江澄溪第一眼便瞧见了他嘴角那一丝若有似无的笑意，他的眼底深处却沉若深潭，没有半丝涟漪。她顿时噤声。

贺培安站起身，缓步朝她踱了过来，气定神闲地站在她面前："江澄溪，无论怎样，你嫁给我，已成定局。"江澄溪又气又恼又恨，但又没那个胆子发作，只好忍着，告诉自己一定要心平气和，不能让事情变得更坏……

好半晌，她才抬头，道："贺先生，强扭的瓜不甜。"

贺培安双手抱胸，上上下下地打量着她："甜不甜也要尝过了才知道。现在说什么也为时过早。是不是？"

江澄溪呆了呆，脑中灵光一闪，脱口而出："我有喜欢的人了，贺先生又何必强人所难呢？"

贺培安目光略顿，似笑非笑地上前一步："谁？培诚吗？"

江澄溪摇头："不……不是贺培诚。"

贺培安眉头一蹙："哦，那是谁？说来听听，或许我会考虑……"

江澄溪心里一喜，完全忘记了对敌之道，虚者实之，实者虚之。

"是我的高中同学。"说完她又赶忙补充，"他现在在美国。我们说好了，等他回来我们就结婚。"

反正陆一航远在美国，就算贺培安他在三元城再牛，也没有办法随时派人去美国查她和陆一航的事情吧。反正拖得一时算一时。当然，这个时候的江澄溪并不知道，她后来会为自己这个随口胡诌的错误付出多大的代价。

贺培安听完，不动声色地说了一句："哦，高中同学，原来如此。"接下来便是一阵足以让人窒息的沉默，似在斟酌考虑。

江澄溪以为有戏，心里还有些沾沾自喜。只见贺培安沉吟了半晌，淡淡一笑："不过是个口头约定，根本不作数。再说，就算你有喜欢的人，我也不会介意。所以我的决定不变，我们还是按照原定日期结婚。"

她顿时为之气结："你……"她又没办法指责他，他只说会考虑。是自己太笨，不能怪别人耍她。她深呼吸，"贺先生，你可不可以给我个理由，你为什么要娶我？"

贺培安的手突然探了过来，似想碰触她。江澄溪后退了一步，表情戒备地瞪着他，整个人像一只竖起刺的刺猬。贺培安收回了手，双手抱胸瞧着她，嘴角向上微微一勾："江澄溪，我看上你了！这算不算理由呢？嗯？"最后的一个"嗯"字似从鼻腔里震动发出的，低沉中带了一种诱人的磁性沙哑。

江澄溪顿时倒吸了一口冷气，目瞪口呆地愣在了原地。他看上她了！他是不是脑子坏掉了，怎么会看上她？对于容貌，她向来有自知之明。且不说身边的王薇薇比她好看很多倍，哪怕在路上随便拉一个女生估计都比她好看会打扮啊！

她张了张口，想说些什么，可到最后还是无话可说。她再傻也知道贺培安在诓她！不过像他这种人做这样霸道的事，是不需要理由的。她在心里破口大骂："贺培安你这个疯子。拜托，是我看不上你，好不好？"

她知道自己在对牛弹琴，即便她再不肯弹，也得硬着头皮弹下去。她一个人不能跟一头疯牛计较！于是，她一再安抚自己，不断做深呼吸："贺先生，这么说，今天诊所的事情是你派人做的？"

贺培安不置可否地瞧着她，既不承认也不否认。

江澄溪尽量放低姿态，低眉顺眼："贺先生，你怎么才肯放我们一马呢？"

他不动声色地朝她看了一眼，淡声道："你不用求我。答应了，就一切都好办。结了婚，你父亲就是我岳父大人，做女婿的再怎么也不能对岳父的事情坐视不理吧？"

江澄溪不说话，半晌后，才轻轻问道："如果我不答应呢？"

贺培安闻言，不以为意地笑了笑："既然如此，我也不强人所难，我派人送你回去。江小姐，你就好好准备这场医疗官司吧。其他的我不敢说，不过我敢保证，这三元市里的律师除非是不想干了，不然看谁会接你这个官司。"

他气定神闲，一脸怡然："就算有人吃了豹子胆敢接，敢给你们打这个官司……我后面还会有无数的应对办法，直到你答应为止……"他顿了顿，懒懒地抱着双手，"所以，我劝你还是省点儿力气。"

江澄溪抬头，与贺培安的视线交会，她看到了他眼里的势在必得。下一秒，只见他薄唇轻动，好整以暇地吐出了一句："江澄溪，你，我贺培安娶定了！"

他的语气居然那般笃定。江澄溪心里惊了惊，突然有种十分不好的预感。

后来，江澄溪也一直认定他爸爸的事情就是贺培安搞的鬼。每次想到这件事情，心里都对他暗恨不已。等知道冤枉他的时候，已经是很久以后的事情了。

事情确实就是那么凑巧。挂了小九的汇报电话后，贺培安便蹙眉对身后的向念平说："这事也太巧了点，就这节骨眼儿。"

向念平是一贯恭敬的表情，半天说了一句："连老天也在帮贺先生。"

贺培安沉吟数秒，吩咐道："你跟我这么多年，知道我一向不信这些。还是给我查清楚比较好，到底是人为的巧合还是真是天意，我可不希望等中招了才知道这是别人设的套。"

向念平道："是，贺先生。"

此时，江澄溪觉得已经无法跟他沟通了，也不想浪费时间了，转身便走。

不料贺培安叫住了她："等等！"

江澄溪止步，暗暗窃喜：难道这厮改变主意了？

贺培安的视线落在了角几上搁着的某物，淡淡的语气中透着一种她可以察觉到的嫌恶："把你的破相机带回去。"

江澄溪转身瞪着他，随着他的视线，果真看到了自己的宝贝相机孤零零地被人遗弃在角落，于是三步并作两步地上前，像抱住宝贝一样双手紧紧搂住相机，头也不回地离去了。

　　江澄溪从小被父母教育"天无绝人之路"，也一直相信"上天对你关上一扇门的时候，也会为你打开一扇窗"。然而经过再三碰壁之后，她终于了解到，这个世界上祈求老天帮助的人实在太多了，老天爷很多时候也忙不过来，所以没办法做到面面俱到、事事周全。

　　她试图找贺培诚，想通过他的关系让贺培安放自己一条生路，但怎么也联系不到贺培诚。他不仅人消失了，连手机也停机了。知道这家伙不靠谱，可关键时刻居然会这么不靠谱。直到后来，江澄溪才知道她之所以会陷入这样的境地，完全是因为贺培诚。当然，这也是很久很久以后的事情了。

　　虽然孩子还在治疗中，也没有到脑瘫的程度，但孩子的家属还是提出了巨额赔偿的要求。母亲石苏静倒是同意了，说这事对父亲和诊所影响太大，最好还是大事化小、小事化了。家里虽然没有这么大一笔钱，但把家里住的房子卖掉，再把手上的一些股票基金处理掉也就差不多了。

　　可她们不知道，这件在她们母女看来能用钱解决的事情，对江阳来说，是比天还大的事情。江阳一辈子听老婆的，但在这件事情上犟得很，怎么也不同意赔钱私了。说什么事关江家几代人的声誉，事关他行医几十年的清白。况且这事情都还没查清楚，不明不白的，坚决不同意私了，坚决要求走医疗鉴定程序，请相关部门来鉴定，等鉴定结果出来，该怎样就怎样。

　　哪怕是石苏静把住的房子挂在中介急售了，收了买家的定金，江阳还是不同意，怎么劝说就是不肯签字。江澄溪第一次看到母亲难得的好脾气，居然一声不吭地顺从了父亲，暗地里双倍退还了定金，父亲说什么就是什么，从头到尾没说半句反驳的话。

　　这么一拖，病人家属不耐烦了，把江阳和诊所告到了卫生局，找了人在诊所门口拉横幅，找了电视台，声势浩大，一副不达目的誓不罢休的架势，一时间在三元城闹得沸沸扬扬。诊所的生意在这种声势下，一下子就萧条黯淡了。毕竟，小孩子被误诊这种事情可大可小，重则误终生。很多家长是宁可信其有，也不会信其无。

江澄溪在王薇薇的陪同下找了一家又一家的律师事务所。情况果然如贺培安所说，当他们一听说是江氏中医儿科，都忙不迭地跟她说："抱歉，我们不接这个案子。""不好意思，江小姐，这种医疗纠纷我们无能为力。"

稍微好点的会给她一些小建议："江小姐，这种医疗纠纷还是私了比较好。毕竟医疗鉴定难度大，时间长，程序复杂。"

这日，一夜未眠的江澄溪顶着两只熊猫眼，早早地起床。她听见厨房里有动静，便探头一瞧，居然看到母亲围着围裙在厨房里忙碌。

打她记事起，母亲石苏静就从未下过厨。怪不得这几天家里早餐的美味指数直线下降，她也没多想，只以为父亲的心思不在这上面。现在才知道是怎么回事！

以往江澄溪只看到母亲霸道的一面，其实母亲也深爱着父亲。无论怎样，他们都是相亲相爱的一家人。他们一定会渡过这个难关的！江澄溪心中顿时又涌起了无限的勇气。

用过早餐出门的时候，石苏静拉住了她："澄溪，今天我陪你一起去见律师吧。妈妈也想听听律师们到底是怎么说的，官司的赢面到底大不大。"

江澄溪系鞋带的手顿了一下，她赶忙安抚母亲："妈，有薇薇陪着我呢。一来你的身体也不好，要按点打胰岛素。二来爸爸一个人在家我不放心。你就在家里陪爸说说话，省得你不在，他一个人胡思乱想，做出什么傻事。"

石苏静一听也在理，就没再坚持。江澄溪赶忙拎包出门，其实她哪里还有什么律师可见。她妈妈如果坚持要跟她一起的话，这谎话铁定就被拆穿了。

王薇薇这边也帮不上忙，让周士强找人，可不过半天光景，周士强就跟她说了："贺先生已经在圈子里发话了。谁敢在老虎头上拍苍蝇啊？还有，我打听到贺培诚的消息了，他现在不在国内，听说是陪他妈去瑞士看病疗养了，可能一年半载都回不来。"

贺培诚去瑞士了？怪不得一直联系不上他。王薇薇对于周士强带来的消息极度失望。

周士强不明就里，难免好奇："对了，你那闺密好好的怎么得罪贺先生了？她跟贺先生两个人八竿子也打不到一起啊？"

事到如今，王薇薇也不再隐瞒："那个贺培安不知道吃错了什么药，就在上次我生日那天见了澄溪一次，居然就看上她了，还说要娶澄溪。澄溪都快急疯了。"

周士强一时惊愕，没说话。

王薇薇察觉出了异样，问道："怎么了？"

周士强一副百思不得其解的表情："不可能啊！贺先生身边还会少女人不成！再说了，你那个好姐妹也没有美到那种程度啊！"

王薇薇双手抱胸，没好气瞪他："都这会儿了，难道我还会骗你？"

周士强想了想，忽地压低了声音道："我突然想起了一件事。"

王薇薇瞪他道："什么啊？有话你就直说，别神神秘秘的。我烦着呢！"

周士强道："我曾经听朋友说起过道上的传闻，说贺培诚身边的女人都留不住，三天两头被人抢走。有一回，我有个朋友说过一句话，说敢在这三元城抢贺培诚女人的人，绝不是一般的人。你说，那人会不会是贺先生？"

王薇薇横了他一眼："你不是说贺培安身边不缺女人吗？他闲得无事做吗？而且再怎么说，贺培诚也是他弟弟。"

周士强双手一摊："具体谁知道呢？我也只是猜测。况且那人也不过是喝多了，随口提及，也没人去证实，又不是吃饱了嫌自己命长。"

王薇薇不语。确实是如此，谁会闲得无事去管贺家的家事，又不是不想活了。

周士强叹了口气："有没有关系，我们这些旁人也只是瞎猜。你也知道，贺培安和贺培诚同父异母，一般这样的家庭都少不了一些杂七杂八的事。更何况贺家这样的家庭，表面上兄弟和睦，里面的水可深着呢。按你所说，既然贺先生已经定了此事，我看哪，这事就没有什么转圜的余地了。你好姐妹这婚啊，不想结也得结。我们还是准备结婚礼物吧。"

王薇薇勃然大怒："去你的。不帮忙想办法，还在这里打击我们。走，走，走，靠边站着去。"

周士强耸肩摊手，一副无可奈何状："我的好薇薇啊，我这话虽然不中听，但却是实话。再说，以你跟澄溪的关系，若我能帮上忙，怎么可能不帮呢？"

王薇薇默然良久，长叹了口气，在沙发上颓然地坐了下来。

江澄溪这段时间已经想了所有能想的办法，三元的律师不接，那就找外地的。一开始洛海城的几个律师事务所倒也有感兴趣的，可不过一两天，再打电话过去，就转换口风了，各种推托拒绝。看来，她真的小看了贺培安的势力！

江澄溪一个人沿着街道，漫无目的地走了很久。虽然没经过什么世事，她也知道什么叫形势比人强。于是她停了下来，上了身后一直跟着的那辆车子。

Chapter 3　爱的天罗地网

　　贺培安双手抱胸，瞧着她，眉目间一片深邃：

　　"江澄溪，不管怎么样，我娶你已成定局。既然迟早都得接受我，我建议你还是早点接受为好。"

　　再次来到那幢老别墅，江澄溪依旧在书房见到了贺培安。她这次也不客气，仔仔细细地打量了一番。平心而论，贺培安其实长得不错，剑眉长眼，今天还戴了副无框的眼镜，将眼中所有的光都敛在镜片后面，看上去温文尔雅。若是初见的话，江澄溪估计会被他这副温和的外表给骗了。

　　可以挑的缺点就是皮肤白了点，嘴唇薄了点。她不由得想起很多书上所说的，薄唇的人无情，这用在他身上，看来是再符合不过了。他就是一只披着羊皮的狼！

　　贺培安摘下眼镜，揉了揉眉间，倦怠地道："有什么事等下再说。我饿了，一般我饿了的话，做什么都没心情，看什么都不顺眼……"他顿了顿，深邃的目光移到了她脸上，"就不知道江小姐赶不赶时间，能不能坐下来陪我吃顿饭？"

江澄溪脸上的肉抽搐了两下。这明显就是胁迫！吃饭，吃什么饭！她又不是来陪他吃饭的。她想要义正词严地拒绝他。可是，一来她没那个胆子，二来她今日有求于他，于是只好默不作声地站在一旁。

贺培安经过她身边的时候，停了脚步，没头没脑地说了一句："我还是比较喜欢那天你穿的绿色。"她皮肤白，那天穿了一身嫩绿的衣服，衬得皮肤更是莹白剔透。每走一步，都仿佛带了一阵清清爽爽的风，让人心情莫名舒畅。

那天贺培安坐在车子里，隔了车窗和理发店的双重玻璃，史无前例地观察了一个人一个多小时。

其实江澄溪长得不是特别美，但胜在清新自然，微笑的时候，眉眼弯弯，梨涡浅浅，如一束温暖而不耀眼的阳光，暖洋洋的似能照进人的心窝。她是那种第一眼看上去就让人觉得舒服的女子。

江澄溪因他的突然停顿差点撞上了他，她双目圆瞪地后退两步，才慢一拍反应过来，他居然记得她那天坐上他的车时穿的衣服。这一错愕，贺培安已经迈步了。方才那句没头没脑的话，倒像是她的错觉。

跟一个陌生人吃饭，总归是很拘谨的，更别说此人的身份特殊，性情令人讨厌，做事恶毒。江澄溪心里头又搁着事情，于是挑着饭粒陪着他吃了几口。贺培安倒是颇有食欲，慢条斯理地吃了两碗，还颇有闲情逸致地不时抬头瞧她几眼。

其实贺培安怎会看不出江澄溪的难受，只是早晚都得习惯的话，索性就让她早点习惯。

处于高度戒备状态的江澄溪，每每被他不动声色的目光弄得毛骨悚然。熬了好久，这顿饭总算是吃完了。贺培安搁下筷子，又取纸巾斯文地擦了擦嘴。这一过程很缓慢，仿佛黑白电影里闪过的慢镜头，一切都优雅得恰到好处。

怎么看也不像黑道世家出来的人哪！江澄溪对黑道的所有认识都来自香港的影视剧。在她印象中，黑道的人不外乎就是满口粗话、满身文身、动不动就喊打喊杀。难道，这么多年来，她都被影视剧误导了不成？

贺培安搁下纸巾，双臂抱胸，缓缓地靠在椅背上，懒洋洋地开口："你想说什么，说吧。"

这厮吃饱了，语气似乎真的比方才温和了几分。

江澄溪抬头，坦然平静地与他对视，说出自己最坏的打算："贺先生，我父亲可以不开诊所，我们可以砸锅卖铁赔偿那户人家，我可以和父母离开三元，我……"

贺培安的嘴角逸出了一丝若有似无的笑意，可一笑即敛。他不徐不疾地打断了她的话："不错，你可以这样做，我也无法阻止你这样做。不过你父亲的诊所现在还未结业，会不会出现比现在还糟糕的情况？比如被家属告到坐牢。当然你父亲的诊所结业后，你可以工作，但我会安排我身边的保镖一直保护你。再比如，三元的治安也不好，你那个好友王薇薇，三天两头地在酒吧和私人会所出没，泡吧找男人，俗话说'常在河边走，哪有不湿鞋'，想抓住她的把柄也不难……"

看来她真的是被"恶鬼"缠身了！江澄溪这次没忍住，猛地从餐椅上站了起来，怒喝道："够了！你不必再说下去了！"

她怒目圆睁，令贺培安想起非洲草原上那些遇敌时毛发耸立的小豹子。如果眼神能杀人的话，他知道就这一会儿时间，自己早已死过千百次了。

江澄溪无计可施地望着贺培安，骂人的话在舌尖处来回滚动。她终于忍无可忍，恨恨地骂出了口："贺培安，你真是个变态。"

贺培安闻言，居然"哧"的一声笑了，像极了一只老谋深算的狐狸。他心情颇好地浅浅颔首，身子往后微微一靠，说不出的优雅动人："谢谢，贺太太。我会把你的这句话当作褒奖的。"

贺太太？"无耻"对于形容眼前的这个人来说一点都不过分。江澄溪猛地站起来推开椅子，咬牙切齿地转身而出。

贺培安瞧着她匆匆远去的纤细背影，忽然觉得从未有过的兴致盎然。他起身，朝她的方位，扬声道："江澄溪，我赌你三天之内一定回来。"

他的话音，不高不低，不冷不热，可一字一字传入江澄溪耳中的时候，让她不能自已地打了几个寒战。

三天后，江澄溪还是走进了贺培安的屋子。

祸不单行，所有的灾祸仿佛都在一夕之间降临。这三天里，先是公安局说有人举报江阳制作假药，将其带回公安局协助调查。

石苏静和江澄溪心急如焚，也跟着去公安局了解情况，在走廊里等候了半天。负责的办事人员只说一切都在调查当中，请回家耐心等候消息，他们会按程序办事，一有消息会第一时间通知家属。

然后，江澄溪和石苏静愁云惨雾、不知所措地回到家，便接到了小郑打来的电话，说那孩子的一大帮家属又来诊所闹事了。等江澄溪赶到的时候，诊所已经被砸得面目全非了。小郑和马阿姨在打砸的过程中都受了轻伤。不得已，江澄溪只好报了警，又送小郑和马阿姨两人去医院看病。

哪会有这么凑巧的事情！江澄溪一想就知道这些是谁搞的鬼。她显然是低估了贺培安，这种小事，根本不用他这位贺先生说话，底下的人便会安排好，比随手捏死一只蚂蚁还简单容易。

贺培安凝望着她微笑，一点也不掩饰自己此刻的愉悦心情，那般笃定地发问："答应了？"

事实上，他除了发出"不准接江姓中医儿科案子"的话外，其余什么也没有做，只是任事态发展、静观其变而已。

这整件事情，他让向念平调查得很清楚。那孩子在江家诊所看过病是真的，孩子后来病情加重进了市儿童医院的重症监护室也是真的。在医生的精心治疗下，这几天，孩子的病情已经逐渐好转，而且已经出了重症监护室，转至普通病房了。只要感染被彻底根除治愈，孩子完全不会发展成脑瘫。孩子的父亲平日里是个游手好闲之人，没有什么正经工作。如今，他把事情闹得这么大，不过是想借机跟江家要笔钱而已。

这次真是如向念平所说的，连老天都在帮他，所有事态的发展都跟他预期的毫无二致。这家人闹得越大，对他来说越有利。

江澄溪实在不想看到他那嚣张至极的脸，若是可以，她一定拿把刀划花他的脸。不过，下一秒，她也明白这只能是想想而已。现实是残酷的，所以她只能恨恨地咬牙，一言不发地扭过头，算是默认。

贺培安心情颇好地拨出了一个电话："让人把准备好的东西送过来。"

江澄溪拦住了他："等等。"贺培安挑了挑眉毛，意思是还有什么事情。

她咬了咬下唇，发问："既然要死了，总也得让人做个明白鬼吧。告诉我为什么，为什么是我？"

贺培安双手环抱，若有似无地一笑："不是说过了吗？我看上你了。"他上前几步，凑近江澄溪，"怎么了？不相信？"属于他的男性气息扑面而来。

脸不红气不喘地说这样的话，也不怕闪了他的舌头！江澄溪垂着眼帘后退一步，暗暗问候了贺家几十代列祖列宗的同时，心道：我要是真相信你，我就不是人了。

不多时，向念平敲门而进，身后跟着数位穿着工作制服的人员。等那几个工作人员当着江澄溪的面打开手里拎着的箱子时，她才知道贺培安让人送来的东西是珠宝首饰。

他算准了她会来找他！

一位看起来像经理的人指挥着手下的人员，把各种款式精美的钻戒呈到她面前。

江澄溪的目光缓缓扫过那黑色丝绒上的众多璀璨光华。这么多戒指，唯一相同的便是都有硕大的钻石。

事实上，除了电影电视杂志广告宣传外，这还是她头一次看到这么大的真钻戒。她这辈子从来没想过有一天会戴着这么醒目的戒指，这算是胁迫婚姻附带的福利吗？

她心底嘲讽地笑，戴着这个鸽子蛋，万一被抢的话，她得第一时间跟人家表明要命不要财的立场：我自己取下来给你。你们千万不要剁我的手指。

这种光景，她居然还可以胡思乱想到这种程度，不得不佩服自己的阿 Q 精神。虽然心里胡思乱想，但江澄溪面上不敢有半分表露，抬头看了一眼身边的贺培安，想征询他的意见。然而，此时的贺培安兴致极好，倒了一杯红酒，坐在一旁，正在浅酌。

江澄溪也揣摩不出他的意思，心想，反正男的都不喜欢女的挑来选去浪费时间，于是便胡乱指了指："这个吧。"

经理亲自从托盘上把那枚钻戒取了过来，小心翼翼地替她戴上，赔笑道："贺太太的手指纤细，戒环可以再调小一点。"

那经理极会察言观色，见江澄溪的眉头微蹙，便道："贺太太若是觉得不喜欢的话，我再让人拿其他款式看看？"

江澄溪默默地转头看了一眼贺培安，没想到贺培安也正抬头望着她，他的眼睛黑亮如星，两人视线不期然地撞在了一起，那灼灼逼人的目光令江澄溪完全无法招架。只一秒，她便移开了目光，可她还是注意到了贺培安若有所思的眼神。

于是，她从中随手取了一枚钻石最小颗的："就这个吧。"说来也奇怪，这个戒指的戒环不松不紧，刚刚好。

那经理赶忙亲手捧了一枚男款戒指送至贺培安面前："贺先生，这是这款婚戒的男款。"贺培安头也没抬，懒懒地"哦"了一声。那经理大约也习惯了，弓着身子站在边上。

贺培安不急不慢地饮完杯中的酒，搁下酒杯，方从丝绒托盘里取过戒指。男款是颇为简洁的款式，他倒也不讨厌，便试着套了进去。

尺寸大小与他的手指居然一样。在一旁的经理极知情识趣："这款婚戒就像专门为贺先生和贺太太定制的一样。"

贺培安将戒指徐徐地在手指上绕着圈圈，若有所思地把玩了半晌，转回头，目光在江澄溪低垂着的脸上看了个来回，遂取了下来，搁在托盘里，淡淡道："就这对吧。"

此话一出，一旁的江澄溪顿时松了口气，像是结束了某个酷刑。

她以为今天的任务结束了，自己也可以告退回家了，只见贺培安起身，依旧淡淡地命令她："陪我去一个地方。"

人在屋檐下，哪能不答应啊！

几辆车子一路行驶，在三元城郊区的一家农家菜馆停了下来。

这是一家很普通的小菜馆，看上去倒是很干净整洁。车子刚一熄火，便有一中年妇女用围裙擦着双手从菜馆里含笑迎了出来，极是亲昵热络："小少爷……"

那妇人的视线猛地停在了贺培安身后的江澄溪身上，怔了怔后，惊喜激动之情溢于言表："小少爷，这位是？"

"小少爷"，这妇人居然叫贺培安小少爷，江澄溪顿时有种被雷劈的感觉。

那妇人的眼底透着宠溺。贺培安的生母已经去世多年，眼前的这个人是谁呢？

还在疑惑时，她已经听到贺培安在旁边为那妇人介绍道："凤姨，这是江澄溪，你以后叫她澄溪就行。"他的声音虽然还是如常平淡，但听上去有明显的情绪起伏，一点也不清冷。他又对江澄溪说了一句："这是凤姨。"

江澄溪虽还没弄明白这凤姨到底是何许人，但瞧这情形，估计是贺培安颇为尊敬亲近的人。她虽然对贺培安恼恨至极，但说到底还是不敢惹怒他，再加上从小受到的良好家教，她礼貌性地欠了欠身："凤姨。"

凤姨眉开眼笑地打量着江澄溪，全身上下无不透着浓浓的欢喜："澄溪、澄溪，这个名字又斯文又好听，还好记呢。"她忙命服务生带他们去包厢，"小少爷，你们先进去喝茶，凤姨这就下厨去做几道拿手小菜给你们送过去。"

贺培安道："凤姨，不用了，让祥叔随便做几道菜就可以了。"

"这哪能啊！今天是澄溪第一次来，凤姨一定得做几个拿手菜让她尝尝。"凤姨搓着双手，一再地打量着面前这对璧人，脸上十分欣喜，"很快很快……你们先喝几口茶。"

江澄溪不作声地跟着贺培安穿过了小店，来到了后院的天井。不大不小的天井里有一张石桌，四周角落里种了许多不知名的花草，红绿黄紫一片，开得甚是喜人。天井后是三间平瓦小屋，窗台上亦有几盆盛放的鲜花，屋檐上则挂了几盆吊兰，绿色枝叶蜿蜒而下。

凤姨将自己的小院打理得朴素而美丽。江澄溪一看就喜欢上了，她本想找几个角度用手机拍几张美照的，可目光一触到身旁那个神一般的存在，念头顿时便浇灭了。唉，还是算了吧，照片随时可以拍！

贺培安熟门熟路地打开了一间小屋。跟店的外面一样，纤尘不染的小屋内只铺了仿古青砖，墙上挂了两幅很普通的字画，角落的高几上摆放了一盆墨竹，布置得清清爽爽。

两人刚一坐下，便有一个秀气的女孩子推门进来，见了贺培安，竟无半点怯意，清清脆脆地叫道："安大哥。"

贺培安微笑："欢欢，学校放假了吗？"江澄溪用余光瞄到了他的笑容，不由得一怔，发现他眼角微弯，明显是发自肺腑的真笑容，不是平常的冷笑。

这厮居然还会真笑！江澄溪再一次长了见识。

那欢欢可爱地吐了吐舌头："是啊，所以就给爸妈打下手。"欢欢一边说一边偷偷打量着澄溪，见江澄溪抬眼看她，便大大方方地迎着江澄溪的目光，笑盈盈地叫了一声："嫂子好。"

江澄溪还没反应过来，贺培安淡淡地说了一句："这是凤姨和祥叔的女儿，小名叫欢欢。"

十几岁的小姑娘朝她这么明媚灿烂地微笑，哪怕江澄溪铁石心肠也无法迁怒于她，再说欢欢半点也不知情，于是，她微笑颔首当作回应。

欢欢问："安大哥，茶水照旧吗？"

贺培安随意地松开了西装扣子，点头道："照旧。"

欢欢应了一声，转头笑嘻嘻地与江澄溪说："嫂子，我给你泡冰糖菊花茶吧，最养颜排毒了。菊花还是我妈妈亲手种植，然后晒干的呢，可香了。我泡的冰糖菊花茶很棒，连我妈妈都爱喝。"

江澄溪点了点头："好的，谢谢。"

欢欢顿时雀跃地道："那我马上去泡。"说罢，她便出了屋子。

一时间，不大不小的房间里只剩了两人，一下子安静下来。

贺培安双手抱胸，瞧着她，眉目间一片深邃："江澄溪，不管怎么样，我娶你已成定局。既然迟早都得接受我，我建议你还是早点接受为好。"

江澄溪心里暗恨，又不能惹他，只好偏过脸咬着唇不说话。半晌，江澄溪发现在这不长不短的时间里，贺培安一直盯着她，她被他古怪的眼神看得有点毛骨悚然。

显然，这个即将成为自己妻子的人并不接受他这样的好意。贺培安勾唇一笑，既然软的不吃就来硬的好了。

贺培安一直是个坐言起行的人，于是下一秒他拍了拍身边的位置，吩咐道："过来。"江澄溪倏然一惊，抬头望着他。只见他嘴角噙了一丝笑，眼里却无半点儿笑意，语气里头冷意渐浓："怎么，没听到？要我再说一遍吗？"

整个房间好似一只压力锅，仿佛随时会爆裂开来。

江澄溪低下头，垂在一旁的手捏握成拳，指甲掐进了手心，隐约作痛。这样僵持了许久，空气都快凝结成块了。她忍了再忍，这才慢腾腾地起身，朝他走去，然后在他边上虚虚地坐了下来。

下一秒，贺培安的手一点点地伸了过来，抚上了她的下巴。他的指尖很热……江澄溪身体瞬间僵硬了，她甚至都忘记了要呼吸。

贺培安的脸一点点靠近，一点点放大……她只觉全身寒毛直竖，唯一的念头便是向后退，可是他的手指紧紧地箍着她的下巴，不给她躲避的机会。两人这样贴近，彼此呼吸交融。江澄溪这辈子除了陆一航之外，从来没跟别的男子这般亲密接近过。贺培安的男性气息如酒浓烈，充斥四周，她只恨自己怎么不晕死过去算了。

可她没有，她眼睁睁地看着贺培安放大的唇一阖一动："张嘴。"她直愣愣瞧着他，如被定身了一般。实际上江澄溪是傻掉了，她完全不知道要如何反应。

贺培安只觉得那眼神清澈如小溪，这是阅世未深的青涩清纯，未经人事的干净。干净的小东西！他忽然生出了一种焦躁，压了下去。江澄溪惊骇地挣扎，但她在贺培安的压制下，根本无处可去，热烫的气息夹杂着淡淡的茶味在她唇齿间蔓延开来。

有那么几个瞬间，她涌起了想咬他的念头，可她不敢，所以只能皱着眉头被动接受。

最后是开门声惊醒了江澄溪，她猛地一把推开了贺培安。很奇怪，这次居然很容易就推开了他。欢欢吃惊而又不知所措地站在门口望着他俩……江澄溪的脸骤然涨红，浑身血液翻涌。

欢欢显然也没比她好到哪里去，十分尴尬，慌乱得不知道往哪里看，手忙脚乱地送上了茶水，然后撒开腿快步跑了出去。

江澄溪跑进洗手间，脸红得似乎要滴出血来了。她拧开水龙头，掬了一捧水，狠狠地洗脸，拼命地漱口。一遍、两遍、三遍、四遍、无数遍……

贺培安这个王八蛋居然轻薄她，占她便宜。王八蛋！她又恼又恨，又羞又急。

可是，她就要跟这个王八蛋结婚了。以后这种事情就是自己必须履行的义务了！江澄溪真恨不得自己撞到洗手间的墙上，一头撞死算了。

在洗头间里头耽搁了许久，久到她觉得再不出去，贺培安就要踢门进来了。于是，她吸了口气，准备出去。刚要抬步，她又想到了方才的接触，赶忙再次洗脸漱口。

推门出去的时候，包厢里头只有贺培安一个人。桌上摆了一个百宝盘，几份小点心。江澄溪是土生土长的三元人，自然知道三元有一种风俗，那就是毛脚媳妇或者毛脚女婿第一次上门的话，亲戚朋友都会特地用百宝盘装满各种精致果脯来款待。

贺培安漫不经心地抬头瞧了她一眼，只见她脸色依旧血红如染，显然对方才发生的那一幕还在难受不自在，不禁生气又好笑。不过是接个吻而已，那如果他再进一步的话，她是不是要当场晕倒了？

贺培安双手抱胸，淡淡开口："明白我刚才说的意思了吗？"江澄溪别过脸不语。贺培安笑道："看来你还是明白的。"

两人再没开口，屋子里一时静了下来。

隔了良久，江澄溪平复下来，想到某事，抬头道："我有话要跟你说。"贺培安的视线在她脸上停顿一下，神色渐缓，似是示意她说下去。

江澄溪把她们家的情况跟他说了说。她们家人口简单，不过是江父江母和她，外加一只苏小小而已。其实这些情况，估计贺培安早派人查过了。江澄溪一边说的时候一边偷偷地打量着贺培安，没想到他默不作声地垂着眼帘，看上去倒是一副听得极认真的模样。

江澄溪最后道："有几件事情，你必须要答应我。"她说这几句话的时候，口气放低，态度认真，显然真的是有事相求。贺培安侧头打量了她一眼，表情若有所思："说吧。"

"我要你向我保证，必须帮我爸爸摆脱麻烦。还有，我嫁给你，会尊敬你所有的长辈，所以你必须尊敬我爸爸妈妈……"贺培安本来颇为温和的脸色蓦地一沉，打断了她的话："我没有什么长辈！"

江澄溪见他喜怒无常，表情明显不耐烦，心里多少有些惶惶，余下的话便不敢再说下去。

隔了片刻，贺培安道："还有什么？一起说完吧。"江澄溪抬头看了看他，依旧是面无表情的一张脸，心想，反正伸头是一刀，缩头也是一刀，遂问："我能问你个问题吗？"

贺培安浓黑的眉毛抬了抬："问吧？"

江澄溪心里忐忑，支吾了半晌，吸了口气，大着胆子开口："你是个 gay 吗？"否则他的条件，哪用得着霸王硬上弓，随便找一个人结婚呢？

贺培安本是闲闲举着茶杯，一副慢慢饮用的慵懒姿势，脸上则是一贯的淡淡表情，可下一瞬，被她这一句话惊着了似的，蓦地抬头看她，眼神黑亮得惊人。江澄溪见他如此反应，不仅没有害怕，心里头反倒涌起一阵窃喜：这厮莫非真是个 gay？

谁知下一秒，贺培安哈哈大笑起来。江澄溪被他笑得毛骨悚然。这厮居然笑得这么欢！到底是不是个 gay 啊？

贺培安把茶杯搁下，手指颇感兴趣地把玩着，似笑非笑的眼神在她脸上打量了一圈："贺太太，我是不是 gay，方才不是已经证明过了吗？如果你还是不放心，急着想要来验明正身，把我就地正法的话，我也不介意。现在也可以。"

这番似谑非谑、半真半假的话，令江澄溪整个人又瞬间窘迫起来。很快，她发现贺培安只是说说，显然没有那个意思。不过都到这个地步了，该问的还是得问，该说的还是得说。于是，江澄溪道："还有一件事情，你必须得向我保证。"

贺培安双手抱胸，懒懒地瞧着她，似乎在等她下一句的惊世之语。江澄溪吞了吞口水："还有就是……就是你不能打我。你应该不会打老婆吧？"

没想到贺培安闻言，目光牢牢地盯着她，半天没动静。江澄溪被他这举动弄得心里发虚，渐渐地泛起了寒意，这家伙不会真打人吧？

那她不就是家暴受害者？问题是，到时候相关部门会受理这案子吗？毕竟大伙儿都怕惹事上身。

江澄溪还在想万一以后真遇上家暴该怎么办的时候，那贺培安又是"哈哈哈"一阵大笑。等他笑声落下，江澄溪摸了摸鼻子，弱弱地道："既然你不说话，我就当你答应了。"

贺培安确实没有再说话，只是目光深深地瞧了她一眼，喜怒不辨。

很多年后，江澄溪才知道那个时候的贺培安对她实在是无话可说。

室内又安静了片刻。贺培安慢慢地饮完了一小杯茶水，终于捺不住了，开口道："你有什么索性一次说完吧。"

江澄溪吞了口口水，低声说："还有，明天如果我爸妈一时间不同意我嫁给你，你不能对他们乱发脾气，我会跟我爸妈慢慢磨的。"

贺培安的眼光很是奇怪，把她从头到脚扫了一圈："你放心，我有的是办法让你爸妈同意你嫁给我。"有的是办法？！江澄溪浑身一哆嗦：这厮的办法，绝对没一个是好的。

当然，江澄溪也有十分想不通的地方。按她以往看过的言情小说，男主威胁女主，不过是让女主做他的女人而已。到底是言情小说失实，还是贺培安有问题，居然要娶她？她们家无权无势无靠山无人脉，贺培安要是威胁她做他的女人，她还不是照样得答应？

可贺培安居然说要娶她。娶了后，以后不要她了，还要签字离婚，多麻烦的事情？

江澄溪实在是百思不得其解！

不过两人谈到这里，江澄溪觉得已经再无话可说了，便从包里取出了一张纸和一支笔推给了他。

贺培安目光微闪："什么意思？"

江澄溪吞了口口水："毕竟……口说无凭，我们还是签字……签字比较好……"贺培安将纸上已经打印的条款，来来回回地看了两遍，居然没发问，也无任何异议，拿起笔，"唰唰唰"地签上了他的名字。

他居然这么轻易就签了，早知道就多加几个条款上去了。江澄溪悔得肠子都青了。

接下来，两个人便默默无言地面对面坐着。江澄溪只觉得是种无比难耐的煎熬，偏偏对面的贺培安，端着茶杯，缓缓地饮，浅浅地酌，一脸的闲适舒坦。

好在没过多久，凤姨便同服务生把菜端了上来，满满的一桌子，红的红，绿的绿，色泽诱人，香气扑鼻。

凤姨亲自盛了满满一碗汤双手捧给了江澄溪："澄溪，来尝尝看凤姨炖的这个汤，用养了好几年的老鸭和火腿、笋干、香菇一起炖的。"

凤姨笑吟吟地瞧了贺培安一眼，道："小少爷呢，从小就最喜欢这个汤。上午打电话过来说他要来，我就赶忙用小火炖着……要不然，一下子来不及做。"

上午？这厮上午就料到晚上会跟她一起来？作为吃货的江澄溪本来所有的注意力已经被美食吸引住了，此时闻言，刚有些灭下去的火苗又"噌"一下上来了，恨不得把手里的汤碗砸过去。实际上她什么也不能做，只好在凤姨满怀期待的眼神下，吹凉了，尝了一口。

舌尖一触到汤汁，甜鲜甘美之味便在口腔四处蔓延开来。哇，太美味了！若不是眼前这厮的存在实在是影响食欲，江澄溪此时肯定已经毫无任何形象可言地大快朵颐了。

凤姨瞅着她，小心翼翼地问："怎么样？澄溪，你喜欢这口味吗？"

江澄溪诚实地微笑："凤姨，实在是太好喝了。"

凤姨的表情明显放松下来，越发欢喜地微笑，忙不迭地给她夹菜："喜欢就多喝几碗。我每次炖这个汤啊，小少爷都会多吃一碗饭。这几个菜，都是他最爱吃的家常菜……"

凤姨临走时还再三叮嘱贺培安："小少爷，给澄溪多夹点菜。"真的是越看越配，越看越欢喜，凤姨带着心满意足的微笑，掩上门离开了。

婚后，江澄溪才从小九那里知道，凤姨是贺培安的保姆，看着贺培安长大，一直到贺培安出国留学，凤姨才从贺家出来，开了这家小饭馆。而从小失母的贺培安一直把凤姨当成自己的长辈。

那天，在那顿饭快结束的时候，江澄溪接到母亲石苏静喜极而泣的电话："澄溪，你爸爸回来了……说假药的事情查清了，是那家人家没赔到钱胡乱举报。好了，好了，没事了！没事了！你快回家吧！"

江澄溪这才长长地舒了口气。抬头，只见贺培安这厮正波澜不惊地埋头吃喝。

晚上，贺培安的车子一行驶进庭院，便看到一辆熟悉的车子正停在门口。

他推开书房的门，便见李兆海搁下了手里的相框，缓缓转身："回来了？"

贺培安道："海叔来怎么也不通知我一声？"

李兆海静静地瞧了他片刻，方开口道："培安，你真决定了？"

贺培安脸上的笑容微凝，顿了顿，回答道："不错，我决定了。"

李兆海道："培安，何必呢？人家好好的一个女孩子……"

贺培安从酒柜取了瓶酒，倒了两杯："海叔，不是我想把她扯进来，是贺培诚把她扯进来的。我不是没用过招……"他忽地顿住了口。

"她软硬不吃？"李兆海明显诧异，好半晌，才自言自语地说了一句，"这个女孩子倒也有些意思。"

贺培安把酒杯递给他。李兆海接过却不饮，凝望落地窗外的漆黑夜色，语重心长地道："培安，结婚可是大事。何必为了让贺培诚不好过，就娶人家呢？现在很多男人，今天喜欢这个，明天喜欢那个。这年头，哪里还有痴心长情剑啊？"

贺培安执起酒杯，轻轻晃了晃："海叔，你不是三天两头催我结婚吗？怎么我现在听你的话，真准备结了，你却意见多多？"

李兆海扫了他一眼："谁让你只有我这么一个长辈？按你外公那里的辈分，你应该叫我一声舅舅。我要是不催着你，你疯得都快没边了。你以为我不知道，三天两头往洛海跑。你洛海的那些朋友，哪个是吃素长大的？"

酒杯抵着唇，贺培安缓缓地饮了一口，并不反驳。

"不过，你哪里是随随便便就结婚的人？"李兆海若有所思地抬了抬眉毛，"莫非你真的喜欢那个女孩子？"

贺培安闭上眼，一副享受酒香余味的表情。数秒后，他睁开眼，嘴角微勾，笑意凉薄："这怎么可能！不过是瞧着还顺眼罢了。"他顿了顿，又道，"我要是再拖几年，按我们家死去那老头儿的遗嘱，不是白白便宜贺培诚这小子了吗？海叔，你是知道我的脾气的。我就算把贺氏拱手送人，哪怕是送给路边的乞丐，也不会便宜了贺培诚和那个女人的！贺氏是怎么发家的，海叔，你比我更清楚！"

李兆海喟叹了半晌，道："你还真是会折腾！照我说，把他们母子赶出三元就是了。省得你见一回眼睛疼一回，你偏偏不让。在外人面前还要摆出兄友弟恭那套。如今倒好，还把自己搭了进去。"

贺培安面无表情："把他们母子赶出三元，那不是太便宜他们了！再说了，把他们赶出三元，遗嘱就失效了，那怎么成？我们老头儿精得很，对贺培诚又宠得跟眼珠子似的，早把可能会发生的情况沙盘演算过了，否则怎么会在第一份遗嘱里面特别申明，十年内我若是把贺培诚赶出贺氏或者贺培诚无故身亡，将公布第二份遗嘱。这第二份遗嘱藏着掖着，这么见不得人，用脚指头想想都知道肯定是针对我的。"

贺培安仰头将杯中之酒一饮而尽，冷冷一笑："老头子算错了一点，我怎么会去动贺培诚呢？按血缘论的话，他可是我在这个世界上最亲的人。我怎么会把他从三元赶走呢？他一走我会少了很多乐趣的。我让他好好地待在三元，好好地看着他，好好地陪他玩。能让他不好过的事情，我贺培安都会不遗余力地去做。"

李兆海一时不语，好半晌，方又道："先不说贺培诚。我倒是想问问你，若是以后你碰到自己真正喜欢的人，要怎么办？"

贺培安淡淡道："不过是离婚罢了。这年头，离婚也很简单！"

李兆海默然了许久，长叹一声："看来我真的是老了。跟你们这一代，不是有代沟，而是有鸿沟了。"

贺培安上前，亲热地揽着他的肩头："放心吧，海叔。我从不做亏本的生意，婚姻也一样。"

"我真不知你怎么想的。对了，五福的冯财昆最近想来三元发展。那人在五福吃里爬外，把自己的老大弄进了牢里，自己做了一把手。如今张狂得很，明目张胆地捞过界了。我让人去安排了，让他打哪儿来就回哪儿去。在五福找不着北是他的事，可别在我们三元找不着北。这段时间，你身边多安排几个人，注意点安全。我怕那人没办法找我报复，向你下手。"

贺培安不以为意道："放心，海叔。大家都知道我只是个清清白白的生意人，从不过问这些事情。"

李兆海："话虽如此，可大家也知道你是重爷唯一的外孙，打你脸就等于是打我脸。"

第二天，按照约定时间，几辆车子准时来到了江澄溪家门口。

江阳在江澄溪出门后去了诊所善后。石苏静见他在家里，整个人憔悴了许多，所以江阳提出去诊所瞧瞧，石苏静也就不拦他。

贺培安来的时候，家里就石苏静一个人。一拉开门，石苏静便愣住了。这是什么情况啊？

几辆黑色的豪车，一排身着西装戴墨镜的粗壮保镖，簇拥着中间的一男一女。这阵仗是拍电影还是在拍电视啊？她狐疑地瞧了几眼，不对……中间这女的打扮……看上去有几分眼熟……

她愣了愣，下一秒便发现被一群保镖拥在中间的那个女的，不就是自己的女儿江澄溪吗？

她回过了神，瞪着自己的女儿："江澄溪，你给我过来！"石苏静又不是吃素长大的，一看排场就知道那男的不是什么好来头。女儿怎么会跟这种人在一起？昏了头了！

江澄溪一听母亲高了几度的嗓门就知道母亲大人已经开始发怒了，她怯怯地上前一步，腰部箍着的手却收紧了，把她带回了他怀里。

贺培安望着她，不动声色地微笑："澄溪，我们说好了，以后无论什么事情你都要陪着我的。"

江澄溪无奈，只好转头叫了一句："妈……"

石苏静见素来听话的女儿竟然没过来，又见那男子搂着澄溪的腰，便知道他跟自己的女儿关系匪浅。在自己家门口也不好大着嗓门把左邻右舍都给引来，于是磨着后槽牙，低喝道："还不给我进来！"

贺培安搂着江澄溪大大方方地进了屋，三下两下将江家打量了一番，客厅虽然不是特别大的那种，不过摆设温馨。沙发边的角几上搁着一家三口的合照，江澄溪站在中间，双手搂着父母的脖子，冲着镜头微笑，嘴角梨涡深深，整个人比阳光还灿烂。

身后的人跟着他们进来，搁下了礼物后，鱼贯而出。

石苏静的脸色十分难看，也顾不上还有贺培安这个外人在场，瞪着江澄溪："这是怎么回事？"

江澄溪明显瑟缩，但仍极力微笑："妈，这是贺培安。"

贺培安礼貌地欠身叫了一声："阿姨好。"然后就直接开门见山，"阿姨，我这次来的目的呢，是跟叔叔阿姨商量一下我跟澄溪结婚的事情。"

结婚？江澄溪跟他？石苏静愕然万分，片刻后回神，沉声道："江澄溪，你还不给我过来？"江澄溪知道母亲已经在暴怒中了，可贺培安的"五指山"紧紧地扣着她的手指，她又不能当面甩开。

贺培安似根本没瞧见般，慢条斯理地道："阿姨，事情是这样的，我跟澄溪决定结婚了。今天是特地过来跟叔叔阿姨讨论一下婚事安排的。"

石苏静抬眼瞧着贺培安，声音瞬间拔高了几十分贝，气急败坏地道："结婚？结什么婚？谁同意你们结婚了？"

贺培安笑了笑，缓声道："阿姨，我跟澄溪一时冲动，没控制住，发生了关系……换句话说，澄溪现在的肚子里可能已经有我的孩子了……为了对澄溪负责，所以……"

原来他说的办法就是这个！这也太落伍了吧。现在又不是古代，露点肌肤被男人看到就得让男人负责。江澄溪想笑可又不敢，再加上眼前母亲石苏静那刀子一样的锐利目光，只好垂下头。

石苏静一愣后，朝女儿恶狠狠地剜了一眼，恨不得当场把她给撕了。她缓了缓，调匀自己的呼吸，然后把脸对着贺培安。她一副大度明理的模样："贺先生，我也不是什么老古董。也知道现在的社会，这种事情也不算什么大事。今天我这个母亲就为澄溪做一次主，你也不用对我们家澄溪负责。大家就当这件事情从来没发生过。贺先生，你看怎么样？"

贺培安挑了挑眉毛，低头瞧了四肢僵硬的江澄溪一眼："哦，既然阿姨不要我负责的话，那我就恭敬不如从命了。"不可能啊，贺培安怎么可能这么好说话呢？江澄溪讶异地抬头，与他的视线相撞，清清楚楚地看到了他眼里的光一闪而过，那是一种势在必得。

"但是，阿姨，既然我跟澄溪都已经这样了，我不必对她负责的话。那么，她应该对我负责吧？"不只江澄溪，连石苏静也目瞪口呆了，这也太无耻了吧？

贺培安凝视着江澄溪，慢声道："澄溪，你毁了我的清白，你必须要对我负责，对不对？"他要是还有清白可言，黄河水都是清澈见底，可以照人了。江澄溪心里腹诽，但哪里敢说出口。

贺培安抬头，目光平静，对石苏静一字一顿地道："阿姨，你说是不是这个理？"

这么强势的短短几句话，再加上刚刚门口的排场，石苏静已经知道这人是个狠角色，不是这么好打发的。可她就这么一个女儿，哪舍得这么随随便便嫁人？于是，她敛下脾气，摆出一副长辈的模样，开始使用拖字诀："小贺，既然你们小辈都已经决定了的话，我们做长辈的也不好反对。但是……结婚是一辈子的大事，凡事都要从长计议。"

贺培安见她瞬间转了口风，便知道她在打什么主意，不动声色地笑道："阿姨，我跟澄溪已经挑好日子了，就这个月16号。我请高人看过日子了，说是今年嫁娶的最好日子。"

石苏静又差点跳起来，16号？今天都月头了！还好她这次按捺住了："小贺啊，你看这事，一来我们连你做什么的，最基本的家庭情况也都不了解……结婚这事可不是什么小事。总得等我们大家彼此了解了、熟悉了，然后再谈你跟澄溪的婚事。再说了，今天澄溪爸爸不在，阿姨我怎么也得等他回来商量一下，你说是不是这个理？"

贺培安连声道："是，阿姨说的是。既然如此，阿姨有什么不了解的就问我。我知无不言、言无不尽，今天就让阿姨做一个彻底深入的了解。"他向来不做没把握的事，早料到江澄溪父母这里没这么容易搞定，所以早做好了各种沙盘演练。

石苏静本就是推托，一下子倒没想好要问什么，便随口道："小贺，你是在哪个单位工作的？"

贺培安道："阿姨，我没什么具体的工作单位，只是有些生意而已，有台面上的，也有台面下的。这年头，赚钱不容易。所以能赚钱的行当都要涉足一下。"说到这里，他还状似无奈地对着石苏静微笑摊手。

事实上，李兆海因为疼贺培安，从不让他触碰那些台面下的事。而贺培安接手的贺氏以及后来跟洛海朋友们的一些合作从来都是正正当当、清清白白的生意。但所有事情都如实汇报的话，又怎么会对江母有震慑力呢？

石苏静脑中顿时嗡嗡似有千百只蜜蜂在乱舞。台面上的？台面下的？不会是涉黄涉赌涉黑吧？第一次见面就这么开门见山、直言不讳，明摆着是在给下马威。这人绝对不是什么善茬儿！第一眼看他的样子就知道是有来头的，想不到还真是有来头。肯定是，绝对是，否则身边怎么会有这么多保镖？

江澄溪这没脑子的怎么会惹上这种人？一瞬间，石苏静脑中思绪万千。

贺培安继续道："所以平日没事，我就去看着点。现在这世道，做什么都不容易……"

贺培安见石苏静忽白忽青的脸色，很满意这几句话所产生的效果。他知道不能逼得太急，心急吃不了热豆腐。等石苏静消化得差不多了，他这才道："结婚确实不是件小事！阿姨是应该和叔叔商量一下的。那我今天就告辞了，我明天下午再来拜访叔叔阿姨。"

他拖了江澄溪的手，让她不着痕迹地送他到门口，俯身在江澄溪额头上落下温柔一吻："乖，晚上给我电话，我明天再来陪你。"从动作、表情到语调演得无一不像热恋中的男子，连恋恋不舍的眼神都像到了十成十。江澄溪心中一阵恶寒。

贺培安前脚刚走，门还未完全合上，石苏静就开始抽江澄溪，给江澄溪一顿大骂，然后逼着她说清楚和贺培安相识的经过。可怎么发生关系的事情，江澄溪只好说自己喝醉了，什么都不知道。

一听江澄溪说完，石苏静火冒三丈，举手又狠命地往江澄溪身上抽了过去："你这个没脑子的，怎么会去惹上这种人？你这个没脑子的！叫你喝醉！"

江澄溪只好一个劲儿地说："妈，你别生气，你别生气。"

"我能不生气吗？你竟然去惹上那种人！"

"我怎么会生出你这个女儿啊！打死你算了！"

惹都已经惹上了，打死她也没用了。石苏静心里头虽然是明白的，可手头的力道没减弱半分。

最让她恼火气愤的是，无论她怎么骂怎么苦口婆心地劝，江澄溪就是没一点反悔的意思。

"江澄溪，反正我是不会同意的，你爸也不会。你怎么也不能嫁给他！"

"你从小就听话乖巧，怎么在这个事情上就不肯听我的话呢？这种人，你嫁不得的！"

江阳接到了老婆的电话，急匆匆赶回家的时候，石苏静已经口干舌燥、手脚无力地瘫坐在沙发上。她一见江阳，顿时便委屈地落下泪来："呜呜，老公，我不要活了……这日子，过不下去了，过不下去了。你女儿要么就男朋友也没一个，要么就带个不知所谓的人回来说要结婚了。"

江阳很快知道了所有的事情，也没有骂江澄溪，先是琢磨着名字："贺培安？跟贺培诚是什么关系？"

江澄溪垂着头道："是他哥哥。"

江阳静了半晌，苦口婆心地道："澄溪，你也不小了。婚姻大事你要考虑清楚，千万不要乱下决定。俗话说男怕入错行，女怕嫁错郎。这可是一辈子的大事，马虎不得。"父亲从来只叫自己囡囡的，只有生气的时候才会唤自己的名字。

江澄溪垂着头，在肚子里一千遍一万遍地咒骂贺培安。她组织了一下语言，才轻轻开口："爸，我真的很喜欢贺培安，我很想嫁给他，做他老婆。"很久后的江澄溪都佩服自己，当时居然可以说出这么恶心的话，而且还没咬到自己的舌头。实在是奇迹！

江阳静静地望着她许久，最后长叹口气，进了自己的书房。

见女儿态度如此坚决，显然是铁了心的非君不嫁，石苏静又气又急，跟着江阳进了书房，委屈地道："那姓贺的，你没看到，一副不达目的誓不罢休的样子。囡囡又跟吃了迷药昏了头一样的，一定要嫁给他。我们家最近这是怎么了？诸事不顺！我不管，你给我想办法，无论如何也不能把囡囡嫁给他！"

江澄溪见父母这样，心里又怎么可能好受？可是，现在除了嫁给贺培安外，她没有其他任何选择！虽然父母气她恼她，可总比知道她是被逼到迫不得已才嫁的要好。

第二天下午，贺培安果然按时上门，这次人倒是没带几个，只来了一辆车，还亲自提了礼物敲门。见江阳在，他便微笑欠身道："叔叔好，我是贺培安。"笑容虽浅，但还算礼貌周到。江澄溪阿Q地安慰自己道：有笑容总比没有好。

江阳倒是第一次见贺培安，仔仔细细地打量了一番：一身深色修身西服，彬彬有礼间颇为成熟稳重。和自己女儿澄溪站在一起的时候，从外表看，居然倒也蛮登对的。只是那一双眼睛深邃如海，似瞧不见底。江阳心底思忖：苏静果然说得没错，这个贺培安不是囡囡能驾驭的。

他好半晌才假意咳嗽了几下，清了清喉咙，开口道："小贺，你跟我来。"

才一踏进书房，贺培安便闻到了浓浓的中药香味。落地的几排书柜，满满的都是医书，最顶上还搁了几只透明的玻璃大瓶，浸泡了各式的药酒。

江阳关上了书房的门，示意贺培安在沙发上坐下来。

"昨天，囡囡告诉我她一定要嫁给你，我就想着我未来女婿是个什么样子……

"小贺，我就囡囡这么一个女儿，我不求她大富大贵，我只要她平平安安、开开心心的就好了。

"小贺，我想知道，作为一个男人，你能跟我保证什么？如果将来你也有个女儿的话，你希望你的女婿会怎样待她……"

江澄溪和苏静在厨房里洗切水果、泡茶。石苏静切了一半的水果，听见女儿一声压抑的惊呼声，抬头便瞧见杯子里的热水溢了出来，此刻正往地上淌。这丫头就没一点事可以让她省心的，多大年纪了，连倒杯茶水也做不好。做不好也就算了，在家里还有她和江阳疼着护着，可她偏偏如中邪般死活要嫁人……

石苏静瞧着女儿晃来晃去的身影，心里头堵着那口气，上不去又下不来，还兼着心疼和恼火。她没好气地训斥道："烫着自己没有？出去坐着吧，我来弄。"

江澄溪此时的心里七上八下的，说不担心是假的，知道父亲的脾气，只要是他喜欢，什么都好说。如果是厌恶的话……搞不好就把贺培安给赶出去了。若是把贺培安这厮给惹了的话，那她要怎么收场啊！

听母亲这么一说，她心神不定地"哦"了一声。

好在一时也没听见书房有什么大的动静。她坐立不安地在书房外头等了半晌，两人总算是出来了。江澄溪看到父亲脸上如常，倒也没什么特别反应，暗暗松了口气，看来贺培安没惹父亲生气。

那天，贺培安在江阳的挽留下，吃了晚饭才告辞离去。

他的车子估计都还没发动，石苏静就面色铁青地对江阳发飙了："我让你跟他说清楚，囡囡无论如何我们是不会同意嫁给他的。你怎么谈的，居然还留他在家里吃饭？你这个死老头儿，是不是昏头了啊！"

江阳还是如常的好脾气："先别急，你听我说……"

石苏静怒气冲天，简直要把楼板给掀了："说什么说，我不听！我是绝对不会同意把我们家囡囡嫁给他的，嫁谁也不嫁给这种人！"说罢，她就头也不回地进了卧室，将房门甩得哐哐响。

其实江澄溪也有些好奇贺培安究竟对父亲说了什么。后来她是知道了，那也是在很久很久以后了。但那个时候，江阳只是又认认真真地问了她一遍："澄溪，你真的决定要嫁给他吗？"

江澄溪点头，垂着眼帘，低声道："爸爸，对不起。可是，我已经决定了。"

江阳缄默不语地回了房，把贺培安下午在书房里对他说的工作之类的对石苏静说了一遍："他说他现在只负责他爸贺仲华留给他的那些生意。其他的事情，跟外头传的不一样，他说他以前从来没碰过，以后也不会碰。"

江阳对石苏静好言安慰："我跟你一样，希望囡囡可以考虑清楚，不要随随便便地就嫁给这个贺培安。可你看囡囡这坚决的态度……"他长叹了一声，"囡囡的脾气你又不是不了解，外表看起来柔顺听话，可从小就是个犟脾气，一旦认定一件事情，十头牛也拉不回来的。"

石苏静一直赌气地背对着他，任他怎么说，也不吭一声。

江阳沉默半晌，幽幽道："儿孙自有儿孙福。命里该囡囡经历的，她都得一一去经历！就算不是这个贺培安，日后也会有别人把囡囡带走的……既然囡囡这么想嫁给他……就算了吧！"

石苏静想了想，知道江阳说的话是没错，但她总归是接受不了，自己一直捧在手心里的女儿居然会嫁给贺培安这样的人，想想就要流眼泪："江阳，我知道。我都这岁数了，难道不明白吗？囡囡迟早是要结婚，迟早要离开我们的。

"从囡囡读初中开始，我们就担心有男生会追她，怕她会早恋，怕她会影响成绩，千叮咛万嘱咐的……她向来懂事听话，别家的孩子叛逆顶撞父母，她从来没有过。虽然高考发挥得不好，考得不理想，但她读高中的那三年一直都很认真用功，从不叫我们多操一份心……

"囡囡到现在也没谈男朋友，我跟你也急，怕她错过了好岁数，怕优秀的男孩子都被别人挑光了……可现在这么突然地冒出这个姓贺的来，一见面就说要结婚……江阳，养儿一百岁，长忧九十九……我不是不想囡囡结婚……

"我们生这个女儿花了多少心思，受了多少罪，只有我们自己知道。那个时候，我们想要个孩子想得都发疯了。你当时医院里的那些领导、同事都劝我不要生，说风险太大……我当时真的是九死一生才把囡囡生下来的。我疼囡囡、宝贝囡囡，从未想过囡囡要嫁什么有钱有势的人，只希望她能找一个像你这样知冷知热、可以疼人的。可你看这个姓贺的，这人哪是个善荏儿啊！囡囡跟着他肯定会吃亏……囡囡怎么会这么昏头啊？她一向都听我们的话……这次是怎么了？"

江阳拍着石苏静的手，一个劲儿地点头，说："我知道，我知道。"到了最后，他长叹一声，"你的心思我哪会不懂呢！可是苏静啊，囡囡跟谁在一起都可能会吃亏，跟谁结婚都有可能会离婚。同样的道理，跟谁在一起也有可能都会幸福。我们为人父母的，想开点吧。只要囡囡开心就好。儿孙自有儿孙福！你就不要再哭了，哭了也无济于事！"

石苏静半天不说话。江阳知道老婆的态度已经软下了一点，便取了胰岛素："来，快打针。我去厨房给你把饭菜热一热……你刚刚一口饭也没吃……"

石苏静默然片刻，终于缓缓地点了点头。

Chapter 4　他不是那个人

日子就是靠哄、靠骗过下去的。

哄久了，骗久了，

就一辈子了。

贺培安与江阳见面的一个星期后，江阳的那件医疗纠纷竟然有了回音，卫生局那边说有了鉴定调查结果，说是家属主动表态说那孩子的病跟江医生的门诊和他开的药没关系，是他们没有好好尽到看护责任以至于让孩子延误了病情，并表示这周会出一份正式的调查报告。

接下来，也不知道贺培安动用了什么手段，让那个家属在本市最大的几份报纸上登报道歉，澄清了事实真相。

江阳和石苏静不知其中缘由，这样出乎意料的结果令他们欣喜万分。石苏静开心得连声念佛："真是菩萨保佑。菩萨保佑啊！我明天就去千佛寺还愿。"

石苏静见江澄溪卧室里有灯光，知道她还未睡。她推门进去，便见江澄溪在给苏小小喂食。石苏静在她床边坐下来，嘀咕道："囡囡，你再好好考虑考虑，别一时昏了头。唉，囡囡，妈妈我不是给你添堵。贺培安这样的男人，真不是你能驾驭得住的。"

江澄溪低垂着头，默然不语。

石苏静长叹了口气："贺培安现在是一时喜欢你，一时冲动想娶你。可男人呢，都是喜欢新鲜刺激的。像你爸这样好的，天底下也难找出几个。妈妈我是过来人，看到的多了。妈妈不是咒你，你跟他长不了。过不了三年五年，他对你就没兴趣了……澄溪，你就听妈妈这一次，不要嫁给他。"

江澄溪片刻才低声道："妈，都是我不好，让你这么担心……"

事到如今，是她第一次服软认错。石苏静眼眶一热："妈什么妈，妈妈问你，是不是他答应帮你爸，你才同意嫁给他的？"江阳的医疗纠纷来得蹊跷，解决得更是又快又蹊跷，难免让石苏静和江阳觉得中间有古怪。

江澄溪一愣，然后迅速摇头否认："没有的事。妈，你想到哪里去了？不过，他是帮忙啦。"

她努力挤出甜蜜的微笑，嘴角划出了弧度，凑到母亲身边，轻声问道："妈，你不觉得培安他长得很好看吗？我每次看到他，心里头都怦怦跳。"

石苏静见女儿脸上泛起一丝红晕，活脱脱一副儿女情长时的娇羞害臊、难以启齿的模样，不禁错愕了半晌。这话诚然不假。贺培安长身玉立，剑眉星目。囡囡难道真的这么爱那个姓贺的？

她心里暗忖，面色则不露，试探性地问道："你爸昨天去找小贺谈过了。他自己都承认帮忙解决了你爸的麻烦事，只是他说他跟你是彼此相爱的……"她顿了顿，又道："囡囡，我不知道他到底喜欢你多少，但按他的意思就是这门婚事非结不可。"

江澄溪垂头不语。良久后，石苏静叹了口气，才终于松了口道："囡囡，你如果铁了心一定要嫁给他的话，爸妈也没办法，爸妈也只有祝福你！"

江澄溪眼眶蓦地一红，抬头："妈——"

石苏静亦是眼圈发红，默然半晌，叮嘱道："澄溪啊，如果小贺对你不好，你也不要怕。实在处不下去，就离婚呗。反正现在这个社会，离婚也很正常……"

石苏静知道世界上没自己这样的母亲，女儿还没结婚就盼着她离。可是她想到那个贺培安，心里就发怵。石苏静这辈子都没见怕过谁，可是这个女婿，她见了，心里头总有点发毛。

"好在贺培安也同意这次婚礼不大肆操办，简单登记一下就好。否则，我还担心怎么跟亲朋好友交代呢！"石苏静打心里不愿意承认贺培安要做她的女婿这个事实。

江家的亲戚本来就少，可怜到简直可以用寥寥无几来形容。江阳是那个年代少有的独生子，父母早亡。而石苏静呢，比江阳还不如，是一个孤儿，从小被一对老夫妻收养。石苏静刚工作不久，还没等她孝顺他们，两个老人就撒手而去了。不过虽然亲戚少，但江阳在中医院这么多年，院里多少同事、下属，若是让那熟识的人知道他们家澄溪找了这么一个……唉，石苏静想想那画面，都不愿意出门了。

再加上，她暗暗存了个心思。万一囡囡跟贺培安婚后不和谐，闪离了呢？这世道，年轻人闪婚闪离的听说多得很，若是那样的话，还不如不办婚礼。到时候暗暗地把结婚证换成离婚证就成了。

因存了这个心思，所以她早几日便跟江澄溪说："最近诊所弄成这样，你爸和我都累坏了。再说，你们结婚这么赶，连通知亲戚朋友都来不及。要不，你跟贺培安那边商量一下，就先登记，婚礼啊，等过段时间比如年底再办？"石苏静依旧使用"拖字诀"！

其实这个建议正中江澄溪的下怀，她便跟贺培安说了，不想大办是父母的意思之类的。

贺培安当时盯着她沉吟片刻，最后点了下头。

于是，同意只登记、不大办的要求，也算是遂了石苏静的心意，她只差没开口念佛。

贺培安虽然有各种的不是，但有一点还是不错的，除了没宴请大办外，所有婚礼的规矩都按三元市的传统做足了，让一向挑剔的石苏静也挑不出半点毛病。

这中间，江澄溪只在拍婚纱照的那天与贺培安见过。其实她根本不想拍婚纱照，可是，她的婚礼都这么清简了，若是连婚纱照也不拍的话，这也假得太过了。别说母亲石苏静这么细心的人，连她老爸估计都会怀疑了。

俗话说做戏要做全套。不得已，她便跟贺培安提出了拍婚纱照。

那天，她拨了电话给贺培安，他的助理向念平接的电话。听见她的声音，他有一秒的诧异："贺太太，你好。贺先生正在开会，有什么可以帮你转告的吗？"江澄溪便婉转地把要拍婚纱照的理由说了一下。

一个小时后，向念平便给她回了电话，告知她已经安排好了时间地点，效率之高，简直令人咂舌。

第二天，江澄溪来到店里试装的时候，并不见贺培安的踪影。来接她的小九只说了句："贺太太，贺先生已经在过来的路上了。"

有数位美女店员殷勤地带她去选婚纱："贺太太，这是我们店最新到的几款婚纱，都是欧美名师设计，专门空运过来的。如果贺太太不喜欢的话，我们也可以请国际大牌婚纱设计师为您定制。上个月结婚的袁小姐，她所有的婚纱礼服都是定制的。定制就是时间比较长，但一生一次，这样的等待也是非常值得和有意义……"

美女店员巧舌如簧，对三元城中的有名人物如数家珍。江澄溪纯属是做任务，随手挑了挑，然后指着一件道："就这件吧，我去试穿。"

她婉拒了店员的帮忙，自己抱着长长的婚纱进了更衣室。每个女孩子都梦想过自己穿上婚纱，挽着自己心爱的男子说"I do"的时刻，江澄溪也不例外，可是她从未料到会在这样的情况下穿上婚纱。

她忽觉一阵从未有过的疲惫涌了上来，抱着雪白的一团婚纱颓然地在贵妃榻上坐了下来。她将脸深深地埋在这团蓬松的雪白里头。

她真的要嫁给贺培安了。

能逃避一时，也逃避不了一世。就算她再不心甘情愿，还是要出去面对的。

直到此时此刻，她还是不明白自己是怎么惹到贺培安的。他为什么一定要跟自己结婚。为什么，为什么事情会成了现在这个样子？她唯一知道的是，自己什么也改变不了。

她坐了片刻，认命地起身换衣服。既然已经到这个什么也改变不了的地步，那么她还是识相一点比较好。万一惹恼了贺培安，她只有吃不了兜着走的分儿。

江澄溪在选婚纱的时候，不过是随手一指，没想到这款婚纱穿在身上居然会这么好看。斜肩的蕾丝款，腰间缎带盈盈一束，下面是鹅毛装饰的大裙摆，如波浪般铺散开来。

她在大大的镜子前面停驻良久，才拉开门出去。

门口候着的店员们和小九各自怔了怔。下一秒，店员已经迎了上来，眼里的惊艳之色亦未褪去："贺太太，您穿上这款实在是太好看了，就像量身定做的，不，比很多量身定做的都要好看。"

化妆团队们帮她松松地绾了头发，拿了配套的头纱替她戴上，再次赞叹道："其实头发放下和头发盘起来各有味道。要不等贺先生换衣服出来，我给你做两种发型，让他也看看？"

坐在梳妆凳上的江澄溪一怔，贺培安已经来了吗？房间里在一瞬间静了下来。她察觉到了异样，抬头，从镜子里看到了一身黑色礼服的贺培安。

两人的眼光不经意地在镜中交会，她赶快移开，装作凝视自己的发饰。贺培安的动作顿了顿，吩咐道："这样就可以了，安排拍照吧。"

店员赶忙应了声"好"，引着两人进了摄影室。跟所有的摄影房间一样，这里摆满了摄影器材。江澄溪感觉到贺培安的手轻轻揽了上来，他的手带了热热的温度，令她十分不习惯。此时，摄影师的声音响起："新娘，看这里，对了。把头侧向新郎，再靠近一点，对了，再近一点。笑一下。对了，就这样。"

两人对着镜头微笑，咔嚓定格。

大约如今的人很少拍室内婚纱照了，婚纱店的店员一再建议："贺太太，其实我们有很多拍摄线路可供选择的，比如海岛线，马尔代夫、毛里求斯、大堡礁等。或者欧美线路，希腊爱琴海、法国普罗旺斯、英国古堡、中美洲加勒比小岛等，每一条路线都非常适合您跟贺先生，不如你们考虑一下？"

面对店员的诱人推荐，如果新郎不是贺培安的话，哪怕只是江澄溪有一点点喜欢那个人，或许她就动心了。可因为是贺培安，这个自己心不甘情不愿却不得不嫁的人，想着去那些地方，两个人要长时间地接触，江澄溪只想想就会打冷战。结果可想而知，美女店员虽然巧舌如簧，最终还是铩羽而归。

拿到婚纱照片的那天，王薇薇倒是惊讶了一番："想不到大名鼎鼎的贺培安，笑起来居然如此迷人。你看，他脸上竟然有一个酒窝！"端详了片刻，她抬头瞧了瞧江澄溪，促狭地眨眼微笑："澄溪，凭良心说，看照片的话，你们蛮有夫妻相的。"

江澄溪双手捂脸，唉声叹气加各种萎靡不振："薇薇，你可不可以不要老提贺培安？让我有时间喘口气。我也就剩这几天有限的好日子了！"

事实上，她拿到照片的时候，想到的人却是陆一航，那个她初次恋上的人。如果当年陆一航没有出国，现在不知会怎么样。虽然这些年，陆一航与她没有一点联系，可她还是偶尔会想起他，想起那个夏天，她与他在碎金闪烁的夕阳下，彼此的嘴唇轻触，清新甜美得像是花朵骤然绽放。

一直到结婚那天，江澄溪犹在怀念自己那段消逝了的初恋。

日子很快便到了结婚前一天晚上。石苏静一顿饭下来不发一言，只寥寥地吃了几口，搁下筷子进了卧室后便再不肯出来。

江阳则进了江澄溪的卧室，语重心长地对她再三叮嘱："囡囡，日子就是靠哄、靠骗过下去的。哄久了，骗久了，就一辈子了。所谓的白头到老，就是这么来的，知不知道？"

江阳偷偷地对她调侃，颇有自吹自擂之势："否则凭你爸当年的本事怎么能追到你妈，还把你妈哄得这么服服帖帖？"

江澄溪心情低落，听父亲这般吹嘘，不免嘴角上扬笑了出来。老爸其实是很爱老妈的。当年石苏静花容月貌，一进厂子便登时轰动全厂，追求者多如过江之鲫，后来一听说她身体不好，便一哄而散。只有老爸，对老妈依旧痴心不改，这才换来老妈的另眼相待。

婚后这二十多年来，两人恩爱如初，偶尔吵架拌嘴也是周瑜打黄盖，一个愿打一个愿挨。王薇薇对此一直羡慕得要死，老嚷嚷着要江澄溪把父母让给她。

江阳谆谆叮嘱，传授各种过来人的经验："囡囡，这人都得哄，特别是男人，更是要哄要骗。我看那小贺就是个吃软不吃硬的……是头顺毛驴。"

江澄溪"嗯"了一声，轻轻道："爸爸，我知道。你放心，我都听你的。我只是舍不得你跟妈妈……"

江阳本是忍得住的，此时毫无防备地听江澄溪这么一说，眼眶骤然一热。他把江澄溪揽在胸前："囡囡，爸爸一样舍不得你。无论再怎么舍不得，你还是要嫁人的。"

有人终有一日会带着囡囡离开，这个人不是贺培安，也会是其他男子！

父亲身上有江澄溪从小熟悉的中药味道，让人无比地安心妥帖。很小的时候，江澄溪年幼不懂事，她老是嫌弃父亲身上的味道难闻，经常会口无遮拦地说："爸爸，你的身上臭臭。"也不许他抱。每次父母张开手臂迎她的时候，她总是会第一时间冲到妈妈的怀里，搂着她的脖子怎么也不肯放。父亲江阳总是爱怜又无奈地在一旁耷拉着脑袋看着她。

后来渐渐长大，江澄溪习惯了，接受了，也爱上了这个味道。

一想到明天之后，就要离开父母，离开这个家，江澄溪的心里就充满无法言语的难过。

那天晚上，江澄溪还想到了陆一航，想到了王薇薇，想到了许许多多人和事。凌晨时分，她终于放弃了对失眠的抵抗，爬了起来，对着一动不动的苏小小喃喃讲话，诉说衷肠："苏小小，我明天就要结婚了。他不是把你买来送给我的那个人。"

"苏小小，他叫贺培安，娶我的那个人叫贺培安。"她说到这里，怒上心头，便恨恨地补充了一句，"很坏很坏的一个人，如果再坏下去就属于要烂掉了的那种。"

"苏小小，为什么陆一航当年一直没回我邮件呢？苏小小，为什么？为什么呢？"

她从来没有告诉过王薇薇，当年陆一航离开后，她曾经偷偷地给他发过三封邮件。她一直痴痴地等他的回信，可那些邮件如同泥牛入海，无半点音信。起初，她还以为地址错误。不久，她无意中得知陆一航曾用这个邮箱回过一个同学的邮件后，就再也没有联系过他。

做人贵有自知之明。人家不是没有收到她的邮件，只是不想回她、不想理她罢了。

那个时候，正值高考前夕，她整晚整晚地失眠。她不知道发生了什么，怎么会这样呢？

明明一切都是好好的！

两人最后一次单独见面是她与他偷偷逛街，陆一航还在花鸟市场花两块钱买了苏小小给她。

两个人一路逛回来，很远的一段路，不知怎的，好像眨眼便到了。

路上，陆一航问她："你准备给这只小乌龟取什么名字？"

她羞涩地低着头，半天才轻声问他："你说呢？"

他的笑比六月流光还灿烂几分："我看这只小乌龟长得小小的，跟她主人一样，很可爱。要不就叫苏小小吧？"

陆一航说她很可爱，说她很可爱！

那个时刻，天地间仿佛就剩下了那三字。江澄溪浑身发烫。她只觉又羞又欢喜，隔了片刻，才低低地"嗯"了一声："那就叫它苏小小吧。"

陆一航几天后便飞去了美国，没有与她告别，甚至没有给她打一个电话、发一条短信。这么多年过去了，苏小小已从一只小龟长成了一只大龟。可陆一航，一直没有回来。

就算再不肯承认，江澄溪也知道，明天之后，陆一航回不回来，都与她无关了。其实，早已与她无关了，只是她自己不肯承认而已。

那个晚上，她一夜无眠，就陪着苏小小，瞧着窗外天色渐明渐亮。

又是新的一天了！

贺培安按约定时间准时来接她。她穿了贺培安前一日让人送来的白色小礼服，及膝的下摆白纱层层叠叠地散开。这款衣服，若是戴上长头纱，亦是一件婚纱。也不知道他在哪里买的，穿在她身上，所有尺寸像是量身定做的一般，无一处不合适。

石苏静的脸色一直不是很好看，甚至连正眼也没瞧贺培安一眼。江阳则郑重万分地对贺培安道："小贺，我们家虽然家境普通，可澄溪是我们从小宝贝大的。现在我们把她交给你，你以后要好好对她。你如果欺负她，我可饶不了你。"

贺培安居然欠了欠身，礼貌周全地应了声"是"。江澄溪颇为怪异，可下一秒，贺培安伸手过来，握住了她的手。他的手温热，一时间扰乱她所有的思绪，她无法再想其他。

在门口处，江澄溪转头回望父母亲，只见他们眼泛泪光、恋恋不舍地朝她微笑。她眼眶酸辣，似有东西要涌出来。她知道，这一步迈出去，就意味着自己告别父母，再也不是个孩子了。

最后，她由贺培安拉着手，一步一步地出门，也一步一步地走向了自己未知的将来。

江阳和石苏静目送女儿与贺培安两人进了车子，消失在视线里头。石苏静擦了擦眼角滑落的泪，扯了微笑转头："江阳，我们捧在手心里头疼了宠了二十几年的宝贝今天结婚了。"

"我以前就跟你说，生女儿不好，生女儿长大了就会被拐跑的……你看，她今天就被别人拐跑了……"

上车后，江澄溪静静地坐在一旁，打量了一下已经近一个星期没见的贺培安。两人只在上周拍婚纱照的那天见过，此后贺培安便再无任何消息。今天的他，一身黑色修身西装，甚至隆重地打了一个领结，也不知道是领结的缘故还是衣服的缘故，居然有种玉树临风的逼人之感。

车子到达后，贺培安亲自拉开了车门，见她怔怔地望着他，不由得挑了挑眉毛："还不下车？"

由于不是什么特殊的日子，又是一大早，民政局的工作人员也才上班不久，整个办事大厅空荡荡的，只有他们一对。

在踏入门口的一刻，贺培安停了下来，转身把手伸给了她。江澄溪觉得高大的身影带着令人窒息的压力而来。她缓缓地伸出了手，下一秒，便被他的手握住。

填资料、复印、拍照，最后登记成功。

工作人员微笑着把结婚证递给了他们："祝你们白头到老，永结同心。"

江澄溪望着红红的结婚证，照片上的两个人瞧着镜头，由于工作人员要求，所以嘴角轻扯，各自浅笑。

她跟贺培安结婚了！

自己居然结婚了，跟一个几乎不认识的陌生人，结婚了！

这不是电视，也不是电影，是现实生活！这是她江澄溪以后的生活！

结婚登记后，贺培安便把她带回了自己所住的老别墅，把她一个人扔在了家里。江澄溪一个人在卧室里头，直到夜幕降临，贺培安也没回来。她一个人在全然陌生的环境里，心下惶然。

她意识到这么等下去也不是办法。反正已经到这地步了，伸头是一刀，缩头也是一刀。于是，她换下了小礼服，径直去浴室洗了澡。

沐浴好出来，贺培安还是没有出现。她坐在沙发上，打理自己已经吹干的长发。偌大一个房间，落针可闻，安静得让人有些心里发颤。四周散发着强烈的贺培安的气息，更加剧了她的惊惶不安。

指针转啊转，一分一秒地过去，终于指向了深夜两点。江澄溪前一夜本就失眠，加上白天到现在精神紧绷，到了这个时候实在支撑不住，便阖眼睡去了。

不过睡意清浅，蒙蒙眬眬中听见楼梯有动静，她倏然惊醒。虽然未睁眼，但她依旧感觉到有人推开了房门，脚步声，窸窸窣窣的衣物摩擦声。

她闻到了贺培安身上的味道，感觉到他的脚步似停顿了数秒，然后径直进了浴室。

卧室里安静极了，可以听见浴室里头流水泠泠之声响起又消失。这一过程中江澄溪只恨自己怎么不昏过去。不过片刻，浴室的门被人"咔嗒"一声拉开，她被这声响弄得心头一紧，手不由得揪紧了薄被。

贺培安带着与她一样的沐浴露香味，掀开了薄被："过来。"

江澄溪唯有屏气装睡。除了装睡，她还能怎么办？

贺培安在边上哧的一声冷笑，缓声道："再憋就要断气了，给我过来……"江澄溪心惊胆战，最害怕的事情还是要发生了。

贺培安不耐烦了，翻身压上了她："今天是洞房，我可不想触我们贺家的霉头。"

三元有个说法，洞房花烛夜新婚夫妻如果不同房的话，新郎家会倒霉。这个说法由来已久，到底是不是真的，鲜有人去探究。毕竟新婚夫妻怎么可能不同房呢？

江澄溪又惊又怕，贺培安带着酒味的唇一直落在她的脖子上，他微笑地威胁她："不要再乱动了，否则我就疼死你。"他的呼吸杂乱无章地喷在她脖子上，那么烫那么重，令江澄溪产生了一种他真的会一口咬下去的错觉……

婚后第一天，贺培安便消失了。江澄溪一个人在空荡荡的房子里生活，一个人吃早餐，一个人吃午餐，一个人吃晚餐。她没有问贺培安的去向，她根本不想知道，甚至巴不得他永远不要回来。

这样的情况一直持续到第三天晚上，她仍是一个人孤零零地在偌大的餐厅里吃饭。小九才对她道："贺太太，贺先生有事出国了。"

小九大概也觉得贺先生把新婚妻子扔在家里，一声不吭地走了，这件事情做得不对。但贺先生是老板，轮不到他来非议。小九说完，见江澄溪的脸色沉沉，以为她是在生贺先生的气，于是，支吾着补充了一句："我听向先生说，贺先生应该过几天就回来了。"

还要过几天才会回来？江澄溪心里暗喜，可面上不敢露出半分。那个晚上，江澄溪大约是精神放松下来，睡得极好。

第二天醒来的时候，太阳已经很大了。她睁眼的瞬间，只觉得身体懒懒的，有睡饱醒来的那种舒畅欢悦，底下被褥软如云团，叫人深陷其中，再也不愿起来。她习惯性地想伸懒腰，下一秒，突然意识到她跟贺培安结婚了。

江澄溪倏然睁眼，惶然地环顾四周，四周还是昨晚她阖眼前一秒的那个模样，窗帘拉得严严密密，室内光线昏暗温柔。

卧室里还是只有她一个人，这个认知让她彻底松了口气。她翻个身，将自己深深地埋进枕褥。如果这是场梦境，那该有多好啊。可卧室里陌生的一切都冰冷地提醒着她，这不是梦。

是啊，不是梦。唯一庆幸的是，贺培安还要过几天回来。江澄溪决定先回家看老妈，再约王薇薇去看场电影，放松放松绷紧的神经线条。

可一坐进车子，她便见小九拉开门也跟着坐在了驾驶位置上。江澄溪一怔，不会吧，人高马大的小九难不成还要继续跟着她？

小九不等她发问，便已经开口："贺太太，是贺先生吩咐的。"

江澄溪无奈，最后只好怏怏不乐地默许了。

虽然才隔几天未见，而且在这几天中还通了好几个电话，但石苏静一见江澄溪就拉着她的手，上上下下地打量了几回。大约是没发现什么被虐待的痕迹，才稍稍松了口气，可还是免不了忧心忡忡地问起贺培安："怎么样？他对你好不好？有没有欺负你？"

看母亲的模样，似自己随时会遭遇家暴一般。江澄溪不免含笑着说些粉饰太平的话："妈，其实他对我很好，只是他习惯板着脸而已。"江澄溪发现自己总是因为贺培安向父母说谎！

江澄溪忽然意识到一点，就算她再怎么想家，她也不能经常回来，多说多错，搞不好哪一天就露馅了。反正嫁都嫁了，让父母以为她和贺培安彼此相爱才结婚、过得很幸福这样才比较好。否则两位老人日夜愁苦，这日子都没法过了。

石苏静将信将疑："真的？"

江澄溪重重点头："当然啊。"然后她扯开话题说起小九，似是而非地吐了一肚子的不满，"他啊，还给弄了那么人高马大的一个人跟着我，我都快烦死了。我都这么大的人，难道还会迷路不成？"

这些喋喋不休的怨言听在石苏静耳中便是另外一种味道了：看来小贺还是很在意自己家这个糊涂蛋的。

见母亲的脸色微松，江澄溪从沙发上起来转了一圈，嘟囔道："我这几天醒了吃，吃了睡，都快胖死了。妈，你看我是不是胖了？我觉得我肚子上的肉多起来了……"她顺势抓起母亲的手摸自己的腹部，"你摸摸看……"

石苏静没好气地横了她一眼，把她的手从腹部拍打了下来："哪里胖了？你还年轻，可千万别学那些不好的，乱减肥，把身体折腾坏了！你以后的日子长着呢，身体不好，老了可有苦头吃了。你看看妈妈这个活榜样就知道了……"

石苏静一辈子就吃亏在自己的病上。她向来争强好胜，无奈自己的这个病，在单位的时候，虽然手上的技术活好，可三天两头请病假，眼睁睁地看着身边的同事一个个升职做了小领导，说话走路都带风，说不羡慕那是假的。好在江阳的工作稳定，收入也尚可，所以后来她就提早办了退休。

几个小时在母亲石苏静的甜蜜轰炸中度过，说来也奇怪，以前每次江澄溪只要一听母亲的话起了个头，她就赶紧各种"遁"。这一天居然没觉得厌烦，还恨不得一直围在母亲边上转。

吃饭前，她从柜子里取了小药箱："妈妈，我给你打针吧。"石苏静的糖尿病必须在饭前注射短效胰岛素，以控制餐后高血糖。

石苏静摸了摸她的头发，感慨地道："囡囡，妈妈觉得这辈子最幸福的事情就是把你健健康康地生下来，让你健健康康地长大。"

江澄溪眼眶微红："妈——"如果不是母亲拼死也要替父亲生下个孩子的话，这世界上哪会有她的存在？所以，她一直以来都是个有福气的孩子。

母女两人在沙发上静静相依。

接到王薇薇打来的电话已经是下午一点多了："江澄溪，半个小时后，新地广场咖啡吧见。"

临走时，江澄溪特地把苏小小和它的窝一起带了出来。这些年，苏小小一直陪着她。以后，在贺家，至少还有苏小小陪着她，她不会那么孤单。

那天下午，江澄溪带了小九这个跟屁虫与王薇薇一起逛街。江澄溪看小九，觉得各种不舒服，心里头一百个别扭。

不过王薇薇大小姐觉得不错，趁小九提着东西亦步亦趋地跟在她们后面，压低了声音在江澄溪耳边道："你傻啊！多好的劳动力，司机、保镖，还兼职提货工、搬运工，最重要的是免费！免费的！唉，这年头，身在福中不知福的节奏，就是你这样的！"

江澄溪："让他一天到晚跟着你试试？不出三天，你就会发疯了。"

王薇薇耸耸香肩："我OK啊！前提是要你们家贺先生同意。"

提及贺培安，江澄溪就自动自觉地封了嘴。王薇薇这家伙，无论何时何地说话总是能一针见血。

王薇薇兴致高昂地从广场的一楼逛到了五楼，走过路过绝不错过任何一家。不知不觉逛到了内衣部。她也不管小九铁柱似的戳在走道一旁，挑了几件，在身上比画。比着比着，她忽然想起某事，转身冲江澄溪抛了一个媚眼，脸上净是促狭的笑："澄溪，我送你的新婚礼物，你派上用场没有，是不是战况激烈……"

百无聊赖地站在一旁陪逛的江澄溪，正饮着小九刚买来的咖啡，结果被王薇薇的话给惊着了，咖啡一下子呛到了气管，吞也不是吐也不是，一阵狂咳，眼泪都出来了。

王薇薇送她的礼物是一套性感内衣，那两块薄薄的网状物至今还留在她自家卧室最下面的一个抽屉里。

王薇薇一边拍着她的背帮忙顺气，一边佯装大吃一惊："不会吧，激烈到这种程度？"说罢，她哈哈大笑，凑过来，"具体什么情况，你且细细说来。"

江澄溪咳了片刻才恢复，瞧了不远处的小九，又急又羞："王……王薇薇，你要是准备继续说这个话题，我会跟你翻脸。"

王薇薇大笑，斜着眼糗她："还脸红呢？拜托，你都已经是已婚妇女了。"

她俯在江澄溪耳边，说出一个结论："这么说来，至少证明了一点，贺培安不是 gay。"

如果贺培安是 gay 就好了，可问题他不是呀。江澄溪瞪了她一眼，不说话。她可不敢议论贺培安这个。万一被他知道了，那还不拧了她的脖子？她记得那个晚上，贺培安的呼吸那么急促，一直落在她脖子上，一度令她以为他真的会咬断她的脖子。

江澄溪不由自主地摸了摸脖子，好似那里还残留着贺培安那可怕的热度。他要是个 gay，整个三元城大概就没一个男的是正常人了吧！

王薇薇显然不愿意放过她："澄溪，作为你的好友，我不得不说一点，你那老公其实长得还不错。"

江澄溪横了王薇薇一眼，不情不愿地开口道："他长得怎么样与我无关，我又不准备跟他过一辈子。"

王薇薇缓缓一笑："反正已经到这分儿上了。你得学会阿Q精神。再怎么样，至少你老公长得平头正脸。你想一下，万一你老公是那种睡在边上都会让你半夜惊醒的呢……"江澄溪侧头想了想，终是没好气地笑了出来："薇薇，不错嘛。你现在安慰人的本事倒是渐长了。"

贺培安在新婚后消失了整整十天才回来。

在这十天中，江澄溪是想继续到父亲江阳的诊所上班的，但她又吃不准贺培安的态度，怕一不小心就惹恼了他。再者，去了诊所，她又怕在父亲面前露出马脚，想来想去一下子也不知怎么办。一动不如一静，最后决定一切等贺培安回来再说。

贺培安回来那天正好上映一部好莱坞动作大片，江澄溪跟王薇薇两人一起去吃了晚饭，然后去看了七点多的那一场。看到一半的时候，就听见身边的小九接了个电话。数秒后，小九压低声音地对她说："贺太太，贺先生回来了，让你看完后尽快回家。"

江澄溪便觉得心里"咯噔"一下，似什么东西沉了下去一般，连精彩刺激的电影画面都不再有任何吸引力了。

回去的路上，她只觉得坐立难安，等车子行驶进了大门，更是觉得背脊处凉飕飕的有些发毛。

小九拉开车门，见她神色怔忪，半晌也没动静，便问道："贺太太，怎么了？"

早下晚下，她总是得下车的，又没办法在车子里窝一辈子。江澄溪这么一想，总算是做足了心理准备。下了车，她慢腾腾地走了几步，感觉到小九提了东西亦步亦趋地跟在身后，江澄溪心里这才略略放松了些。就目前而言，她和小九也比跟贺培安相处的时间长。

小九在客厅把东西搁下后，便悄悄地退了出去。江澄溪在楼下磨蹭许久，才上了楼，轻轻推门而进。

卧室里只在角落亮了一盏落地灯，光线昏暗。江澄溪从明亮之地步入，眼睛一下子有些不能适应。

闭眼，再睁眼，才看清床上有隆起之物，显然贺培安在休息倒时差。这个卧室里本就充满了他的气息，此时更是让人心生惶恐。

于是，江澄溪便想蹑手蹑脚地溜出去，随便去客厅、书房、过道、走廊，哪怕是洗手间，也比待在这里舒服自在。她心里暗自庆幸自己运气不差，他确实回来了，不过是他自己睡着了。

才走了两步，贺培安的声音不轻不重地在安静的卧室里响了起来："过来。"

她猛地止住了脚步，僵住了身体。下一瞬，贺培安已经拧亮了灯，屋内光线一下明亮起来。

江澄溪无奈，只好转身，只见贺培安已经掀被坐了起来，居然连睡衣也没穿，大大方方裸露着壮硕的上身。江澄溪忙移开视线。

这是两人婚后第一次面对面。江澄溪看到他，就不由自主地想起了新婚那个晚上。

她的目光不敢和贺培安接触，慢腾腾地走到床边。

贺培安双手抱胸，懒懒地靠在床头，不动声色地盯着她看了几眼，吩咐道："我饿了，去厨房给我弄点吃的。"

原来他是想吃东西！江澄溪吊在嗓子眼儿的心终于下来了一点，应了一声，三步并作两步出了卧室。她下了楼才意识到，这个时间厨房里已经没人了。于是，她一个人在厨房里东翻西找，最后在储物柜里头翻到了几包泡面。

她眼睛蓦地一亮，这个好，绝对简单方便！

江澄溪端着煮好的一碗泡面返回卧室的时候，贺培安正靠在床头闭目养神。这厮真是奇怪，既然闭目养神还不如躺下来睡觉。难不成他觉得这姿势很舒服？

江澄溪尽可能放轻她的脚步，可刚一推开卧室的门，贺培安还是一下就睁开了眼。

他掀开被子下床，随手扯了浴袍穿上。就算不小心一瞥，江澄溪也已经看到了他赤裸的胸口。她的呼吸顿时一室，忙不迭地垂下眼。这厮看上去也是神清气爽的，比她还精神几分，一点也不像坐了十几个小时的长途飞机。

半晌也没见贺培安动筷子，江澄溪抬头，只见他盯着面条一动不动，表情高深莫测。看来他肯定是嫌弃这碗泡面。江澄溪咽了口口水，小心翼翼地解释："我煮的，有点烂了。要不，我去把吴姐她们叫起来做点其他的送上来？"

贺培安的反应是抬头奇怪地看了她一眼，也不说话，然后端起碗，挑了几根面慢慢地吃了起来。他的吃相一向颇为斯文，这次也是如此。片刻光景，他居然将一大碗泡面吃了个精光。

其实端上来之前江澄溪自己偷偷尝过味道，勉强可以入口而已，想不到贺培安居然会吃完它。江澄溪暗暗地想：看来贺培安真的是饿昏头了，所以才会如此饥不择食！

　　江澄溪本是不想给他煮面的，但她跟贺培安相处的时日短，实在摸不准他说的"给我弄点吃的"具体是什么意思，心想，既然答应了就随便给他做一碗好了。纯粹属于完成任务。他觉得难吃，那她以后就再不用下厨了。

　　但贺培安居然出乎意料地吃了个精光，这下江澄溪倒有些犯愁了。万一他三更半夜地老喊肚子饿让她煮消夜，那可怎么办？

　　一时间，她又悔又恼，早知道就多放几勺盐了。转念一想，他这种山珍海味吃惯了的人，怎么可能喜欢吃泡面？又不是脑袋坏了！对，正是这个理。但……她猛地想到，这厮刚刚就把一碗泡面吃得一根不剩，不会真的是脑袋坏了吧！

　　江澄溪一瞬间，怎一个"愁"字了得！

　　似被严霜打过一般的江澄溪怏怏地将托盘端回了厨房，然后用"史上最慢时间"将碗筷洗干净，擦得干净晶亮，放回橱柜。她如此磨蹭，无非是希望自己回卧室的时间拖得晚点再晚点。可是无论拖得怎么晚，她还是得进那个卧室。且贺培安那反复无常、阴晴不定的性子……惹恼了他，还不是一样没好果子吃？

　　她是他手里的泥巴，想怎么捏就怎么捏！扁的圆的还不是随他高兴？

　　贺培安还靠在床头闭目养神，不知是不是睡着了，江澄溪推开门，他似没察觉，眼皮也没抬一下。江澄溪心里头暗自庆幸，小心翼翼地弓着身，踩着猫步进了房间，唯恐一个不小心惊醒了这头睡狮。

　　总算进了浴室。她放了整整一浴缸的水，在里面泡了许久，全身肌肤都快起褶子了，她才起来。之后，她又坐在浴室的椅子上吹干了头发，竖起耳朵静听了半天，外面一点动静也没有，这才轻轻拉开门。

　　由于跟贺培安睡一张床，哪怕她一直挂在床沿边，想要离他尽量远，江澄溪也还是睡不着。一直到第二天早上，天空灰亮，她才浅浅地阖眼。

　　睡梦中隐约听到有人在叫她，头昏昏沉沉的，意识有些迷糊，一片茫然。猛然想起贺培安回来了，江澄溪整个人似被一盆冷水当头淋下一般，瞬间清醒过来。她"嗖"的一下拥着薄被坐了起来，果然，不远处的人，是贺培安！

他已经换上了衬衫，正在更衣室里头打领带，大约是听见了声响，隔了不远不近的距离瞧着她。片刻，他徐徐转过身，语调不冷也不淡："既然醒了就起床，下去陪我吃早餐。"

至于那顿早餐，江澄溪自然是精神委顿，食欲全无。

这一天，贺培安还带她去拜祭了他的外公和父母。

起初，江澄溪也不知道贺培安要带她去哪里，只知道车子一直往北开，再往北就是棉山了。棉山是三元有名的半山墓地，显然贺培安是带她来拜祭长辈的。

听王薇薇说贺培安的外公重爷当年在三元跺跺脚，整个三元也要抖三抖。可最后，还是变为黄土一抔。而贺培安的母亲，因去世得早，王薇薇也不了解多少。至于贺培安的父亲，据说颇为能干，在短短二十年间，把贺氏经营成了三元城数一数二的集团，在几年前因突发脑溢血而亡。

车子沿着蜿蜒的盘山公路而上，明媚日光下，山野间野草拥挤，浓翠深绿。野花在其间肆意盛放，像是铺了姹紫嫣红的一团烟雾。

到了半山腰的墓地，几辆车前后停了下来。贺培安下了车，伸手过来，拉着江澄溪，往墓地走去。

走了没几步，贺培安却停住了脚步。江澄溪顺着他的视线望去，看到不远处的一座大墓碑前站着两个人，身形有点眼熟。那两人似也察觉到了异样，徐徐地转过身来。

竟然是贺培诚和他的妈妈。

自那日在咖啡店与贺培诚及贺母一别后，贺培诚就无缘无故地消失了，此后再没有在江澄溪面前出现过。如今，他穿了一身简洁的休闲装，站在她面前，江澄溪竟有种恍如隔世之感。

过去的短短一个多月，之前连男友也没有的她，居然结了婚。

贺培诚一见江澄溪，不免微笑着想跟她打招呼，可下一秒，他忆起了现在所处的地方，看到了贺培安与江澄溪十指相扣，笑容瞬间僵住了。

贺培诚的视线狐疑不定地在江澄溪和贺培安身上游移，最后视线长时间地停留在了两人指间同款的戒指上。

贺培安牵着江澄溪的手含笑上前，可眼底的笑意极其薄凉："培诚，我给你介绍一下，这是你大嫂。"贺培诚依旧保持着原来的动作，死死地盯着江澄溪手上的婚戒。贺培安十分满意贺培诚的反应，挑了挑眉毛，含笑道："怎么？不祝大哥新婚快乐吗？"

贺培诚缓缓地抬头，直勾勾地盯着江澄溪。贺培安脸上的笑容收了起来，声音渐冷："培诚，有你这么看大嫂的吗？没规矩！"

贺培诚被他这么一喝方才回神，他跟贺培安对视了片刻，转头冲江澄溪惨白一笑："澄溪，想不到才这么几天不见，你都成我大嫂了。"

江澄溪虽然一直对贺培诚没有男女之间的感觉，可再怎么说，也认识了一段时间，见他脸色大变的模样，心里头也觉得有些怪异。她刚要说话，贺培安已经拉着她走向墓碑。

她手指微动，贺培安就更用力地握了握。贺培安带着她分别来到了父母和外公墓碑前站定，各鞠了三个躬。江澄溪接过小九等人手里的花束，默默地站在一旁。贺培诚见此情景，默然不语。

戴着黑色墨镜的温爱仪这时忽然一笑，淡淡出声："培安，怎么也不介绍你的妻子给我认识一下？虽然我只是你小妈，可我跟你父亲是正大光明进民政局领过结婚证的，怎么说我也是你的长辈。"

大约也只有温爱仪这样的美人，哪怕冷冷地说话，听到人耳中也还是酥酥嗲嗲的悦耳。

"不过这位江小姐我并不陌生，是不是，江小姐？"温爱仪缓缓地摘下了墨镜面对着江澄溪，苍白的眉目间似笑非笑、似讥非讥。

江澄溪自觉处于风暴中心，尴尬不已，并不作声。

温爱仪这一开口，贺培安的脸色铁青，表情更是冷了数分。

小九暗暗地给江澄溪使了一个眼色，江澄溪心领神会，把手里的花束分别搁在了两座墓前。贺培安与她双双向墓碑鞠躬行了礼，之后，她就听贺培安吩咐道："你先去车子里等我。"

江澄溪明白他想把她支开。再说，她自己也不想惹贺家的这些是非，正巴不得离得远远的。

江澄溪在车子里坐了不过片刻，贺培安便回来了，坐定后，淡淡地吩咐开车。

车子驶离墓园，江澄溪才想起，从头到尾贺培安都没有介绍他的继母，也就是贺培诚的母亲给她认识。她上次与温爱仪见了面后，对她的印象除了惊艳就是斯文，说话低低柔柔的，仿佛水波轻漾。可方才温爱仪不温不火的几句话，把贺培安堵得滴水不漏。现在看来也绝对不会是什么普通的角色。

想到这里，江澄溪忽然失笑，她觉得自己太蠢了。温爱仪能在贺培安父亲贺仲华身边这么多年，而且生下了贺培诚，怎么可能会是个简简单单温温柔柔的角色？

无论如何，刚刚发生的一幕，已经让她很清楚地知道了贺培安和他的继母温爱仪的关系绝对不好。不过，很多重组的家庭都是如此，继母和继子表面上能够做出一副和谐场面就已经不错了。

不过这些都与自己无关，她又不打算一辈子占着贺太太这个位置，想这么多干吗？活活浪费脑细胞。

想到此，她便在车子里头抱着靠枕假寐。或许是昨晚一夜没睡的关系，很快她就开始迷糊了。

也不知过了多久，只感觉似有人拉开了车门，江澄溪抱着靠枕猛地睁开了眼，睡眼惺忪间便与贺培安的视线撞在了一起。贺培安审视一般地盯着她看了两眼，冷冷地吩咐司机道："开车。"

以那种方式与贺培诚相遇，江澄溪已经觉得很尴尬了。没想到更尴尬的是，贺培诚第二天居然会来家里找她。

小九在花房找到正在给花拍照的她，说："贺太太，诚少爷来了，说要见你。"那一瞬间，江澄溪以为是自己听错了。

贺培诚站在客厅里，阳光从西式的落地长窗洒进来，落在他身上，都抹不去他的落寞。

大约听见了动静，贺培诚转头，静静地瞧了她片刻，方说："澄溪，这到底是怎么回事？"

江澄溪只好道："培诚，或许这就是缘分。"

事已至此，再谈其中过程已经毫无意义了。江澄溪一直用这几句安慰自己，所以此刻对贺培诚说出来居然蛮顺口的。

事实的确如此，谁也无法改变什么。

贺培诚抬头打量四周，忽地一笑，自言自语地道："上小学一年级的时候，我有个同桌叫胡孟，他有个大哥，比我们高两个年级。他们总是早晨一起上学，中午一起吃便当，放学的时候牵着手一起回家。胡孟长得很矮小，不过班里的男生都不敢欺负他。因为进学校的第一天，他大哥就跑来我们教室，叉着腰恶狠狠地告诉我们，谁要是敢欺负他弟弟，他就揍谁……

"我不知道多羡慕胡孟，我就跟我爸说，让他跟我妈再生一个哥哥给我，我想要一个哥哥。我爸听了哈哈大笑，捏着我的脸，笑眯眯地说，生哥哥是不可能了，要生也只能给我生弟弟妹妹了。

"那个时候，我不知道自己真的有个大哥……直到我十八岁那年，我大哥从美国回来……"

贺培诚这些年来，一直清楚地记得那一天是星期五。司机王伯照例在学校门口等他，然后把他送回家里。

他一进门，便看到父亲坐在客厅里，见他进来，微笑着抬头叫他："培诚，这是你大哥。来，叫一声大哥。"

大哥？他什么时候有一个大哥的？背着双肩背书包的贺培诚惊讶万分地打量那位年轻英俊的男子。只见那人听到父亲这么说的时候，仅仅是抬头朝他看了一眼，面色淡淡，喜怒不辨。

惊愕过后的贺培诚自然是欣喜万分，他从未想过儿时的梦想居然可以成真。于是他张口便痛痛快快地叫了一声"大哥"，贺培安的反应不过是朝他点了点头。

归国后的贺培安开始在父亲贺仲华身边帮忙，贺培诚因为住校，两人并没有多少机会可以碰面。偶尔遇见，他都会微笑着先开口跟大哥打招呼，但贺培安总是对他保持着不远不近的距离，偶尔也会跟他说几句话，也永远是不咸不淡、不轻不重的，似隔着厚厚的一堵墙。

"那时我才知道，我大哥是我父亲的前妻生的，跟我同父异母……没过多久，我父亲就因突发脑溢血去世了，大哥接手了我父亲的企业。

"其实我知道我哥一直不是特别喜欢我。不过因为身上都流着我爸的血，所以他就算不喜欢我，跟我不亲密，面上也还算过得去。或许也因为如此，整个三元城的人都让着我三分。"他停顿下来，长叹一声，道，"可到如今我才知道，他不仅不喜欢我，他还恨我。"

江澄溪不了解贺家具体情况，唯有沉默不语。这种浑水能不蹚就不蹚，明哲保身最要紧。

贺培诚明显欲言又止，似有话说，最后还是没有说出口。他搁下了一个盒子给她，轻轻道："澄溪，这是我从瑞士给你带来的一点小礼物，想不到如今正好送你做新婚贺礼！"

江澄溪在玻璃窗前望着贺培诚的车子快速驶离院落，才茫然转身。事实上，她到现在也有着跟贺培诚一样的恍惚，这么短的时间，她就成了贺培安的妻子。

江澄溪的视线落在贺培诚留下的盒子上，随手拿了过来，拆开水绿色的包装，看到盒子上的标识，她知道这是个顶级奢侈品的标志。打开后，她更是惊住了，居然是一整套首饰。

江澄溪看了数眼，便合上了盒子。这么贵重的礼物，她是无福消受的，得找个机会还给贺培诚。她从来没想过跟贺培诚有牵扯，现在更是如此。

那天晚上，贺培安回来得不晚，一边解领带一边问："培诚来过了？"

江澄溪回答了一个"是"字。

贺培安忽然走近床边，表情奇怪地盯着她半晌，然后阴沉沉地甩手进了浴室。

他反正素来古怪，江澄溪亦从未打算了解他，索性就随他去了。

Chapter 5 世界只剩我和你

这个世界上，

只剩下这一个美好的画面，

只剩下她和他。

某一日清晨，睡得沉沉的江澄溪猛地想起这卧室可不是她一个人的。这念头一入脑，她便惊醒过来，心神不定地环顾四周，发现天色大亮，不过贺培安不在。她缓缓地舒了口气，整个人软软地放松下来。

有人在房门口敲了敲，吴姐的声音传来："太太，先生在餐厅等你吃早餐。"

这种光景，江澄溪哪敢再继续窝在床上，赶忙起身梳洗。下楼的时候，贺培安已经在餐桌旁就座了。见了她，他只抬了一下眼皮，之后便面无表情地端坐着。

空气里弥漫着现煮咖啡的浓郁香味。吴姐端上了贺培安的早餐，轻轻地退了出去。他的早餐照例是鸡蛋、黄瓜、三明治，江澄溪的早餐是红枣枸杞燕窝。不知怎的，到了这里，早餐居然还是延续了家里的滋补风格。

结婚一个多月以来，贺培安偶尔会回来用晚餐，更多时候会在深夜带着酒味回来，但是到目前为止，没有出现过烂醉如泥的情况。另外，江澄溪还发现他有一个特殊癖好。那就是只要他在家里，无论是早午晚餐，每次吃饭，一定要她陪着。古怪的人有古怪的癖好，解释也解释不了。

陪贺培安吃饭这种事，江澄溪还是能接受的。毕竟她顶了贺太太的名头，总得做点事情。但有一点，她就太难接受了。贺培安除了出差会离开三元外，只要在三元城，他就会天天回家。江澄溪原本觉得，像贺培安这样的人，肯定外头有很多女人，七天时间里估计没一天是可以留给她这个原配的。

然而事实跟她想象的完全不一样，他早上准时离家，晚上归家的时间不定，但是再晚也会回来。这对任何一个妻子而言，应该都是个好现象，可对江澄溪不是。她希望贺培安夜夜灯红酒绿，醉卧美人怀。

要怎么让贺培安不回家？要怎么让他跟她离婚呢？

这可是江澄溪的终极奋斗目标，她每天苦思冥想。若是普通人，她还可以使用红杏出墙这一招，只要是男人，都无法忍受这一点。可是她的老公是贺培安，敢给他戴绿帽子，除非她不想活了，否则还是另谋他法比较好。

她甚至去网上的某热门论坛发帖求救。结果某天还真有人给她支招，建议她找个美女勾引她老公，然后拍照拍视频做离婚证据，说什么天底下没有猫不偷腥，就跟狗改不了吃屎一样，也没有男人会不受勾引，重要的是什么样的人用什么样的方法去勾引，等等。然后表示自己是这方面的专家，还在下面给她留了联系方式，说决定了的话，可以电话联系，价格可以面议之类的。

江澄溪觉得这招倒是有点可行性的，于是找王薇薇出主意,给点建议。

两人找了一家咖啡厅，各自占据一张沙发。虽然小九在包房外的大厅，但江澄溪还是不放心，刻意压低了声音："你说说看，这个办法怎么样？"

王薇薇端起咖啡，缓缓地饮了一口，又姿势撩人地拨了拨长发，这才不紧不慢地微启红唇："这方法对付一般人，估计还是可行的。可……

你老公贺培安是谁？我只怕你把贺培安这个名字报给对方，对方就已经吓得落荒而逃了，还帮你去勾引贺培安？你做梦吧！我不是泼你冷水，你趁早死了这条心。"

"俗话说理想很丰满，现实很骨感。尤其你的现实比别人更悲催！"

江澄溪本来觉得计划有可行性，连带人生都觉得有点奔头了，心情自然是不错的，入座后就喜滋滋地点了自己最爱喝的焦糖玛奇朵。可是，她才捧着喝了两口，就被王薇薇这番话给打击了。

她像只被针戳破了的皮球，瞬间瘫在座位上！她推开面前的咖啡："那你说，还有什么办法可以让我跟他离婚？"

王薇薇早帮她想过了："其实，我想来想去，只有一个法子。就是想方设法让贺培安讨厌你。像他这样的人，只有他厌烦了你，不要你，跟你离婚，你才算真正太平了。

"你就这样：隔三岔五地查他行踪、查他电话。男人最烦女人这一点了。你每天查东查西，他能忍受他就不叫贺培安了，但你就是要让他烦。男人一烦就不想回家，就会找别的女人。贺培安被别的女人一缠、一哄，这婚就算你不肯离也离定了。"

她说到这里，顿了顿："你知道的，我爸就是这样的典型。我不知道多少回看到过我妈翻我爸的皮包、口袋，查他的电话，然后打电话过去骂那些勾引我爸的女人……"

那是王薇薇一辈子最痛的事情。她曾经抱着江澄溪哭泣，鼻涕一把眼泪一把地哭湿了她的衣服。江澄溪见她自揭伤疤，忙道："薇薇，别说了。"

王薇薇耸了耸肩膀，不以为意地妖娆一笑："都是几百年前的老账本了，我早不介意了。他们闹他们的，他们玩他们的，我还不照样长大？而且还长得人见人爱、花见花开。偶尔想想，我都觉得自己算是世界第八大奇迹了！"

江澄溪朝她没好气地翻白眼，更多的是心疼。无论王薇薇掩饰得再怎么好，江澄溪也知道，在薇薇的内心深处，非常渴望父母疼爱、家庭和睦的。

她还记得那个时候王薇薇三天两头跟她说要换父母，甚至有一次还把自己的储蓄罐抱来给江澄溪，说要跟她换爸爸妈妈。后来，她渐渐长大，开始懂事，知道父母吵闹是怎么回事，就再没提了。

王薇薇抬起水眸，无比妩媚地扫了江澄溪一眼："江澄溪，你是把贺培安当棵草，不……你把他当狗尾巴草还不如。可我说句实话，你别介意。抛开贺培安的身家不说，单凭他的长相，在这三元城也有数不清的女人愿意扑上去。"

这句话，怎么跟她妈说的一模一样呢？江澄溪叹了口气："唉，我是巴不得她们快点来贴。来吧，来吧，神啊，佛祖啊，求求你们，让她们快点来吧，让她们来得更猛烈些吧。"俗话说拜的神多自有神庇佑。江澄溪如今真的是到了见神拜神、见佛拜佛的地步了。

王薇薇被她夸张的模样逗笑了："德行吧你！"然后她叹道，"一般人是怕老公出轨，你是巴不得老公出轨。现在这世道啊，确实是无奇不有。"

江澄溪没好气地道："臭薇薇，你还有力气笑，我是连哭的力气也没有了。"

王薇薇宽慰道："好啦，船到桥头自然直。要不你一边试试我刚才的建议，一边我们再想想办法。"

江澄溪蹙眉沉思："就算我去查岗，也要贺培安相信啊！他不是不知道我是心不甘情不愿嫁给他的，我现在去查他的岗，会不会有些假呀？"贺培安如果有这么好骗的话，那她就不用这么绞尽脑汁地想了。

王薇薇点头："这倒是。"想了想，她又建议，"要不这样吧，既然都到了这个地步，你就先熬一下，过段时间开始查。万一贺培安问，你就脸红不说话，或者表示已成事实，你已经渐渐接受他，慢慢爱上他了之类的……当然这个方面，到时候需要你临场发挥演技。"

熬一段时间再说？说说容易，江澄溪只觉得自己一天也难熬。每次贺培安一靠近她，她就会觉得又闷又难受，呼吸都困难。她也不知道自己是怎么了，总而言之，就是非常别扭，更别提那个私密之事了……她念头一触及，就觉得有热气上涌。

可是除了这个办法外，一时间也没有更好的办法。

王薇薇临走时，又对重点的事情再度关照了一遍："记得，千万不能怀孕。你们家在这方面也算祖传世家，自己想办法。"

江澄溪吞了口口水，小声反驳道："可我们家祖传的是儿科，不是妇科……"

王薇薇仰头看天花板，对她显然是无语了："你不会连这个也要我教吧？自己想办法。实在不行，就去网上查资料。"说罢，王大小姐踩着十厘米高的鞋子，扭着小蛮腰，款款离去。

江澄溪在电视和小说中都看到过，常见的情形有女主把避孕药装在维生素片中。但是就她看来，这避孕药跟维生素片好像差异也蛮大的。再说，用这一招，到最后都是会被男主发现的。万一她被贺培安发现，江澄溪只想到那场面就禁不住打了个寒战。

到底要怎么办才好呢？

日子还是要继续的。又过了数日，小九奉命将她接到了凤姨的小店。凤姨大概是接到过电话，早早地候在小店门口了，见车子停下，便亲热地迎了上来："澄溪，小少爷打电话说你要来，凤姨高兴了一天。快进屋，快进屋。"

江澄溪坐下来后，凤姨亲自送上了茶水糕点。糕点是三元传统小吃——猪油桂花糯米小糖糕，刚从蒸笼里拿出来，热气袅袅，配上金黄的桂花颗粒，甜香扑鼻。江澄溪立刻有了拍照的欲望，拿起手机，找好了角度，拍了一堆照片："凤姨，你看，美不美？"

凤姨往手机上定睛一瞧，不禁呆了呆："呀，澄溪，你怎么能把这盆普通的小糖糕拍得这么好看？要不是亲眼所见，凤姨都不相信这是自己做的。"说罢，她夹了两小块放至她面前的小瓷碟中，"来，来，快吃，快吃，这是凤姨特地为你做的，热乎乎的吃起来最美味了。"

对于热情和蔼的凤姨，江澄溪内心深处倒也不排斥。人是很奇怪的动物，会在第一时间感受到对方的真心或者假意。她虽然没太多人生经历，但是从第一眼看到凤姨开始，她就感觉凤姨对自己的真心诚意是不掺一粒沙子的。这个妇人，心地单纯，真心喜欢她，真心地对她好，仅仅因为自己是贺培安的妻子。

妻子？她脑中怎么会莫名其妙地想到这两个字呢？江澄溪怔了怔。

江澄溪吃了一块糖糕后，就一直在等贺培安的到来。等了许久，有人推门而进，见了江澄溪，大概发现走错了，歉意地一笑："不好意思，我走错房间了。"

那人正欲退出，忽然嗅了嗅，"呀"了一声："好香，这是猪油桂花糯米糕的香味……"也不待江澄溪回答，他自顾自地进了屋，在江澄溪对面大大方方地坐了下来，"小姑娘，请我尝一块怎么样？"

江澄溪虽然觉得这人举止唐突古怪，但见他一身唐装，双鬓微白，精神矍铄，年纪与自己的父亲江阳相仿，便把他当成一位长辈。于是，她欠了欠身，含笑道："当然可以。这位伯伯，您请慢用。"

那人毫不客气地用筷子夹起一块，呵着气送进嘴里。吃罢，他连声道："好吃好吃。"

江澄溪给他倒了杯茶水："这是糯米做的，一下子吃太多的话，容易肠道积食，对身体不好。您喝口茶，慢慢吃。"

那人接过茶杯，笑眯眯地一饮而尽，然后上上下下地盯着江澄溪打量了一番："不错不错。"

江澄溪也不知道他是说桂花糯米糕不错呢还是茶不错，正当她一头雾水的时候，那人从手上褪下了一串佛珠，递给她："小姑娘，我这个人是从来不吃人家白食的。既然你请我吃了你的糯米糕，礼尚往来，我把这串佛珠送给你，就当是你请我吃东西的费用。"

天哪！世上怎么可能有这种好事？难不成遇到富豪了吗？哪怕是江澄溪不懂行情，也知道眼前的这串珠子价格不菲。当然她也是后来才知道，这串佛珠经泰国有名的高僧祈福开光过，跟着李兆海出生入死几十年，不是有钱就能买得到的。

无功不受禄，拿人手短，吃人嘴软，这些是江阳从小就在江澄溪面前耳提面命的。她头都摇成了拨浪鼓："不，不，这个太贵重了。我绝对不能要的……请您收回去吧。"

　　那人含笑起身："收着吧。我海叔送出去的东西是从来不收回来的。"到了门口处，他止住脚步，回头道："小姑娘，咱们山高水长，后会有期。"

　　还山高水长，后会有期，又不是武打片。

　　"海叔。"江澄溪皱着眉头瞪着那串佛珠半晌，只觉"海叔"这两字莫名耳熟，似在哪里听到过一般。可想了片刻，她就是怎么也想不起来。

　　算了，想不起来就不想了，好端端地干吗浪费脑细胞呢？她夹起小糖糕，尝了一口，软软糯糯的，果然相当好吃。

　　又等了好半晌，贺培安还是没到，凤姨拿了个老式的雕花木盒子推门而进。

　　凤姨挨着江澄溪坐了下来，拉起了她的手，神情喜悦又伤感："澄溪，小少爷可以娶到你，凤姨心里头开心啊，真开心啊！你不知道，凤姨盼这一天已经盼了好久好久了。"

　　江澄溪轻轻唤了一声："凤姨。"

　　凤姨眼中泪光渐起："我的老家在深山里头，我们家有四女一男，我是第四个女儿。我一生下来，我爹连瞅也没瞅我一眼，气得拔腿就出了家门，嚷嚷着说又生了一个赔钱货。由于家里穷，我十四岁那年跟着同村老乡进了三元城。我福气好，不久，就被老乡介绍到一家有钱人家去做保姆。

　　"那户人家就是小少爷家。我去的时候，贺太太肚子里头正怀着小少爷。贺太太是个好人，斯文又有教养，对我们下面的几个人客客气气的，从来不说半句重话。那个时候小少爷的外公还在世，老爷子虽然看上去凶凶的，但心肠很好。记得当时我们有个工友得了癌症，家里头没有钱治病，老爷子知道后，就派人把他送进医院，承担了所有的药费。

　　"我到贺家的第三个月，小少爷就出生了。他呀，长得可胖了，小胳膊小腿就像我们乡下池塘里的莲藕一样，一节一节的，又粉又嫩。可好玩了！老爷子对小少爷可宝贝了……每次一过来就捧着不肯松手，让少爷骑在肩膀上顶高高，一顶就是老半天……贺先生对贺太太也很好，再加上可爱的小少爷……那时候，他们一家真是幸福。"凤姨忆起往事，缓缓微笑，一脸的慈爱。

"小少爷五岁那年，老爷子过世了。一年后，在小少爷生日那天……贺先生、贺太太带了小少爷出去吃饭，本来好好的一个生日，谁想到会飞来横祸，贺太太在那一天的路上遭遇了车祸……

"小少爷……小少爷目睹了母亲被车撞死的场面，从此以后就不愿说话……医生都说小少爷受了刺激才会变成那样子……那时候，小少爷每天把自己反锁在房间里头，怎么哄骗都不肯出来。他每天晚上都做噩梦，半夜里哭着叫着要姆妈……那几年，他除了叫'姆妈'两个字外，就再也没说过一个字。很多人都说他脑子坏了、傻掉了……"说到此处，凤姨的泪扑簌簌地落了下来。

想不到这个可恶可恨的贺培安，居然还有一个这么悲凉凄惨的童年。可恨之人必有其可怜之处。一时间，素来软心肠的江澄溪竟有种说不出的滋味。

凤姨抹了抹眼泪："太太没有了，小少爷不吃不喝、不言不语的，贺先生理应更疼小少爷才是。可贺先生打从贺太太死了后，就开始不回家了。小少爷每天孤零零一个人，就像一只没人要的小猫……我看小少爷太可怜了，就每日每夜陪着他，唠唠叨叨地给他讲一些我们山里面的趣事，哄他睡觉……那个时候，大家都以为贺先生是因为接受不了贺太太死了，所以不想回来。我以为贺先生过些时日就会好的，然而……"说到这里，她停顿下来，长长地叹了口气。

"没多久，在贺家做事的人纷纷开始议论，说什么贺先生早在外头养了别的女人，还生下了一个大胖小子，还说那女的在太太在世的时候就已经跟着贺先生了。其实贺太太不在了，贺先生再娶妻生子也是应该的。可为什么贺先生从此之后，就再也不管小少爷了呢？就把他扔在那么大的一幢房子里，一年半载才来看他一次……到了小少爷小学毕业那年，贺先生更是狠心，居然没经他同意就把他送到了国外……可怜哟，那么一丁点儿的小毛头，连袜子也没洗过一双，就被送去了寄宿学校……

"小少爷走后，贺先生就把那幢房子里的所有人都打发了，我也就从贺家出来了，跟我家那位在市里的饭店找了份活干。我一直惦记着小少爷，隔三岔五就回那幢房子去打听。可那幢房子空了下来，就剩了两个看门的。我都不认识，每次问了也只说不知道。这样，一直过了十年，我们也开了这家店。有一天，小少爷突然出现在我面前……"

凤姨说到这里，有些赧然地笑了笑："你看我，明明很高兴的，好好的又哭了。澄溪，你可千万别嫌我唠叨啊。这些话啊，我憋在肚子里太久了。今天一扯开话头，就止不住了。"她端详着澄溪，眼里透着喜悦欢喜，"小少爷他一直孤零零的一个人，这些年来从来没带过女孩子到我这里。那天第一次看到你，我心里就高兴坏了……我们小少爷啊，终于有自己喜欢的人了，也终于有了一个属于自己的家。俗话说，年少吃苦，老来享福。看来，小少爷正是应了这句老话。"

贺培安居然从不带女人来这里？真的假的？江澄溪微微一愣，又想起结婚到现在的这段日子，他的记录确实十分"良好"。

凤姨打开了手边的木盒子，取出了一个织锦红布包着的物什。陈旧的织锦红布包得方方正正，她小心翼翼地一层层打开，足足掀了三层，终于露出了两件金玉首饰。

凤姨的视线定定地落在首饰上："我家里娃多，劳动力少。打我有记忆以来，一直穷得叮当响。加上我爸妈又偏心小弟，山里人都有些重男轻女。所以从小到大，我连块银锁片都没戴过，更别说这些东西了。"

"这两件首饰，都是我在贺家的时候，太太给我的。这些年我一直留着，一次也没戴过。"凤姨抬眼，皱皱的眼角散发着温柔的笑意，"澄溪，我把它们送给你，就当是你去世多年的婆婆给你的见面礼吧。若是太太还在的话……"她说着说着又哽咽起来，"若是太太还在的话，不晓得怎么开心呢！"

江澄溪自然是不能要："凤姨，既然这些都是妈妈……妈妈她老人家留给你的，你就留着。"

凤姨笑："傻孩子，我留着做什么？我让你收着就收着。这些本来就是你婆婆的东西。你别看这些物件都破旧，样子难看，但都是些好东西。"

江澄溪："凤姨，我不是这个意思。"

凤姨拿起了一只龙凤金镯，拉着澄溪的手，便替她戴起来："不是这个意思就行。那你一定要收下，以后留给小小少爷。"镯子的色泽金黄深沉，虽然分量不沉，但一只龙凤镯子雕得古朴精巧，一眼瞧上去就知是有些年头的老物。

说来也奇怪，这只金镯子被凤姨两头一扣就啪的一声扣牢了。凤姨喜道："你看，你戴了多好看。来，把这个戒指戴上……"

江澄溪忙制止她："凤姨，这样吧，这只手镯我收下，这枚戒指你一定要留着，权当妈妈……妈妈她老人家留给你的纪念。否则培……培安知道了，他可是会怪我的。"

凤姨想了想，觉得按小少爷的脾气这个可能性是极大的。若是因为自己影响了他们小夫妻的感情，那可真是罪过了。于是，她便勉强答应下来："好吧。那我就先收起来。"

想起小少爷那性子，她拉着江澄溪的手，语重心长地叮嘱道："澄溪，小少爷有时候脾气是不大好，有些冷淡，还有些古怪，可说到底他也是个苦命的孩子。从小有爹没娘的，那爹有也跟没有一个样。平日你呢，就多心疼心疼他，多迁就迁就他。小少爷这个人呢，十足是头顺毛驴，吃软不吃硬，得哄！过日子就是这样的，你让让我，我让让你，很快就一辈子了。"

凤姨的话低低柔柔的，像是温水悠悠漫过心头。凤姨虽然不知道两人是怎么结婚的，但却是打心里对贺培安好的，也打心眼里希望她和贺培安好的。

江澄溪想起了父亲所说的，多哄哄，多骗骗。江澄溪不知道怎么就握住了凤姨的手，轻轻地应了声："凤姨，你放心，我会的。"哪怕仅仅是说几句场面话让这位心地善良的妇人放心也好。

江澄溪觉得自己绝对不会去哄贺培安的，但顺着他一点，是可以尽量做到的。毕竟她也不敢不顺着他。

凤姨的手指节粗大，皮肤粗糙。这是常年劳动、历经风霜的一双手。江澄溪从包里取了一盒护手霜出来，挤在了凤姨的手上，轻轻地替她揉擦："凤姨，这盒护手霜你拿着，你每天睡觉前涂一遍，手会好些的。"

凤姨怔怔地瞧着她的动作，好一会儿才道："我一个老太婆，哪需要用这个？你留着自个儿用。"

江澄溪微笑："凤姨哪里老了？一点也不老！再说，这个可便宜了。是我爸爸用中药配制的，我家里多的是。你尽管用。这盒你先拿着，等下回我再给你带几盒来。"

凤姨这才把江澄溪的护手霜收下了。

江澄溪两根手指拎起了先头那个"海叔"留下的那串佛珠，蹙眉道："凤姨，刚刚有个人好奇怪……"她把方才发生的事情说给凤姨听了。

凤姨却毫无半分诧异之色，微微一笑道："既然人家给你，你好好收着就是。还是放包里吧，可别弄丢了。"说着，她从江澄溪手里取过珠串，亲自放进了澄溪随身的小包包里，后又顾左右而言他："澄溪啊，凤姨要去厨房忙了，你坐会儿，吃些点心，喝点茶水。"

想不到自己这一会儿工夫，居然就收到两件首饰：佛珠和金镯。自己的人品什么时候好到这个地步了？江澄溪对此也极度困惑不解。

贺培安进来后，江澄溪注意到他的视线在自己的手腕处停留了数秒。

她并不知道，贺培安来了一会儿了，凤姨与她的谈话，他几乎从头听到了尾。

江澄溪不知是不是因为得知了贺培安的童年往事，现在再看他，心里隐隐约约地幽微怪异，似乎觉得他没有往日那般可恶了。

回程的路上，贺培安坐在她边上也不知道想些什么，面色阴暗，一言不发。江澄溪自然不会去招惹他，便转了头去看车窗外转瞬即逝的夜景，心里则道：他爱装深沉就让他装深沉去吧！

她瞧了半晌回头，只见贺培安的视线怔怔地落在自己的手腕处。下一秒，贺培安便若无其事地收回了自己的视线，依旧是如常的淡漠表情。江澄溪觉得自己奇怪极了，居然可以从他的面瘫表情中看出一种凝重的哀伤，是不是眼睛出问题了啊？可是，她真的感觉到了哀伤。唉，看来她一定是受了凤姨所讲的事情的影响。

不知怎的，她就开口说了一句："这镯子是凤姨给我的，说是妈……妈妈当年的旧物。"说完后，她就恨不得咬掉自己的舌头。叫你多嘴，叫你多嘴。

贺培安蓦地抬头，深邃幽深的目光落在了她脸上。江澄溪面色一热，住口不语，隐约知道他眼神里的古怪是为何。她心里暗道：你妈我当然得叫妈妈，难不成让我说你妈啊？就算我有那个心，也没那个胆啊。

那个深夜，贺培安一个人在书房待到了很晚。进卧室的时候，江澄溪已经入睡了，被子下露出一截白若凝脂的手臂，手腕处那只金镯还在。她没有取下来。

如今的女孩子嫌金子老气，都不愿佩戴金饰。此刻，这款式老旧的金镯子戴在她白皙的手腕上，贺培安竟觉得非常好看。

他站在床前，凝视镯子许久，视线上移，入眼的是江澄溪干干净净的睡颜。

第二天早上，江澄溪是被手臂上的某物给硌醒的。她只觉手腕硌在硬硬的物体上，很是难受，迷糊地睁眼，才发觉是金镯子。她倦意浓浓，便闭着眼，伸过一只手想把镯子从手腕上取下来，奇怪的是怎么也弄不下来。跟金镯子奋战半天的结果是把自己彻底给弄清醒了。

贺培安早已不在卧室。昨晚，他看到了她戴的这只金镯子，但他并没有说什么。江澄溪猜不透他到底是高兴还是不高兴，反正戴都已经戴了，于是决定先不要拿下来，以不变应万变，见机行事为好。

下午，父亲江阳打电话过来，说是让他们回家吃饭。江澄溪也不敢一口应下来，便婉转地跟父亲说："爸，培安他最近很忙，我们有空就过来。"

她以为贺培安会不同意的，哪知她在第二天早餐的时候随口跟他说了一句："爸说让我们回去吃饭。"

贺培安握着瓷杯的手一顿，好半晌，才若有似无地"哦"了一声。

江澄溪倏地抬头，只见他饮完了杯中的咖啡，正欲放下杯子。

是自己听错了吧？江澄溪有点吃不准，只好再详细地重复了一遍："爸说让我们这个星期天去。"这一次，她有了准备，视线牢牢地锁着贺培安。

他淡淡道："我知道了。我去上班了。"

一直到贺培安乘坐的车子传来发动的声音，江澄溪才从惊掉下巴的状态中回过神来：呀，呀，呀！他竟然真答应跟我回去！太阳难道要从西边出来了吗？

很多年后，江澄溪还记得那天贺培安陪她回家的情形。

他准备了一些礼品，还特地准备了一束鲜花。当然，不用想也知道，这些肯定是他身边的助理们准备的。

石苏静开门的时候脸色依旧淡淡，但比出嫁那天已经好了很多。大约母亲渐渐接受了她已经嫁给贺培安的事实，招呼了一句："你们来了啊。"

江澄溪唤了声："妈。"没想到身后的贺培安沉默了数秒，居然也跟着她开口，叫了一声"妈"。

江澄溪愣了数秒后，赶忙把鲜花递了上去："妈，这是培安特地去花店挑的。"伸手不打笑脸人，石苏静接过花，加上江阳在后面扯着她的衣服下摆，她的表情缓和了许多，甚至露出了一丝笑意："快进来坐吧。"

第一关过了以后，后面便融洽了许多。

石苏静给贺培安倒了茶水，命江澄溪陪贺培安坐在客厅里看电视。家里照例是父亲江阳下厨。江澄溪一直观察贺培安，发现他居然脸不红气不喘，悠闲地坐着，毫无半点尴尬之态，反倒是她跟妈妈在自己家里坐立不安。

彼此也没有什么共同话题可聊，幸好电视里的节目热热闹闹的，很容易让人打发时间。

这样看着电视，煎熬地过了良久，贺培安起身去洗手间接电话。江澄溪看了时间，从冰箱里取出了胰岛素："妈妈，是时候该打针了，打手臂、腿上，还是肚皮上？"

石苏静"嗯"了一声，撩起衣袖。江澄溪忽然像发现新大陆一样抚摩着她的手："妈，你最近是不是瘦了？"

石苏静笑："妈没瘦。"

江澄溪歪着头看了半晌，还是坚持己见："妈，我觉得好像瘦了一点。你看，皮肤有点松。"

石苏静拍了拍她的手："傻孩子，妈妈这是老了，皮肤松弛了。"

江澄溪捧着她的脸，左右端详："胡说，我妈妈明明年轻得很，跟我站在一起就像我姐姐一样，哪里老了？这话是谁说的？我要去揍他！"

石苏静被哄得眉开眼笑："真是个傻孩子。妈妈总有一天会鸡皮鹤发，满脸老年斑。"

江澄溪摇头不依："不会啦，不会啦。我妈妈肯定不会的，因为我会给你染头发。"

石苏静"扑哧"一声笑了出来，拧了拧她的脸："好，这可是你说的哦。等一下，我得用手机把它录下来，万一到时候，你连影子都找不到了……"

江澄溪皱着鼻子撒娇："妈，你太坏了，怎么可以这样说我呢，好像我说话很不靠谱似的。"

"呀，好像你什么时候说话靠谱过一样。"

"妈，我本来一直觉得自己是捡来的。现在你这么一说，我才确定我是你亲生的。"

"你感觉错误。你啊，确实是我捡来的。"

母女两人腻歪了一阵后，江澄溪手脚麻利地帮母亲注射了胰岛素。

这一折腾，江澄溪藏在袖子里的金镯子便被石苏静瞧见了。她便问："贺家长辈给你的镯子？这物件看起来有些年头了。"

母亲都这么问了，江澄溪点了点头："是培安他妈当年戴过的物件，听说也是以前传下来的物件……"

从洗手间出来的贺培安，一个人在阳台上，静静地将石苏静与江澄溪的温馨互动从头看到尾。

吃饭的时候，贺培安陪江父喝了几杯酒，虽然脸色淡淡，但礼貌还算周到。母亲石苏静也一直笑容浅浅，好歹也是女婿第一次上门吃饭，纵然这个女婿……不提也罢。石苏静最后也夹了一筷子菜给贺培安。

气氛极其诡异地"安静"，但也还算温馨。

这顿饭从接到父亲江阳的电话起就开始担心，到最后跨出自己家的大门，江澄溪总算是彻底松了口气。她无时无刻不担心贺培安，怕他在她爸妈面前翻脸，怕他对她父母没有礼貌，等等。说实话，用"如坐针毡"根本不能描述她那种提心吊胆的万分之一。

她心里暗暗发誓，以后家里能推就推，迫不得已，坚决不带他回家。这种"提心吊胆饭"吃多了要短命的。

这一日，由于中午与王薇薇约了吃西餐，江澄溪陪贺培安用过了早餐，索性就不睡了，去起居室跟苏小小玩了许久。

跟王薇薇约好的时间是十二点，她推开门的时候，不由得一呆。王薇薇边上居然坐着贺培诚，此刻他的视线已经落在了她身上："澄溪。"

服务生轻轻地移开了高背椅子，江澄溪在他们两人的对面入座："培诚，你好。"

王薇薇一眼就瞧见了江澄溪手上的镯子，把她的手抓了过去，研究了几下："哎，澄溪，你这个镯子哪里来的？第一次发现你还蛮适合戴金镯子的。"

因天气渐热，江澄溪只穿了件中袖的白色纱裙，简简单单，毫无花哨。金镯的样式古朴大气，雕工细腻，戴在她白嫩的手腕上，更是衬得她皮肤雪白。如今这年头，戴翡翠、戴玉、戴宝石的人很多，鲜少有年轻的女孩子会戴金，所以王薇薇反而觉得有种别样的精致。

金镯子里头有贺培安这么多故事，江澄溪不好当着贺培诚的面多说，只拣着说了一句："一位长辈给的。"

王薇薇见她支吾的模样，便心领神会地岔开了话题："我点了鹅肝松露菌，反正你一向不挑食，我就做主帮你一起点了。"对于吃的，只要美味，江澄溪向来能够"海纳百川"，自然丝毫不介意："可以啊，我都OK。"

吃饭中途，贺培诚去了洗手间。王薇薇道："我把你的那个盒子给贺培诚了，但他怎么也不肯要。他说是特地从瑞士带回来给你的。我已经无能为力了，你自己看着办吧。"

江澄溪一听："那怎么办？这么贵重的东西，我怎么能收？"

王薇薇忽然停下了刀叉，用一种古怪的眼神看着她："澄溪，你不会到现在还没发现吧？"

江澄溪不解她为何会有此一问："发现什么？"

此时，门被推开又关上，贺培诚走了进来。王薇薇没再继续说下去，待贺培诚坐下来吃了几口，她便找了借口出去打电话了。

江澄溪自然明白这是在给她找机会，于是便直截了当地把盒子推给他："培诚，这份礼物你还是收回去吧。"

贺培诚落寞地笑了笑，顿了顿，方道："可是，澄溪，这个礼物除了你，我已经无法送给别人了。"

江澄溪不明白他的意思。

他缓缓打开了盒子："这套首饰是我在瑞士的时候特地为你定制的。每件首饰上都有你的名字缩写：C & X。"他没说的是，"C & X"是他的"诚"和她的"溪"字的缩写。

贺培诚取了戒指，递到她面前。江澄溪从她的角度，清晰地看到了"C & X"两个字母。她颇为惊讶，当初只匆匆地看了一眼，根本没特别留意："培诚，无论如何，我很谢谢你的心意。但这份礼物实在太贵重了，我不能收！"难怪王薇薇方才会这么古怪地问她。

贺培诚突然打断了她的话："不，你不知道我的心意。我……"他在此处停顿下来，望进了江澄溪露珠一样清澈的眼眸深处，"我原本是准备向你求婚的，江澄溪。"

求婚？江澄溪被贺培诚的话惊着了，瞠目结舌地看着他。她好像没有跟他发展到这种程度吧？无论她以往有什么行为给了他这种错觉，她都必须跟他说清楚。

她斟酌着开口："培诚，其实我……"

贺培诚打断了她的话："澄溪，我去瑞士是为了给我妈妈治病。我妈妈查出来恶性肿瘤，那边的医疗团队比较好，所以当时联系好了医院，就匆匆飞去了。到那里后没几天，我的手机就被偷了，国内所有朋友的号码一下子都没有了。与此同时，我的号码在国内被人恶意停用了。因为这两个原因加上忙乱，所以一时间就没有跟你联系……"

江澄溪无法接话，只好默默地听他说下去，只听见他话锋一转，缓缓道："澄溪，我长得也不难看……"停顿了半晌，他说，"澄溪，这么久以来，你真的就没有一点点喜欢我吗？"

他的眼里是有期待的。江澄溪虽然有些于心不忍，但她还是严肃地看着他，认认真真地说完了刚被他打断的那句话："培诚，我一直当你是朋友。从来没有男女之间的那种喜欢，从来没有！"

贺培诚极其黯然地垂下眼。忽地，他复又抬眼，目光如炬地盯着她："那你爱我大哥？"

江澄溪不料他会这么突兀发问，嘴唇微张，一时竟无言以对。

贺培诚牢牢地盯着她，步步紧逼："你爱他吗？"

江澄溪依旧不语。她该说什么呢？说你大哥贺培安强迫我嫁的，然后你冲去找你大哥？然后贺培安再来找我？

贺培诚忽地大笑，声音是从未有过的尖锐："还是因为他是贺培安，三元城的贺先生。你们女人跟了他，要什么就有什么，对不对？你有没有想过，他能给你的，我一样能给你。"

江澄溪侧过脸，不愿接触他夹杂着疯狂、愤怒和忌妒的目光。贺培诚伸手一扫，将面前的盒子狠狠扫在了地上，他冷冷地道："江澄溪，我看错你了。原来你跟别的女人也没有什么不一样！"说完，他便冲出了包厢。

王薇薇进来的时候，看到满地散落的首饰，呆了呆："怎么回事？贺培诚呢？"

江澄溪朝她无奈地摊了摊手，叹了口气，心里暗道：大概以后，她和贺培诚再也做不成朋友了吧！

她陪王薇薇逛了一个下午，累得筋疲力尽。回到家，贺培安并没有回来，她便直接泡澡睡觉了。

嫁给贺培安后，江澄溪睡觉一直处于浅眠。在睡梦里头也不知道怎的，她隐约觉得不安。猛地睁眼，就看到贺培安脸色古怪阴鸷地站在床前。她心猛地跳漏了几拍，拥着被坐了起来，努力微笑："你……你回来了？"

贺培安转身在法式长窗边的沙发上坐了下来，边扯着领带边命令道："过来。"见他解着衬衫纽扣，含义明显，江澄溪揪紧了薄被，一下子不知道怎么办。

贺培安不耐烦地抬眼，冷冷地道："还不过来？"他今天本就心情不佳，现在见江澄溪这样的表情，心情更是阴郁到了极点。

江澄溪只好掀开被子，缓缓下床。她穿了一件长而宽松的蓝白条纹的大T恤，一头长发清泉似的披散在身后，整个人清澈得仿佛一条小溪，让人可以一目见底。

贺培安一把拽住了她的手臂，将她拉到腿上坐下。两人之间仅余几寸距离。江澄溪睁着圆圆的眼睛与他对视，像是一只受了惊的兔子。

贺培安淡淡地开口："中午跟谁吃饭了？"

江澄溪当然知道他在明知故问，便老老实实地道："薇薇，还有贺培诚。"

贺培安若有所思地瞧了她半晌，忽地一笑，似心情有所好转："过来，我想亲你。"

江澄溪僵硬着身子，半天没动。她见贺培安的脸色又渐沉了下去，心想，怎么也不能把他惹毛了，否则最后还是自己吃苦头。于是，她慢慢俯身在他唇上微微触碰。贺培安的唇软软的。不知道为何，一瞬间，江澄溪又忆起她和陆一航之间唯一的一次亲吻，是陆一航送她回家，在转角的公园处，陆一航与她挥手告别后，突然大步折回来，在她发蒙之际，在她唇上亲了一亲。他涨红了脸，低声说："澄溪，我喜欢你，我很喜欢你。"

那一瞬间，整个世界似乎为他们绽放出五光十色的烟花。在一团团璀璨光芒下，她与陆一航如同两只小小的蝴蝶，在轻柔的微风中恋爱了。

可没过多久，他就出国了，从此再没有任何音信。

江澄溪忽然觉得天摇地晃，猛然回神，贺培安已经将她压在了沙发上，他的脸色阴沉异常，如狂风暴雨将至，声音似咬牙切齿："江澄溪。"

他重重地吻在了她的脖子上，他的呼吸湿湿热热的，又急又重，叫人想起暴怒的狮子……她的脖子会不会被他咬下来啊！

此后几天，贺培安的脸色便如三元的天气，阴霾笼罩，雨水不断。

这日，贺培安也不出门，就待在书房里头。也不知发生什么事，他在书房里对着电话的怒骂声，她隔了两扇门都能听见。

晚餐的时候，他刚入座，瞧见了面前的菜色，面色一沉，吩咐吴姐："把菜都倒了，重新做几道上来。"

江澄溪在对面，见他的面色相当不好，眉目间隐隐有些戾气。菜亦是平日里吃的菜，一道火腿蒸鱼、一道酱牛肉、一道蔬菜，还有一份用高汤煮的野生菌菇，也没什么不对！不过就是多了道皮蛋拌豆腐，只因天气热想吃，所以她特地让厨房做的。皮蛋拌豆腐是三元的特色小凉菜，家家户户基本都会吃。

当然，很久以后她才知道，皮蛋拌豆腐是贺培安母亲的拿手小菜，为避免触景生情，贺培安自母亲去世后再未吃过。

很快，吴姐又端上来几道菜。贺培安这次倒没说什么便动了筷子，但只吃了几口，便面无表情地搁了筷子。

事后，江澄溪问吴姐怎么回事。吴姐自然更不知道发生了何事，只说贺先生从来不吃皮蛋拌豆腐的，又说每年这几天贺先生都会把自己灌醉。

　　江澄溪奇怪，他不喜欢吃就不要吃了，再说即使不想看到这个菜，把它端下去就好，何必浪费，全部重新做呢？

　　不过，贺培安一直很奇怪。一直抱着明哲保身、随时准备下堂求去的江澄溪并不打算刨根问底。他爱吃不吃，跟她又没有任何关系。

　　这天晚上，贺培安并没有回卧室。第二天，他还是把自己反锁在书房里，到了傍晚也不见出来。

　　江澄溪不明就里，第一反应是他是不是遇上什么愁事了？她自然不会傻到去打扰贺培安，反而心想，他最好搬到书房住，再别回卧室。

　　她在二楼的起居室里喂苏小小，听见有人敲门，便头也不抬地道："进来。"

　　向念平的声音传了过来："贺太太。"

　　江澄溪有些诧异地转头，居然是向念平。他远远地站在门边。江澄溪与向念平并不熟，只知道他是贺培安的特别助理，也是他的左膀右臂。平日贺培安在家的话，向念平经常会过来，但活动地点仅限于门口、大厅、楼梯、走廊到书房这一条直线。可以说，迄今为止，江澄溪与他鲜少有什么交集。

　　其实从结婚到现在，江澄溪也不知贺培安平时在做什么、忙些什么。只听王薇薇提过，贺氏主要经营的是电子产业，其他方面也有些涉猎。偶尔听贺培安接电话，亦不过寥寥数语："好，我知道。""OK，就照你的意思办。"抑或"你把资料（报表）准备好，我要看大数据报告。"……

　　向念平倒是一如既往的恭敬模样，欠了欠身："贺太太，贺先生这两天会把自己反锁在书房里……贺太太若是方便的话，去劝一劝贺先生。"

　　江澄溪不解地抬头瞧着他。向念平是个一点即通的聪明人，自然看出了她眼底的疑问，便直言不讳地道："自我跟着贺先生到现在，他年年如此。"

向念平顿了顿，方道："今天是贺先生的生日，也是他亡母的忌日……"

贺培安的生日！也是他母亲的忌日！

江澄溪猛地想起凤姨说过的往事。贺培安的母亲是为了给他过生日，一家三口出去庆祝，在路上发生了严重车祸，贺母不治身亡。

向念平道："每年的这几天，贺先生都会借酒消愁。贺太太，你好好劝劝他。人死不能复生，都已经过了这么多年了。"他没有再多说什么，便告辞离开了。

江澄溪在起居室待了半晌，怔怔地瞧着手腕处的金镯子，忽然觉得有种说不出的滋味。她叹了口气，有道是拿人手短、吃人嘴软，千百年来果然都是这个理。

江澄溪敲了许久的门，书房内似无人一般，毫无声息。她心里暗道：我已经敲过门了，是你贺培安不理我，我能怎么办？于是她心安理得、堂而皇之地回了起居室。

一直到晚饭时分，江澄溪下楼的时候，发现贺培安还没有从书房出来。这厮已经整整一天没吃东西了。

其实江澄溪巴不得他不吃，饿死算了。她正好可以摆脱他，连办法都不用多想了。可是，她不免又想到自己每年生日，父母必定会做一大桌好菜，还有父亲特制的长寿面，父母会将蛋糕插好蜡烛捧到她面前让她许愿。现在想来，心里都会涌起暖流。对比贺培安这些年过的生日，江澄溪不由得叹了口气。此时此刻的她，不免有点可怜贺培安。

她到底不忍心。最后，她又去敲书房的门，抬高了点音调："贺培安，吃饭了。"

书房里头自然还是什么声音也没有。她又敲了数下，还是无人回应。不会是喝醉了吧？江澄溪的声音软下了几分："贺培安，你已经在里面待了一天了！今天是你生日，我让厨房去煮长寿面给你，好不好？"

屋内依旧没有声音传来。江澄溪叹了口气，转身下了楼，去厨房煮面。若是在平时，她才不管他吃不吃呢。

她在厨房里转了一圈，又问了负责厨房的吴姐和厨师等人，今天准备了些什么菜。吴姐报了几个菜名，又说用小火熬了牛肉汤，都熬了两个小时了。

她灵机一动，于是吩咐厨师煮碗牛肉汤面。厨师搓了搓手，神色迟疑。

江澄溪自然察觉到了异状："怎么了？"

吴姐帮忙解释道："太太，我进这个家几年了，从来没见贺先生吃过一碗面。贺先生不吃面的。"

原来是这个原因，江澄溪想起那一碗泡面，笑着摆手："没事没事，你们就随便煮。"既然江澄溪这么说了，吴姐和厨师也就开工了，反正是太太吩咐的。

江澄溪在一旁候着，看着厨师在锅里放了水，待水煮沸后，下了面条。面条煮至七分熟，将锅里的水倒完。切了细细的大蒜叶、葱，然后将熬好的牛肉与汤水放入锅中，再度煮沸。最后将面条放入一同煮，放盐调味。最后出锅放入白瓷碗，撒上碧绿的大蒜叶和葱。不愧是厨师啊，这么简简单单的一道面，也煮得色香味俱全。

江澄溪将碗筷放在托盘里，亲自端了上去，敲门道："贺培安，我让厨房煮了一碗面，你趁热吃，我把它搁在门口。"她见里头没反应，也不知道贺培安在不在听、听不听得到、吃不吃，反正她自问仁至义尽，无愧于心了。

江澄溪径直下楼，心安理得地吃饭。吃完上楼，她抬步往卧室走去的时候，脚步顿了顿，最后还是转了方向，特地去书房瞧一眼。只见那托盘还搁在那里，面已经快糗了。江澄溪朝那书房的两扇门望了许久，又在卧室里待了许久，不知怎的，心总静不下来，仿佛总有东西硌着似的，有些坐立难安。

她烦躁地扯着头发："江澄溪，叫你多事，叫你多事！"她说罢，又愣了片刻，最后还是起了身。

只见书房门口，那碗面依旧还在。她在转角的地方站了半晌，许久后再度回屋。

那个晚上她又出来看了两次，贺培安一直把自己反锁在书房里。到了半夜，江澄溪终究还是没忍住，按内线叫来了吴姐："书房的备用钥匙在哪里？"

才一打开门，浓烈到几乎可以窒息的酒味扑面而来。江澄溪拧亮了灯，惊在了那里。茶几上搁着好几个已经空了的红酒瓶，贺培安手里还拿着一瓶，东倒西歪地躺在沙发上，显然已经醉了。

喝酒会不会致死，江澄溪不知道。但是根据书本上曾经学过的理论知识，喝酒对人体的伤害是很大的，尤其空腹喝酒更是伤身。首先是直接伤肝，导致酒精肝、肝炎、肝硬化，肝脏伤了后，视力必然下降，身体解毒能力也下降，造成免疫力下降，容易胃出血，感染其他病和肿瘤等。

按理说江澄溪看到这个场面，应该觉得十分欣喜才对。他每天这么喝，没准没多久就死了。这样多好啊，她也不用绞尽脑汁地想怎么让他厌烦，想尽办法令他提出离婚了。

可是很奇怪，她没有一点喜悦，反倒莫名其妙地感到难过。她轻轻上前，想把酒瓶从他手里夺走。可贺培安牢牢地抓着，江澄溪一时间竟没办法拿走。

不得已，她只好蹲下来，一根一根地去掰开他的手指。他力气远远大过她，大约还有些残留的意识，感觉到有人在跟他抢酒瓶，所以这个动作便如拔河一样，她掰开一根他就立刻扣上一根。到最后，她的食指竟然也被贺培安的手指牢牢扣住了。

江澄溪挣扎着想要抽出来，但贺培安扣得极牢，指尖处有十分明显的痛意。她一动，贺培安便似有了知觉，迷糊地道："不要走。"

不知道贺培安撒起酒疯来是什么样的？会不会打人？会不会揍她？万一家暴，她要怎么办？

唉，这一刻江澄溪发现自己是"自作孽不可活"。她欲哭无泪地在心里再度恨恨地骂自己：江澄溪，叫你吃饱了撑得没事情做！叫你吃饱了多管闲事！看你下次还多不多事！

她凝神屏气，不敢动弹分毫，就怕一不小心惊醒了他。

这个姿势保持了许久，江澄溪感觉到自己的手臂渐渐泛酸，有些僵硬。她迫不得已，只好挨着贺培安的身子在沙发的边缘坐了下来。

她已经够缓够慢够小心翼翼的了，但还是被贺培安发觉了，他的身子侧了侧，呓语般地吐出两字："姆妈……"

江澄溪猛地一顿，然后大幅度地拧过自己的脖子，瞠目结舌地看着他。贺培安居然在喊姆妈。姆妈是三元的方言，就是妈妈的意思。虽然他的口齿不清，但是在这么寂静的深夜，落针可闻的书房里，她还是听得清清楚楚。江澄溪静静地打量着贺培安，只见酒醉中的他眉头紧蹙，显然极不安稳。

不过片刻，他又轻轻地叫了一声："姆妈……我想你……"江澄溪凝视着他，那一刻，她产生了一种很幽微奇异的感觉。眼前的贺培安，或许并没有她想象的那么坏。

贺培安是在头痛欲裂中醒过来的，沉沉地撑着沙发坐起来，眼前茫然一片。他摸着头，盯着面前的木几，好一会儿，他终于看清了，木几上竟然搁着一碗面。确切地说，一碗粮了的面。

多少年了，他没有在生日的时候吃过一碗面，甚至连看也没有看到过。犹记得母亲在世时，每年生日，一定都会亲手给他煮一碗长寿面做早餐，然后在旁边哄着他："来，安安乖，吃一口面条，今天是你的生日。要把面条一口吃光，不能咬断哦。这样，我们的安安才会平平安安，长命百岁。"

后来，再没有人记得他的生日，也再没有人会捧着热气腾腾的长寿面，哄着他吃一些，再吃一些了……

这些年来，他几乎已经忘记了面条的味道，一直到她给他煮的那碗泡面。很多年没吃面条的他，那一次居然发神经一样把一碗泡面吃了个精光。

贺培安就这样盯着这碗面瞧了许久。其实根本用不着猜，整幢房子除了一个人，谁有胆子敢这么闯进来？不过她的胆子向来就不小，第一次跟他面对面，就敢拐弯抹角地骂他精神病。想到这里，他的嘴角不知不觉轻轻上扬。

贺培安蹑手蹑脚地推开了卧室的门。炫目又讨人喜欢的阳光从未拉严实的窗帘里头透了进来。整个房间静悄悄的，一点声音也没有。

他走了几步，瞧见了床上微微隆起之物。贺培安缓缓地止住了脚步，生怕惊醒了她。从他的角度，可以看到她侧着身子，好梦正酣，脸庞白嫩干净得叫人想起夏日的初荷，微微颤颤的粉色，仿佛一掐就能掐出水来。

她是这般宁静安详。

这一刻，贺培安只觉得脑中所有的一切像被橡皮擦轻轻地擦过，过往所有的一切不好的东西都没有了。这个世界上，只剩下这一个美好的画面，只剩下她和他。

她是属于他的！江澄溪是属于贺培安的！这个家，是属于他们的！

他的心，在那一刻，倏地安静下来。

江澄溪一觉睡到了下午。她是饿醒的，半梦半醒地睁开眼，就被贺培安放大似的脸惊到了。

他身上有沐浴过后的清香，显然是洗好了澡。可他是什么时候醒酒的，还洗了澡睡在她边上，自己竟然一点印象也没有。

贺培安睡得甚深，长长的睫毛轻阖，孩子般的一脸无辜安宁。他大约只有睡着的时候，才会让人感觉不到害怕吧。平日里，他即便是含笑地瞧着她，看着人畜无害的样子，但眸子里偶尔闪过的微光，也会让她全身发凉。

Chapter 6　只要你给的温柔

她对着他们笑的时候，嘴角的梨涡深深，
简直像是两个旋涡一般，让人不由自主地坠入其中。
贺培安心头萦绕着的那种不舒服感却仿佛藤蔓，
越缠越紧。

江氏中医儿科又恢复了往日的忙碌。江澄溪每次回娘家，父亲都在诊所，这一次也不例外。

对于江澄溪的工作问题，石苏静的意见是：无论薪水高低，她必须得有个工作。这年头，谁也靠不住，女人靠自己最好。有钱傍身，腰杆也能挺得直一些！做什么也不能在家做全职主妇。虽然她也算是一个家庭主妇，可她退休了，每个月还是有固定收入的。

江澄溪对此十分赞成。所以她在婚后的第一个月，便跟贺培安提出想去父亲诊所帮忙的想法。

贺培安听了后只是淡淡地扫了她一眼，再无任何下文了。这样的表示到底是同意还是不同意呢？江澄溪便不敢造次。再则，王薇薇也提出了意见，说她如果去诊所帮忙的话，按她这迷糊的个性，她和贺培安之间的事情可能会随时露馅。再三权衡之下，王薇薇建议她还是暂时搁一搁，过段时间再说。

江澄溪婚后回家，基本都是一个人。由于石苏静知道女儿不是个会用手段的料儿，而贺培安也不是江澄溪可以拿捏的人，所以她这辈子也不指望这个女婿会听自己女儿的，乖乖地陪女儿回娘家。这种情况下，石苏静自然也不会开口问江澄溪女婿怎么没来之类的话。

这天，江澄溪便抱着一大桶冰激凌，和石苏静两个人懒懒地窝在沙发里看电视。她挖着冰激凌，边吃边瞄电视画面："妈，这个剧蛮好看的，我也在追。"

石苏静则在一旁例行询问，比如"他有没有按时回家""对你到底怎么样"之类的问题，问着问着不知怎么突然就哑了声。江澄溪不明就里，心想，老妈怎么半天没吱声，便抱着冰激凌桶转头，只见母亲的眼神若有所思地落在自己的脖子上。

开始，她还有片刻的错愕，下一秒便忆起了昨晚之事，脸顿时红了起来。最近贺培安总是喜欢闹腾她。

早上的时候，她就在镜子里发现了贺培安昨晚留下的痕迹。天气已经很热了，根本没办法穿高领衣服或者围丝巾。江澄溪在更衣室里挑了半天，才挑了一个最近流行的假领子配了裙子，戴上后，勉强算是遮住了那些暧昧的红痕。结果她回到自己家里，窝在沙发里头太放松了，领子就七歪八扭的，让母亲逮了个正着。

石苏静是过来人，哪有不明白的道理？她心里嘀咕道：看样子囡囡和那个贺培安倒真的如漆似胶的。她作为一个母亲，虽然极度不满意贺培安这个女婿，可嫁都嫁了，还能怎么着，终归还是希望自己女儿幸福的。

于是，她慢腾腾地说了一句："这个月二十八号是你爸和我结婚二十八周年的纪念日，你带他回家吃个饭吧。"

老妈居然开口让贺培安回家吃饭？这真是大姑娘坐花轿——生平头一遭！要知道老妈一直以来就不待见贺培安，对江澄溪执意嫁给贺培安的事情耿耿于怀。

但是石苏静开了口，接下来的事情就轮到江澄溪发愁了。

她从凤姨那里知晓了贺培安的身世，自他母亲去世后，他就一个人孤零零地生活在这栋大房子里。就算有人，也是一屋子保姆阿姨，没人陪他吃饭吧？是不是因为这样，所以他在家的时候，都必须让她陪他吃饭呢？

正在喝粥的江澄溪也不知道怎么突然领悟了，不由得抬头望了一眼餐桌对面的贺培安。那个时候，他才六岁多。她六岁的时候，是什么样的，她已经记不清了，但肯定是母亲父亲围绕在身旁，含着捧着，宝贝得不得了。

贺培安也抬头望向她，两人视线不经意相交，江澄溪忙躲开他若有所思的打量眼神。

她想起昨天老妈交代的事情，横竖是要告诉他的，索性早点说了算了："呃……那个……那个，下个星期四是我爸妈的结婚纪念日。"贺培安可有可无地"喔"了一声，端起咖啡缓缓饮了一口，似等她说下去。

两人相处最多的除了夜晚，便是早餐时间，贺培安一旦出门，回家时间完全不定。如果现在不说的话，晚上等他回来不知要几点了。江澄溪便接着把话一口气说完："我妈说让我们那天回去吃晚饭。"

他又淡淡地"嗯"了一声，方将手里的咖啡喝完，然后起身与门口候着的小丁等人一起出了门。

这样应该是表示知道这件事情了吧。

然而贺培安到底会不会陪她去，江澄溪可就吃不准了。他就"喔""嗯"了两声，又没有明确表态，她怎么可能猜得到？他上次是陪她回去过一次，可去了一次并不表示会去第二次，去了第二次并不表示会去第三次呀！

不过，江澄溪没想到因父母结婚纪念日，自己竟然会用到王薇薇之前所说的查岗的法子。

父母的结婚纪念日在星期四，而贺培安自那天早餐后就不见了踪影，直到星期三还没回来。

　　若是平时，这样的情况正中江澄溪下怀，绝对不会多嘴问一字半句的。可是既然她答应了老妈要和贺培安一起回去吃饭，贺培安不去的话，一来多少会让父母伤心，二来父母又会开始担心她的婚姻问题，日夜担心得没法好好过日子了。

　　无论怎样，也得要贺培安陪她去，拖也得把他拖去！

　　到了星期三的傍晚，贺培安还没回来。江澄溪终于忍不住了，叫来了小九："他到底去哪里了？"

　　小九闻言先是愣了一愣，最后才反应过来她在问贺先生的下落，于是老老实实地回道："贺先生去了洛海。"

　　省城洛海，倒不是太远，至少还在省内。江澄溪沉吟了一下，又问："那他有没有说什么时候回来？"小九怎么可能会知道贺培安的行程，见江澄溪这么一问，便道："贺太太，要不我打个电话问问向先生？"向念平是贺培安最倚重的助理，从来不离他左右。

　　她"嗯"了一声。小九见状，便到角落打电话。很快，他便折回来，回道："向先生说贺先生明天一早回来，大概中午就会到。"

　　江澄溪松了口气，贺培安明天会回来，那还来得及。

　　于是，一夜好眠。清晨的时候，江澄溪半睡半醒间听见屋内有人走动，她翻了个身，找了个舒服的睡姿，继续睡。浴室烦人的梳洗声越来越响，她迷迷糊糊中还以为在自己家里，心中恼道："老爸今天怎么动静这么大？"

　　又过了不知多久，听见有人站在床边叫她："起床陪我吃饭。"江澄溪仍旧神志不清，以为是父亲，便蹭了蹭枕头，赖在床上怎么也不肯起床："老爸，好老爸……我困死了。让我再睡一会儿……就一会儿……我保证……"

　　下一秒，她忽然意识到：这声音不是老爸！

　　一个念头如同闪电般划过，她已经结婚了，她跟贺培安住在一起。

　　她整个人猛地清醒过来，倏地睁开眼：眼前的这个人果然是贺培安。

131 ·

他从洛海回来了？不是说中午吗？怎么会这么早就到了！

贺培安正在穿衬衫，慢条斯理地在戴袖扣。他不动声色瞧着她半晌，方淡淡地开口："你跟小九打听我的行踪了？"

江澄溪没料到他会问这个，加上睡醒后反应迟钝，慢了几秒才反应过来。她偷瞧了一眼贺培安的神色，不咸不淡，一如往常喜怒不辨。他到底是不是在恼她查岗，江澄溪心里也没底。

她抓了抓头发，蹙眉想了想，忆起了王薇薇说的随机应变，于是便垂下眼帘，不敢看贺培安的眼："贺培安，虽然我是心不甘情不愿跟你结婚的，可是结都结了，你已经是我老公，我这辈子可没想过再找另一个。既然你是我老公，我有时候想知道你在哪里，询问一下，这样应该并不过分吧？如果……如果你不喜欢的话，那我以后就不问了……"

贺培安深深地看了她几秒，眼睛里闪过一抹利刃般犀利的光芒，仿佛要将她整个人看穿一样。然后他若有所思的视线缓缓落了下来，定定地落在江澄溪微敞的领口处。

江澄溪在他凝视下，觉得连呼吸都变得困难。她看着贺培安缓缓走近，他的手一寸寸地抚上了她的肌肤，四周都是他强烈的气息。他的手指一点点缠住了她的脖子，他的每根手指都带了火苗，热得灼人。江澄溪只觉得自己的呼吸一下子凌乱起来。

贺培安牢牢地盯着她，嘴角浅浅上扬，露出一丝含义不明的微笑："江澄溪，我谅你也不敢再找第二个。"每次只要他一接近，江澄溪就会窒息一般发热难受。此刻，那种又闷又热又难受的感觉又来了。

她现在唯一的想法就是快点逃，但贺培安哪会给她这种机会。他一点点凑到她耳边，似笑非笑地说了一句："你要是敢的话，看我不把你的脖子拧下来。"

不知是因为他的话还是因为他的气息湿湿热热地喷在她耳边，江澄溪立刻察觉到全身起了一层又一层的鸡皮疙瘩。江澄溪当然不敢，就算想，她也没胆子啊。目前来说，还是先想怎么摆脱他吧。

贺培安的手缓缓下滑，落在了她柔软的腰畔，江澄溪感觉到他炙热的身子或许在下一秒就会压下来。不知怎的想起了那个"哄"字，父亲说要以柔克刚，凤姨说他是头顺毛驴。

她放软了声音，柔声细气地抱着他的腰，撒娇道："贺培安，我好饿。我们先吃饭好不好？"

江澄溪一直觉得这个早上贺培安不会放过她了，结果出乎意料，他的手顿了顿，居然松开了她。

她趁机下床，进浴室梳洗。她不知道，她转身后，贺培安用目光牢牢地盯着她的背影，一直到她把浴室门关上。

傍晚时分，稍稍打扮过的江澄溪带着贺培安进了自己的家门。

贺培安带了两个盒子、一束鲜花，一个递给了江阳，一个捧给了石苏静："爸、妈，祝你们结婚二十八周年快乐。这是我跟澄溪的一点小心意，不成敬意。"

江父淡淡道："来吃饭就好，都是自家人，不用破费。"

满满一桌子的菜，看来父亲展示出了全部实力。江澄溪在家里放松得很，一边端菜一边偷吃。石苏静轻轻地打她的手："都已经嫁人了，还跟小猫似的偷吃，太没规矩了！"说到这里，她招呼贺培安，"小贺，来这里坐。"

那晚，两人陪着江父小酌了几杯。江父给贺培安倒酒的时候，江澄溪看贺培安倒还颇为有礼貌，双手端着酒杯，欠着身子："谢谢爸。"

江阳笑着与贺培安的酒杯一碰："这是我自己用人参泡的酒，来尝尝味道。"贺培安将小瓷杯里的酒一饮而尽。江阳的表情显然很是满意："味道怎么样？不错吧？"

贺培安点了点："很好。"

江阳呷了一口，眯眼一笑："我这里还有好多珍藏，蛇酒、蝎子酒、各种药酒……都是用我们江家独家秘方配制的，滋补得很，外面的人啊，出钱也买不到。"

江澄溪从进家门到现在一直提心吊胆的，十分担心。她摸不准贺培安，怕他反复无常的脾气，生怕他在父母面前不陪她把这场戏做下去。

父亲那蛇酒、蝎子酒的话音一落，江澄溪便看到贺培安嘴角微微的抽搐，心里乐道：天不怕地不怕的贺培安，难不成会怕喝这些酒吗？

她微微一笑，接了口："谢谢爸爸，培安以后有福了。培安，是不是？"

贺培安不动声色地瞧了她一眼，之后淡淡微笑："是啊，谢谢爸。"

江阳转头对石苏静道："你去书房弄点枸杞蝎子酒出来给培安尝尝。"

虽然贺培安表面还是保持着那个淡淡的微笑，可江澄溪看出了他眼角眉梢强抑着的抽动。这时，她确定贺培安绝对怕喝这种酒。哈哈，哈哈，她第一次忍着笑差点忍出内伤。

贺培安轻轻地飘了一个眼神过来，江澄溪被他的眼神看得头皮发麻，猛地一凛：他这是在警告她别耍花样！

在百般无奈下，她朝父亲开口道："爸，你可别欺负培安，把他给灌醉了。"

江阳的反应是端起面前的酒杯，默默地一饮而尽，满脸的吃醋兼心痛的模样："唉，真是嫁出去的女儿泼出去的水，如今啊，就知道帮老公。看来爸在你心里啊，一点分量都没喽。"

江澄溪忙讨饶："爸，哪有啊。你在我心目中永远是第一。"她也给贺培安一个眼神，示意我无能为力了，你好自为之。

石苏静用玻璃大口瓶，取了满满一瓶过来。江阳亲自给贺培安倒了一大杯蝎子酒："小贺啊，这酒好，补肾益精、养肝明目、润肺生津，经常喝可以推迟衰老、延年益寿呢。"

这种情况下，扮演恩爱角色的贺培安不能不喝，于是，江澄溪看见他端起酒杯，一饮而尽。她垂着头，再一次忍出了内伤。

那天晚上，江阳喝得颇为心满意足，送他们出门的时候，满意地拍了拍贺培安的肩膀："小贺，有空跟澄溪经常回来吃饭啊。"

也不知道是不是父亲泡的酒厉害，贺培安显然有点喝醉了，一路上一直拉着她的手不放。后来到家，车子停下，他还是拉着她一路回了房。

他在床尾凳上坐了下来，对江澄溪微笑着喃喃道："咱爸的酒量可真好啊。"

咱爸……江澄溪愣愣地瞧着他。

在她微愣的当口，贺培安的手忽然一用力，把她整个人拽了过去，跌在了他身旁。他翻身压了下来，吻住了她的唇。

江澄溪推着他："别——"

他的眼眸一沉，吻便落了下来。

江澄溪启口："蝎子……"可蝎子那两个字被他吞进了口中，只有"呜呜呜"的几声轻响。

贺培安的吻一开头的时候有些粗暴，可听了她说"蝎子"两个字以后，便温柔起来，含着她的舌尖与她缓缓地纠缠……他嘴里有浓浓的酒味，江澄溪觉得有些眩晕。怎么会眩晕呢？她的酒量明明不差啊。可是，江澄溪确实有些头脑发晕，四周像是笼了纱，一切都朦胧起来。

也不知道过了多久，他放开了她，喘息着问她："味道怎么样？"

江澄溪的头抵在柔软的床褥上，眯着眼瞧他，胸脯不住起伏，贺培安忽觉得难耐，他一低头，又吻住了她。

这一吻又吻了许久，他才移开，额头抵着她的额头，与她呼吸交融："以后咱爸要是再让我喝蛇酒、蝎子酒的话，你一样尝得到味道。反正有你陪我。"

他的声音里有促狭的笑意，他果然怕喝这些酒。江澄溪一想到父亲书房里那两大玻璃瓶里的蛇、蝎子等物，胃里立刻生出了反应。就是因为这些浸泡着的家伙，她以前从来不敢轻易踏进父亲的书房。

见江澄溪忽白忽青的脸色，显然他以后不会喝到这几种酒了，贺培安笑了起来，心情颇为愉快。

他第一次对她眉眼弯弯地笑，眼睛熠熠闪光。江澄溪一时竟移不开眼。忽然，贺培安的脸再一次在她面前放大，他又吻了她……轻轻地，像羽毛覆盖在她的唇畔……

第二天江澄溪才想起，他居然把"咱爸"这两个字说得如此顺溜。

这天下午，贺培安回来得特别早，见江澄溪常用的车子在车库，但小九并不在楼下大厅，便随口问了一声："小九呢？"

一个小保姆回道："在楼上起居室跟太太打牌。"

打牌？贺培安眉头微蹙，抬脚便往楼上走去。起居室的门大开着，里面传来了一阵清脆的笑声，他听出这是江澄溪的声音。贺培安脚步一顿，眉头皱得越发厉害起来。

起居室的沙发几旁围坐了四个人，除了江澄溪、小九、吴姐，居然还有厨房的大师傅。

江澄溪穿了件宽松的白色印字母大T恤、黑色的小脚牛仔裤，极放松地盘腿窝在沙发里头，手里抓着牌，语调轻快地道："要不要？这次我倾家荡产，把我的筹码都压上了。沙蟹！"

那件白色T恤领子略有点宽松，里头小可爱的黑色蕾丝小细带就随着她的动作时隐时现，衬着肩颈处的白嫩肌肤，叫人莫名地口干舌燥。

最近天气十分炎热，江澄溪这样的穿着其实再普通不过。马路上随便一个女人都比她穿得暴露。可贺培安觉得被东西扎疼了眼似的，一百个不舒服。

小九就算坐着，腰板也是挺得直直的："我不要了，弃牌。你们呢？"吴姐和大师傅两人都摇头表示不要。

江澄溪瞧了瞧众人，眉眼弯弯，狡黠地笑："都不要，是不是？那这些筹码都是我的了。哈哈，你们上当受骗了吧！"她得意扬扬地把手里的底牌翻了出来，"其实我什么都没有，只有一对十。"之后她又叉着腰吆喝，"输了吧，给钱给钱。快给钱，快给钱！"

她对着他们笑的时候，嘴角的梨涡深深，简直像是两个旋涡一般，让人不由自主地坠入其中。贺培安心头萦绕着的那种不舒服感却仿佛藤蔓，越缠越紧。

其余三人无奈，只得把面前的钱推给了她。小九惊叹："太太，你这一手沙蟹的牌技是哪里练出来的？你这水平都可以跟贺先生去拉斯维加斯玩几把了。"

江澄溪笑笑，正欲说话间，忽然察觉到有道炙热的视线在盯着她，一抬头便瞧见了门口处的贺培安。她飞扬在嘴角的笑便似暴雨过后的花朵，顿时委顿在了嘴角。她这么明显地一顿，小九、吴姐都是些极懂得察言观色的人，即刻便察觉到不对，发现了贺培安的存在，忙不迭地起身，纷纷道："贺先生。"

气氛很是尴尬。贺培安只作不知，不动声色地走了过去："玩什么玩得这么开心？"

吴姐垂了头："贺太太跟我们在玩沙蟹。"沙蟹其实就是梭哈，是扑克牌的一种玩法，在三元大家习惯把这叫作沙蟹。贺培安颇感兴趣的目光落在江澄溪身上："哦，战况如何？"小九摸了摸短得不能再短的头发，尴尬一笑："我们发现贺太太是一代赌后。"

贺培安不动声色地在小九对面的位置上坐了下来："我也一起玩几把，怎么样？"其余几人哪里敢说一个"不"字，连声道："当然可以，当然可以。"

贺培安问："这圈轮到谁发牌？"

小九瞧了一眼江澄溪，嗫嚅道："按惯例，赢家发牌。"

江澄溪没料到贺培安居然会这么大大咧咧地坐下来跟他们一起玩，大家都是骑虎难下，又不能说不玩，只好硬着头皮洗牌、发牌。

贺培安想不到江澄溪洗牌的手法竟颇为熟练，发牌的速度也很快。他瞧了瞧手上的两张烂牌，随即合上："这副我弃牌。"

那一圈，小九坚持到了最后，结果还是以江澄溪手上的一个小顺子赢得了最终的胜利。

第二副牌，依旧是江澄溪洗牌发牌。这一次，贺培安慢条斯理地一直加筹码，要到了最后，瞧了瞧茶几上的筹码，说了一句："我沙蟹，你们要不要跟？"

小九和吴姐两人顿时便一起放弃。

江澄溪瞧着贺培安台面上的四张牌：9、10、Q、K，还有一张底牌未翻开。她蹙眉思索了几秒，最后轻咬下唇，一副鱼死网破豁出去了的模样：

"我跟，我有三张 J，你手上 J 的概率极低。"

江澄溪边说边亮出了底牌：三张 J、一对 8。贺培安抬头朝她缓缓一笑，含义不明。仿佛融入了电影慢镜头，他极慢极优雅地把最后一张底牌缓缓掀了开来：9、10、J、Q、K。

居然当真是顺子！不言而喻，贺培安赢了。

江澄溪的眼睛睁得极大，眼睛亮晶晶的，犹如两个灵动的黑宝石，脸上红晕明显，一副难以置信的模样。贺培安目光微动，微微勾起的嘴角泄露了他颇好的心情："承让，承让！我赢了。"

他站起来，走出了起居室，到了门口，又骤然停住脚步，道："贺太太，愿赌服输。要给我钱。"

江澄溪望着他消失的方向，犹自吃惊。她这么好的一手牌，居然也会输。而且贺培安富得流油，竟然还小气地跟她要钱。唉，如今这年头啊，果然是越富的人越小气。

吃晚饭的时候，贺培安问她，是不是想要回到她爸爸的诊所继续工作。她莫名一惊，抬眼望着贺培安，只见他的眼神并不锐利，相反却很温和，甚至带有一丝笑意。即使如此，江澄溪还是吃不准他到底是何意思。

难道他因为下午的时候赢牌了，所以"龙心大悦"，给了她这么一个赏赐？

贺培安轻描淡写地说道："你想去就去吧，或者你想弄别的也行，比如自己开个咖啡店、服装店什么的玩玩也行。另外我会吩咐小九，让他以后不要跟着你了。"在三元，敢动他贺培安的人，得先掂掂自己的分量再说。

贺培安不知道自己为什么会下这个决定。他只知道今天下午看到的那一幕刺激了他。江澄溪跟小九他们在一起的时候，居然笑得那么甜。她是他贺培安的老婆，但他从未见过她对自己笑得这么灿烂过。

看来长期把她一个人扔在家里，也不是个办法。贺培安左思右想了许久，决定还是让她回她父亲的诊所上班打发时间比较好。

江澄溪一直愣在那里，望着贺培安的身影远去，直至消失在门口。

她好半天才反应过来，贺培安准许她去父亲的诊所帮忙，而且让小九以后不跟着她了。江澄溪心情大好，怀疑自己在做梦。她捏了捏自己的脸，痛的，是痛的。

她猛地站了起来，只差没转圈了。是真的，她以后可以去父亲的诊所帮忙了，她可以不用带着小九了，她可以做飞出笼子的鸟了！

江澄溪也顾不得王薇薇还在睡觉，赶忙拨了电话给她报喜。王薇薇在电话那头长叹道："不就是去你爸诊所帮忙吗？你就这么高兴。这年头，人的要求怎么都低到这种程度了？你也太好哄了。知道幸福是怎么来的吗？就是一直打你巴掌，然后突然有一天给你一颗枣！这一对比，幸福感就出来了。"

王薇薇苦口婆心地叮嘱道："你可别因为他对你的这么一点点好，就陷进去，到时候被卖了还在边上帮人数钱。"

江澄溪知道王薇薇又在恨铁不成钢了，但她心情实在是好，于是点头如捣蒜："知道啦，知道啦。今天中午我请客，请你去最喜欢的明道吃饭，怎么样？"

王薇薇没好气地道："你请客是必须的。十二点，你到我家来接我，我的车进 4S 店保养了。"

就是在这一天，江澄溪才发现明道居然是贺培安的地盘。

当然这个发现是有过程的，首先，她先去接了王薇薇，然后吩咐司机师傅："师傅，送我们去明道。"那时候，她还没发现前头的司机师傅停顿了几秒，才应了声"是"。

她与王薇薇一下车，正准备上台阶进店里的时候，江澄溪尴尬地发现自己白衬衫的腰带跟背包的带子纠缠在了一起。当她正在努力奋斗着解开的当口，王薇薇忽然用手肘撞了撞她。她不知道发生了什么事，垂着头道："别烦我，我烦着呢。这两个带子好好的怎么就缠缠绵绵地在一起了……怎么也解不开呢……"

王薇薇似没听见般，拐着手肘更用力地撞她了，江澄溪这才抬头，只见王薇薇的眼神落在了前方不远处。江澄溪跟随着她的视线，看到了一个身形异常熟悉的人正躬身从一辆车子里下来。

她愣了愣，怎么会这么巧，竟然是贺培安。

贺培安大概也注意到了她，朝她们走来。这么大热的天，他居然还穿得整整齐齐，不见一丝凌乱。

三元城说大不大说小不小，不过这是江澄溪结婚后第一次在家里以外的地方碰到贺培安。她一时发怔，直到贺培安身后的向念平等人纷纷叫了一声"贺太太"，她才回神，那些人是在叫她。

贺培安走上前来，朝王薇薇颔首："王小姐，你好。"然后，他转身对着江澄溪，很奇怪，嘴角竟有若有似无的笑意，语调也很柔和，"订位子了没有？"

江澄溪一见他整个人就僵了，机械地点了点头。

贺培安："我一个人，去我那里。"

电梯居然直接上了三楼。江澄溪暗暗纳闷：不对，这家店她跟王薇薇来吃过很多次了，明明只有两层楼啊。

很快，"叮"一声电梯门打开，西装革履的餐厅经理已经候在电梯门口，见了贺培安等人，欠身："贺先生，请。"

江澄溪后来才知道，三楼只有数个包厢，装修得精致低调，素来是贺培安招待朋友之所，配有单独的电梯出入上下，从不对外开放。

包厢极大，可是那顿饭，江澄溪却吃得食不知味。这么大的地方，贺培安偏偏挨坐在她边上，近到彼此的手肘可以随时相触。

不过，贺培安是极闲适的，缓缓地解开袖口，接过服务生送上的热毛巾，随意擦了擦手，搁在了一边，甚是客气地抬头朝王薇薇道："王小姐喜欢吃什么，尽管点。这里的鱼生不错，都是直接空运来的。"

王薇薇微笑："我跟澄溪一向都爱吃这店里的东西。"

贺培安侧头在江澄溪脸上扫了扫，方淡淡地"哦"了一声："是吗？"然后，他抬头吩咐候在一旁的经理，"去取一张卡来。另外，让他们上菜吧。"

餐厅经理应了一声拉开门出去了。很快，几个服务生便手脚麻利地端上了诱人的食物。店长也很快折回，奉上了黑卡。贺培安头也不抬地吩咐道："把卡给王小姐。"

经理双手将卡捧到了王薇薇面前。王薇薇一头雾水，用眼神询问江澄溪。江澄溪露出"不要问我，我跟你一样不知道发生何事"的表情。

贺培安说："这张卡是这家店VVIP免费卡。王小姐，你拿着，欢迎随时过来给我捧场。"

王薇薇露出恍然大悟的微笑："哦，原来这是贺先生的店。我实在是太孤陋寡闻了。"拿了卡，她姿态妙曼地挥了挥，巧笑倩兮，"如此的话，就多谢贺先生和贺太太了。"

这个拿人手短、吃人嘴软的王薇薇，小小的一张免费卡就让她叛变了，居然叫她"贺太太"，她不想活了是不是？江澄溪狠狠地甩了一记眼刀给她。

她也是直到此刻才知道这家明道是贺培安的。忽然想到以前，她跟王薇薇也算在这里贡献了不少银子，不由得心生感慨：人生啊，实在是毫无道理可言的。

贺培安和王薇薇两人聊得颇欢："王小姐跟我们家澄溪认识很多年了吧？"

江澄溪本是在边上默默地吃食物，觉得自己没有一点存在感。可贺培安的这一句"我们家澄溪"，让她惊了惊，停止了夹菜的动作。

他在说什么呢？他们家的澄溪……

她与贺培安两个人，算什么呢？是夫妻却比朋友还陌生。或许他们是这世界上最熟悉的陌生人，这般的亲密又那般的陌生。

王薇薇听闻此言也是一愣，不过半秒或者更短的时间，她已经盈盈微笑："是啊，上幼儿园的时候就是一个班的。"

贺培安扫了一眼江澄溪，方似笑非笑地道："这么说，她穿开裆裤的时候，你就认识她了。"

王薇薇想不到贺培安也会开这样的玩笑，粉唇微启地讶异了数秒，重重点头："对，确实如此，穿开裆裤的时候就认识了。"

江澄溪在一旁瞅瞅这个望望那个，暗叹：王薇薇真真是个交际高手啊，居然连素来面瘫的贺培安也可以聊得这么欢。这世上还有她搞不定的男人吗？她第一次对王薇薇生出了"五体投地"之感。

说话间，服务生拉开了门，送上了几个剖开的海胆。贺培安取了一只搁在江澄溪的碟子里，似极漫不经心地道："小心刺，可别迷糊地把手指弄伤了。"

江澄溪的筷子本是夹了鱼生，被贺培安的这一句再度惊吓到，手一抖，两根筷子一松，夹着的那块鱼生啪嗒掉在了其他盘子里。她还处于神游天外的状态之际，身边的贺培安斜斜地伸出了筷子，夹住了那掉在其他盘子上的鱼生，蘸了蘸自己面前的酱汁，直接送进了嘴里。

江澄溪不由得再度错愕。贺培安怎么了？怎么会做出这样让人误会重重的举动？

不，不对，其实他最近的行为一直有些不对劲。

江澄溪抬头，却看到了王薇薇若有所思的眼神。不过，王薇薇很快垂下了自己的目光。

江澄溪又偷偷打量了贺培安一番，心里暗道：难道他最近真的有根神经搭错了吗？

殊不知贺培安的这一举动，看在王薇薇眼里，只觉得对面的两人亲昵无比。她敏锐地察觉到贺培安对江澄溪有种无法言说的宠溺。两人之间绝对不是江澄溪所说的那般没有感情。

吃过午餐，贺培安与她们一起下楼，临上车前，他对江澄溪说："我回办公室了。你们慢慢逛。"江澄溪默默地点了点头，目送着他的车子绝尘而去。

王薇薇挽着江澄溪的手，沿着街道边走边逛："澄溪，你跟贺培安到底怎么样？我看他刚才的样子，明明对你不错啊。"

江澄溪也百思不得其解："别说你呢，我也觉得好奇怪。所谓反常即有妖，他是不是这里有问题？"她边说边用手指了指脑袋。

王薇薇追问："好奇怪？怎么奇怪了？平时都这么奇怪吗？"

江澄溪想了想，掰着手指一个一个地数："比如跟我们一起玩沙蟹，他这么有钱，赢光了我的钱居然也不肯罢休，连一点小钱都要记账，三天两头提醒我还他。你说怎么有这么小气的人……再比如前几天还问我要不要开个咖啡店或者服装店玩玩，你说他这到底是怎么了？我还是觉得这里有问题的可能性比较大。从医学的角度来说，男性也是有生理周期，难道他最近内分泌比较平衡，所以连情绪脾气也比较好？"她实在是纳闷得紧。

王薇薇见江澄溪似乎对贺培安并无半点改观，沉吟了一下，赤裸裸地问："那方面呢？"

江澄溪亦在考虑贺培安到底哪根脑筋搭错的问题，一时间思维没跳跃过来："哪方面？"

王薇薇眨着媚眼暗示："嘿嘿，就那方面，勤奋吗？"

江澄溪反应过来后"腾"的一下面红耳赤。她极度扭捏，不知道该怎么说。

事实上，打从结婚后，她就发现了贺培安绝对不会是个 gay。最近他更是……江澄溪简直是欲哭无泪了。

王薇薇是谁，她和江澄溪一起混了这么多年，虽然不能说是她肚子里的蛔虫，但江澄溪这么明显的表情，不用说她都已经知道答案了。

王薇薇的心底更加怪异，好像有只手在玩弄着她的心脏，又是捏又是挤又是掐，莫名有些难受。

两人一起喝下午茶，她见江澄溪懒懒地窝在沙发里，有一下没一下地拨着白瓷杯，连精美诱人的蛋糕都没有一点兴趣，显然是困扰得紧。

王薇薇忽地想起一事，计上心头："澄溪，你不是一直想办法跟贺培安离婚吗？"

闻言，江澄溪骤然抬起头。王薇薇起身到江澄溪处，挨着她坐下来，压低了声音："我刚刚突然想到了一个办法，你要不要试试？"

江澄溪："什么办法？"

王薇薇说："你上次不是一直在找人红杏出墙吗？我们俩真是傻，

哪里用得着找人呢？这不现成就有一个吗？"

江澄溪瞪着眼，一脸茫然："现成的？谁？"

王薇薇字正腔圆地吐出了"贺培诚"三个字。她解释道："你想想看，咱们这整个三元城就贺培诚最合适了。换了别的人，借他几个胆子都不敢。"

王薇薇见江澄溪沉吟不语的模样，便试探道："澄溪，你跟贺培安在一起都快半年了，你不会是不舍得了吧？"

江澄溪朝她怒目而视："你才不舍得呢，我巴不得明天就跟他离婚。"

王薇薇顿时弯眼而笑："那我刚才的提议你好好考虑考虑。我觉得这法子绝对管用。"

江澄溪点了点头。她隐约觉得有些不对，可哪里不对她又说不上来。

贺培安"恩准"她可以上班了，然而只上了两天班，江澄溪就已经不想去父亲的诊所帮忙了。毕竟她跟贺培安的关系，偶尔在父母面前做做戏还可以，如果要长期演戏的话，肯定会露出马脚。

事情是这样的。

江澄溪在贺培安同意后的第二天一早出现在诊所门口的时候，江阳愣了愣："囡囡，你这么早怎么在这里？"

江澄溪嘻嘻一笑："老爸，你这里还招不招人啊？"

江阳兀自发愣："招人？"

江澄溪笑弯了眼："我是来帮忙的。"说罢，她勤快地戴上塑胶手套，开始清洁卫生。

有患者家属抱着孩子进来："江医生，我家孩子昨晚有些发热，我给他用了物理降温，现在热度降下来了，刚量过，是……"

熟悉得令人安心的场面，江澄溪露出幸福满足的笑意，开始了一天的工作。

小郑对她来工作亦是惊讶万分："澄溪，你怎么来了？"

江澄溪笑："你说呢？"

小郑的视线落在江医生的办公室，嘴巴一努："江医生说你有事，以后不来上班了呀。"

江澄溪自然知道因老妈石苏静的坚持，所以父母一直没有公开她结婚的消息。她便嘿嘿笑道："我前段时间是有事，但最近有空，就来搭把手，帮帮忙。"

小郑点了点头，几秒后，目光闪闪："你是不是找到别的工作了？进大医院了？"

江澄溪还是一笑："秘密。到时候你就知道了。"

小郑"哼"了一声，佯怒道："不说就算了，人家生气啦！"

江澄溪赶忙凑了过去："别嘛，最多这样，我请一个星期的下午茶，随你点，无任何上限……"

她的话音未落，小郑立刻精神抖擞，一把搂住她的脖子："这可是你说的哦！等一下，等一下……我要用手机录音……"

江澄溪黑着脸，使劲掐她的腰："我的诚信有这么差吗？"

小郑最怕有人碰她的腰、搔她痒痒了，便哈哈大笑着喊："不是……不是。有道是好记性不如烂笔头。我知道你顶天立地、脚踏实地，是个说到做到的女汉子！但还是录音比较好……救命……救命，女色狼来了！"

一天下来，忙碌且充实。

下班的时候，她跟以前一样，进了父亲的办公室替他搞卫生。江阳握着杯子喝茶，问她："澄溪，小贺等下来接你吗？"

第一天，江澄溪说："培安他忙，没时间来接我。"

可等第二天，父亲还是这般问她的时候，她便严重意识到不对了。跟王薇薇提醒过她的一样，在父亲这里的工作时间一长，迟早露馅。

她不能继续上班了，而且晚走不如早走，走得越早越好。

于是，才上了两天班的江澄溪以贺培安为中心找了个借口跟父亲江阳交代后，就光荣地再度"下岗失业"了。

对于她没在父亲诊所继续上班的事情，她例行公事般的知会过贺培安一声，他只是不置可否地"哦"了一声，并没有任何意见。

这一天，在家无所事事的她突然心血来潮，拿了单反相机，到自家门口的林荫小道上去拍照。她从下午一直拍到了落日，光线的变幻让每张图片都漂亮到令人心动。

仿佛是为她打开了一扇门，接下来的每一天，江澄溪便背着她那台被王薇薇鄙视了无数次的廉价单反相机，远近距离地去拍照。生活中处处都是美景，一朵花、一丛草、一块蛋糕、一杯清茶、一道街景，都可以入画。

江澄溪每天拍出来后，就整理好美图，配上自己在那一时刻的触动感受一起发布在微博上。开始的时候，粉丝的增加只是个位数。渐渐地，被转发的次数越来越多，得到的反响也越来越大，无数人交口称赞。

虽然没有收入，可这样的认可让江澄溪得到了说不出的满足，仿佛找到了存在价值一般。

当她把这句话说给王薇薇听的时候，大小姐则是一副"我服了"的无语模样："你这种无名又无利、为人民服务的活儿都能干得这么起劲，怪不得那些明星可以连轴转地跑商演进剧组了。人家那是有名有暴利，那才是真的找到了存在的价值。"

对于王薇薇的不认同，江澄溪并不在意。她觉得自己从中找到了快乐，便已经足够了。

至于贺培安，他也曾撞到过她上网，看到过她来不及关掉的页面，不过他应该并不知道是她的主页，只是站在边上扫了几眼，便悄无声息地走开了。

这天早上，江澄溪醒来的时候发现已经很晚了。她"呀"的一声，从床上坐起来，怎么会这么晚了，吴姐也不上来叫她？

她去浴室洗了澡才下楼。吴姐正候着，听见响动，忙抬头："太太，要开饭吗？"

江澄溪环顾四周，显然贺培安早出去了，不由得问道："贺培安今天没吃早饭吗？"往日里，他若是吃早饭的话，哪怕她生病他也会把她从床上挖出来的。

吴姐尽心尽职地回道："吃了，贺先生用了两个荷包蛋、一个三明治，还有一杯黑咖啡。"

那他怎么没叫自己下来陪他吃饭？这是婚后第一次出现这种情况，真是奇怪。

江澄溪一直到坐下来享用午餐的时候，仍旧处于不解状态。她还在吃餐后的甜品，就听见有车子驶入的声音，应该是贺培安回来了。大约是从吴姐那里知道她在餐厅，径直来了餐厅。

贺培安迎上了她的目光，眼底带了薄薄的笑意，在她对面坐了下来，见江澄溪拿着小银勺没动，便问道："怎么不吃了？"

江澄溪："我有点饱。"

贺培安起身探手，伸向了她的碟子。这厮居然也不嫌脏，直接用她的小银勺挖了一口布丁就送进了嘴里。

她向来喜欢吃甜的，所以厨房里做的甜品都偏甜。王薇薇素来受不了她吃甜的口味，经常语重心长地教育她："你要是能少吃点甜食，起码会比现在瘦三五斤。"

她总是"哦哦哦"地点头应声，虚心接受，默默无言但十分勤劳地吃完自己那份后，总是会屡教不改地把手伸向王薇薇面前的那份："薇薇，你确定不吃的话，我来。"王薇薇每次总是极力忍着，才没有拍桌而起、愤然离座。

可贺培安居然也没多说一句话，三口就把她的香蕉布丁吃光了。

看来他是真饿了！

贺培安吃了午饭便又出门了，临走的时候搁下了一句："我让人在MOMENT 订好了位子，晚上六点来接你。"

江澄溪一愣，整个人停下了所有的动作。他这是在约她吃饭吗？

MOMENT 是三元城最有名的西餐厅。别家是店大欺客，他们家的店却小到不能再小，位置更少，据说每天不过四张桌子。可是食材之新鲜、味道之甘美让人咂舌。一般人根本订不到位子。

等她回过神的时候，贺培安和他的车子早已踪迹全无。

那个下午，江澄溪只觉得自己很奇怪，心里泛起一丝焦躁，像是有什么东西在抓挠她的心脏，麻痒难受，令她片刻也不得安稳。

她自己也不明白这到底是怎么一回事，只晓得不时地注意时间。她早早去洗了个澡，然后进了更衣室，左右都不中意，挑选了很久，才挑了一件绿色的裙子换上。

可是，等了许久也不见贺培安回来。

直到天色将黑，她方听见有车子驶进的声音。

片刻，有人在卧室门上敲了敲。江澄溪心里纳闷，他什么时候这么有礼貌了？正疑惑间，小九的声音焦急万分地传来："贺太太！贺太太！"

江澄溪："什么事？"

小九的脸色跟他的语气一样着急："贺太太，快跟我去医院！"

医院？江澄溪的第一反应就是母亲的糖尿病发作了，她的身子晃了晃，脱口而出："我妈怎么了？"

小九抹了把汗："不，不是，是贺先生……你先别急，贺先生的手被刀砍伤了。医生说没伤到骨头，没什么大危险……"

她的身子顿时一僵，数秒后，才反应过来，脸色苍白地问："被砍？好好的怎么会被砍？"

江澄溪虽然知道贺培安的背景，可是他出入除了小丁、小九等几人跟着外，平素跟常人是无异的。除了厨房，江澄溪甚至在这家里连刀也没见过一把。习惯成自然，她从未把贺培安跟刀枪棍棒联系在一起。

小九惶急地道："贺太太，我疯了才拿这个来骗你，又不是嫌自己命太长了。"见江澄溪噔噔噔地跑下楼，他三步并作两步地跟着下楼，边走边解释："道上的事情都是海叔在处理，贺先生从不过问。可大家心里谁不清楚，海叔向来把贺先生当儿子一般看待，贺先生的话是很有分量的。他在海叔面前说一句，比谁都管用。大概就是因为这样，所以五福的冯财昆那边才会找上贺先生……"

江澄溪也不知道自己怎么了，按道理，贺培安被砍了，若是一命呜呼，她才应该拍手庆幸才对，因为那样的话，她就真正摆脱他了。

然而她发现自己竟然很着急，甚至从未有过的紧张害怕，两个手心全是冷汗。

病房门口有几个穿着黑色西装的人守着，见了江澄溪："贺太太。"

江澄溪心急如焚，忙推门而进，只见病床前站了一个穿了唐装的男子，挡住了她的视线，正在训话："都说了别小瞧五福这些人，你看你，弄得自己都见红了，还缝了这么多针……我再安排几个人给你，这次看你还有什么话说！你说你若是有个万一，我怎么对得起死去的重爷……"

他见贺培安的视线虚虚地越过他，定在了某处，便转过了身子。

那训话之人竟然是当日吃了桂花糯米糕后留下佛珠的人，原来他就是大名鼎鼎的"海叔"李兆海。江澄溪顿时恍然大悟，怪不得他当日说后会有期，原来他早就知道自己的身份，知道彼此肯定会再见的。

李兆海朝她和蔼地一笑，语调低沉却温和，一点也不像电影电视里头的那些枭雄的模样："小姑娘，你来了？还记得我吗？上次我说我们一定还会再见的。"

江澄溪点了点头，轻轻上前。她看见贺培安的左手手臂缠了厚厚的绷带，她的手不能自已地捏握成拳。

贺培安说了一句："这是海叔。"

江澄溪乖巧恭敬地唤了一声："海叔。"

李兆海应了一声，笑眯眯道："上次的佛珠算是见面礼了，这一次就没有了。"说罢，他瞅了瞅贺培安，"我这根木头就不戳在这里打扰你们小夫妻了。"

他说走就走，关上门前，忽地转身，似笑非笑地道："培安，你年纪也不小了，有些事情也该好好考虑考虑了。别以后去学校接孩子，让人误以为你是孩子的爷爷。"说完，他就推门而出了。

整间病房霎时静得落针可闻。

贺培安的脸色由于失血，比平时白了数分。他见江澄溪垂了眼站在一旁，不声不响，连句温柔安慰的话也没有，不知怎的突然有些生气，沉着脸道："你不是学护理专业的吗？怎么一点眼力见儿也没有？我要喝水。"

看在他是病人的分儿上就不跟他计较了，江澄溪倒了一杯温水给他，送至他唇边，服侍他喝下。

她见滴管里头点滴的速度很快，他如今身体虚弱，太快了怕他受不了，她便低头替他调缓了一点。这个动作不过数秒钟，她抬头，只见贺培安的神色已缓和下来，又在用那种很奇怪的眼神望着自己。跟每一次一样，他很快地移开了目光。

不多时，贺培安便阖眼沉沉睡去。

江澄溪望着他，这时才后知后觉地察觉不对：她从来没有跟他说过她是念护理的。他是怎么知道的？

贺培安住了几天便求出院回家。医院拗不过他，又让主治医生详细检查了一番，方同意他回家。

由于第一次与贺培安长时间待在一起，江澄溪第一次发现他不愧是一等一的经商人才，太会物尽其用了。

每天早上，从早餐开始侍候他，帮他定时测量体温，盯着他吃药，帮他的伤口消毒换纱布，以防发炎细菌感染。幸亏闪躲及时，伤口并不深，两个星期后复诊，医生说基本已经好了，说完还赞了一句："消毒护理工作做得好，所以伤口才好得这么快，伤疤也结得好。"

这一日，阳光暖暖的，秋日的风吹拂过藤叶的时候，发出好听的沙沙声。

江澄溪便与贺培安在他书房的露台上玩沙蟹做消遣。先前是这么开始的，贺培安说："这么玩牌，一点筹码也没有，多没劲。要不我们加点筹码？"

江澄溪眼珠子骨碌碌地一转，一脸防备表情："什么筹码？"

贺培安懒洋洋地靠着沙发："我都可以！你决定好了！不过呢，玩点小钱会比较紧张刺激！"

江澄溪沉吟半晌，点头："好吧！你说玩小钱，那玩十元的吧。"

贺培安挑了挑眉，无所谓地道："随你，我没意见。现在……"他瞧了一下腕表，"现在是一点十分，既然玩了，怎么也要玩到三点吧。"

于是，江澄溪回房拿了钱包，开始发牌。

第一副牌，手气就很旺，拿了三张10，贺培安只有一对，她赢了八十元。

第二副牌，她拿了一对J，贺培安什么都没有，她赢了一百元。

第三副牌，她一对A，横扫了贺培安的一对K。由于胆子渐肥，钱也压得多些，所以她赢了两百元。

第四副牌，她运气更旺，居然拿了一个顺子，胆子更肥了，于是她赢了四百元。

第五副牌，还是她赢。

第六副也是！

……

江澄溪都赢得不好意思了，皱着鼻子乐不可支："哈哈，我的牌运怎么这么好呢？"

贺培安一直气定神闲地窝在沙发里头，到此时才淡淡一笑："所谓有赌未必输，还早着呢！"

江澄溪并不说话，只抿嘴微笑，明显不认同。

不过片刻，形势便江河日下了。她一副接一副地输牌。到最后，面前赢的一堆钱已经空空如也了。

贺培安瞧了一眼，笑："哎呀，第一次知道我的牌运居然也很好！"

江澄溪输得恼羞成怒了："我不玩了。"

贺培安优雅地靠回了沙发："小傻瓜，这个就叫下套子、做圈套，懂吗？比如有的骗子跟你借钱，先借一万，加了利息准时还你。第二次跟你借五万，又加了利息准时还你。第三次借十万，也准时还。等你对他信任日增的时候，下一次他一下子借三五十万或者更多后，就逃之夭夭，再也找不到了。"

一张白纸的江澄溪哪里懂这个，她微张着唇，半天才道："我是穷人，谁怕谁！不借就不会上当了！"

贺培安大笑："这倒也是。"他笑的时候，脸颊上会有一个酒窝，若隐若现。整个人仿佛身处逆光之中，一片灿烂耀目。

秋日的太阳暖暖地晒在江澄溪身上，太舒服了，加上老是输，一点劲儿也没有，她觉得自己都快成为一只酥软的猫了，连伸伸爪子都嫌懒。

她抱着抱枕，坚决不肯再玩："不玩，不玩，我不玩了。我已经输得见底了。"

贺培安瞧着她，嘴角一丝若有似无的淡笑："不玩也行，下去给我煮碗面。"

江澄溪大为蹙眉："又要吃泡面？"贺培安"嗯"了一声。

她颇为怜悯地瞧了他一眼，默默摇头，看来他脑中零件的构造绝对异于常人。普通人生病受伤之类的，都是大补特补，而贺培安是天天让她煮泡面。

正准备起身去煮面，她听到自己的电话响起，一滑开键盘，王薇薇的魔音便传入了耳中："在干吗呢？陪我去做个 SPA 吧。"

江澄溪："我有事。"

王薇薇在电话那头的音调拔高了几个分贝："你每天那么闲，你有事？你除了拍点照片自娱外，你倒给我说说你有什么事比陪我重要？"电话里头一时也无法说清楚，江澄溪百般无奈地叹了口气，只好支支吾吾地说贺培安病了，在家休息。

半个多小时后，王薇薇的车子就驶进了院子。江澄溪穿着拖鞋啪嗒啪嗒地到楼下迎她，见她抱了一大束花："好好的买花做什么？浪费。"

王薇薇见她穿了一件绿色的宽松毛衣、一条白色裤子，漆黑的长发左右绑了两根麻花辫，十分清纯，仿若依旧是未嫁时。

王薇薇笑："又不是送你的。"

两人上了楼，王薇薇笑吟吟地把手里的捧花递给了贺培安："贺先生，不好意思，刚刚才知道你身体不适。"

贺培安接过，淡淡一笑："王小姐太客气了。俗话说得好，只有进了医院，你才知道谁是你真正的朋友。我这一病，倒是分辨出了几分味道。"

王薇薇也微笑，眸光扫到了几上搁着的纸牌，饶有兴致地道："贺先生有兴趣玩牌吗？"

贺培安："打发打发时间而已。生病在家都快发霉了！"

王薇薇附和道："是啊，像贺先生这样的大忙人，天天在家反倒不习惯。贺先生要是想玩牌的话，我可以陪你玩。"

贺培安："玩了一下午了，有点厌烦了。"

有点厌烦。刚刚明明一直在逼自己陪他玩。江澄溪腹诽不已。

王薇薇道："本来打电话想让澄溪陪我去做美容的，顺便问一下澄溪去不去下个月的高中同学会，然后借机去大采购。现在看来问都不用问了，她肯定没时间。"

贺培安"哦"了一声，目光移到江澄溪脸上，语调温煦："你想去吗？"

其实自王薇薇开口说起高中的同学会，江澄溪脑中第一时间跃出的便是陆一航的脸，心跳立马开始加速。此时见贺培安瞧着她，更是心跳如鼓槌，她垂下眼："你说呢？"

贺培安轻轻地笑："你想去就去，问我做什么？"他的语气低沉沙哑，仿佛带了磁性，有种说不出的感觉。江澄溪也不知他到底是何意思，便"嗯"了一声先应付过去。

王薇薇的眉头难以察觉地一蹙。

贺培安忽地又道："你看你朋友来了这么久，连茶水都没有一杯。你这个做女主人的居然不害臊，我都觉得有点不好意思了。"

江澄溪这才想到，"哎呀"了一声，起身按了内线。贺培安无奈地在一旁叹气摇头，末了，客气地问王薇薇道："王小姐，喜欢喝茶、咖啡还是其他？我们家厨房冲的红茶味道不错，只可惜一直没有人懂得欣赏。"

王薇薇笑吟吟地道："好啊，那我就来杯红茶吧。"

贺培安笑："幸好王小姐跟我们家澄溪熟，否则真让人看笑话了。"

又是一句他们家澄溪！贺培安的语气淡淡，说得也是寻常客套话，王薇薇却从中听出了夹杂着的几丝轻微却不容错辨的宠溺。她眼神微顿，但很快便掩饰了下去："澄溪被她父母宠惯了，大大咧咧的，一向不拘小节。"

很快，吴姐端了茶水、点心上来。

秋日的舒爽午后，三人在露台里头边聊边饮，看碧空如洗，白云舒卷，低低缓缓地掠过。

后来，江澄溪设定的闹铃惊心动魄地打破了这个舒缓的画面。闹铃警报似的声响叫人心烦意乱，贺培安眉头一皱："不会又到时间了吧？"

江澄溪起身关了闹铃，穿着拖鞋从书房里取过药瓶，倒了一把药丸在手心，端着水杯，送至贺培安嘴边："快吃吧！反正一天三顿，逃不掉的，再吃几天你也就解脱了。"

王薇薇执着茶杯的手忽地一顿。江澄溪的话里头有一种温柔娇嗔之意，不过瞧她的表情，显然她自己也没有发觉。

贺培安乖乖地低头，毫不避嫌地抵着她的手，便把药含进了嘴里。江澄溪的水杯送到，他便低头喝了一口，再仰头把药丸吞了下去。

两个人配合得天衣无缝，显然是极有默契。

风缓缓吹过，王薇薇忽然觉得眼里似被风带进了沙子，涩涩的有一点疼。

✈ Chapter 7　苍凉的往昔

原来，

被自己喜欢的人喜欢着，

是这么妙的一件事情。

每个女人都曾经在脑海里，设想过无数次遇见旧情人的场景。大约每个人都希望自己是如何光彩照人、自信从容，最好是挽着更出色的男子，优雅含笑地对那个旧情人说一句："嗨，好久不见。"

江澄溪曾经也这么想过。她一直以为应该会在同学聚会上遇到陆一航，但她没想到会在完全没有预料的情况下与他见面。

某一日早晨，贺培安说了一句："明天晚上有个宴会，推不掉，你陪我去。"就这么简简单单的一个吩咐后，他便去上班了。

如今江澄溪倒发现了贺培安的一个长处，便是工作很认真。手臂才刚痊愈，他就在家里待不住了。她对此自然是没有什么意见，当然也不敢有什么意见。

什么性质的宴会，要穿什么，她一概不知道。反正要丢也是丢他贺培安的脸。第二天下午光景，吴姐来到二楼的起居室，说有访客，还说是贺先生让她们来的。

是三位美女，穿了同一款制服，见了她，纷纷道："贺太太。"

其中一个为首的，上前一步，道："贺太太，是贺先生吩咐我们来为你打理的。"

于是在三个美女的巧手下，弄头发、配衣服、化妆等足足折腾了两个多小时，终于大功告成。本来还有一道美甲程序，因江澄溪不喜太过花哨，遂只做了最基础、最简单的指甲。

江澄溪看到镜子里头的自己，瞬间打心眼里对化妆师产生了敬佩之情。

她下楼的时候，在客厅等候的贺培安也愣了愣。他一眼就注意到了她身上的裹胸式礼服，上身是黑色面料与黑色蕾丝的精致结合，下摆是层层的藕粉色，从腰上散落开来。也不是什么很特别的衣服，可是她这么穿着，露出一片白皙水嫩的皮肤，自有一种清新妩媚。

贺培安眉头一皱，这两个词怎么能结合在一起？他又瞧了江澄溪一眼，想再度确认自己的眼睛是否出了问题。但是，他发现自己没有。眼前的她确实给他这种感觉，清新，但妩媚。

贺培安初次见到江澄溪是在王薇薇的生日宴会上，江澄溪给人的第一感觉是清新，像是一条透明澄净的小溪。在酒店包厢里，他推门而入的时候，她正侧头与贺培诚说话，乌黑的中分长发柔顺地披在肩上，也不知在说什么，一直眉眼弯弯地望着贺培诚，嘴角的梨涡浅浅，若隐若现。贺培诚则一副饶有兴致的模样，连说带比画，聊得很是欢畅。

他怎么也是贺培诚的大哥，这么多年来，贺培诚一张嘴，他就知道他想说什么。现在这副眼神热烈、春心荡漾的样子，明摆着对这个女的极其感兴趣。

因他的到来，大家的目光都落在了他身上。他注意到她也抬了头，漫不经心地扫了他一眼，然后移开视线，继续笑盈盈地与贺培诚说话。

那是第一次，他第一次看到一个女孩子对他这么不关注。可他注意到她有一双很漂亮的眸子，黑白分明，如钻石般晶亮盈动，偶尔透出一丝可爱的狡黠，还有一对梨涡，随着表情，忽深忽浅。至于其他地方，乏善可陈，不说也罢。

那天他算是给足了周士强面子，当众喝了半杯酒。然而在三元居然还有她这样不识相的人，贺培诚不喝，那是因为他怎么也算是他大哥，结果她居然也不喝，甚至连手也没抬。一直到周士强的女友给她使眼色，她才勉强喝完杯中的饮料。敢这么忽视他的人，在三元她是第一个。

再一次见到她，是在明道的门口。他在自己专属包厢用晚餐，在门口正准备上车的时候，便听到身后清脆的惊呼声，还有贺培诚的声音。

贺培诚又有女朋友了？贺培安甚是感兴趣地转头确认，便看到了她被贺培诚半抱在怀里。贺培诚中意的女人！贺培安一声冷笑。

于是，他上车后，问向念平有没有这个女人的所有资料。只要贺培诚身边出现的人，连男的他向来都会查个一清二楚，更别说是个女的了。

结果，这个叫江澄溪的女人令他大开眼界。年纪不小了，居然连一次正经的恋爱都没谈过。这年头，居然还有这样的"奇葩"。

再后来，他安排的人来报告，说贺培诚追这个女的追得正紧，每天去她工作的地方报到之类。于是，他让向念平按往常惯例处理。结果，这个女的不受各种勾引诱惑，简直是水火不侵。他的计划全部失败了。

这年头居然还有这样的女人？不知怎的就想起了她黑白分明的眸子，眸光扫过的时候，仿佛碧蓝水面上一片波光粼粼。他一时间来了兴致，让向念平把偷拍到的照片拿给他，并安排人每天跟着她，然后再想其他办法。于是，贺培安每天接收了很多她的照片。

要不是瑞士那边传来消息，说温爱仪得了癌症，要让贺培诚娶妻生子，还有贺培诚在瑞士订了高价首饰，并特意在戒指上刻了她的名字，他也不会胁迫她，让她跟自己结婚。贺培诚想要的，他永远不会让他得到。再说了，遗嘱上规定他若是三十四岁前不娶妻的话，贺培诚就会得到所有的财产。反正他迟早要娶个老婆的，娶谁都一样，索性就娶她好了。娶她至少还有一个娶别人没有的好处，就是有事没事给贺培诚添添堵。

当然，他愿意娶她的前提，是因为他觉得江澄溪看上去还蛮顺眼舒服的。至少比她身边的那个朋友，叫什么薇薇的，看上去顺眼多了。女人嘛，反正都差不多。况且这世道，有了老婆又不是说就不能在外发展了。娶就娶吧，横竖他又不吃亏。大不了，离了就是。

在决定后的第二天，他就找上了她。

只不过这一切她不知道，而他也不会让她知道。

此时，江澄溪静静地坐在他旁边，乌黑的长发松松地绾了起来，身上披了浅灰色的薄披肩。

黑钻般闪动的眼眸只在上车的时候望向了他的方位，与他的目光撞在了一起。只一秒，她便如往常般移开了视线。贺培安知道，在接下来的时间里，她便当他不存在一般。

也确实如此，江澄溪自贺培安进车里后，就将视线移到了车窗外，似一直在欣赏外头流动的风景。

车子里无声无息。

江澄溪到场才知道是个西式的喜宴，在主人自家别墅的大草坪上举办，以绿白为主题，布置清新唯美，恍若仙境。

她跟在贺培安后面，见了许多人，居然还见到了王薇薇。当王薇薇踩着高跟鞋，着了一身灰紫的曳地长裙婀娜走来的时候，江澄溪都不得不感叹王薇薇的美。一个美人就应该是这样的，每一步都似踏在莲花上一般，微微颤颤，摇曳生姿。

王薇薇挽着的那个男子，并不是周士强。江澄溪不免小小惊讶了一下，反倒是身边的贺培安，一直都是一副从容淡定的模样。其实江澄溪在很多时候都会忘记贺培安那纵横三元城的身份，因为经过一段时间的接触，他的外表不只看上去很斯文，言谈举止也很有教养。

王薇薇挽着的那个男子显然对贺培安极客气，握手时态度谦恭："贺先生，在下方名笙，久仰大名，今日得以一见，荣幸之至，荣幸之至。"

事实上，这场面上的每个人都对贺培安十分客气。

贺培安噙着淡淡的笑意："方先生，你好，好久不见。"

他如前面一般，不咸不淡地说了几句场面话。江澄溪趁机逮了个空，与王薇薇去了一趟洗手间。

江澄溪不免问王薇薇："你跟周士强怎么了？"

王薇薇补妆："没怎么，分手了呗。"

江澄溪讶然："分手了？前不久不是还跟我一起吃饭来着？"

王薇薇眼波流转地白了她一眼："合则聚，不合则散，就你死心眼。我跟周士强算久了，已经破了我的历史纪录。"

江澄溪："那现在这位方先生呢？"

王薇薇不知怎的，古怪地看着她，不咸不淡地说了一句："不过玩玩而已。"

王薇薇跟方名笙到得早，在跟众人寒暄的时候，忽然感觉到草坪场上所有人的目光在一瞬间都集中到了入场处。接下来，她便听到周围有人交头接耳、低声议论："看，贺培安来了。"

她抬眼便看到贺培安与江澄溪相携而来的画面。贺培安一身黑色修身西服，外加一个领结，穿着再普通不过，这会场里的男士，哪个不是这身装扮？可是不知怎的，在夕阳西下的时刻，衬着背后的漫天彩霞，他整个人便似黑色丝绒里托着的珠宝，莹莹般皎洁发光。

江澄溪则穿了黑粉相拼的小礼服，由高大的贺培安拖着手，小鸟依人地缓缓入场。王薇薇第一次意识到：原来江澄溪也可以如此地惊艳！

不知道为什么，看着这相携而来的一对人，她心里似被人用针戳似的疼，极度不舒服。

洗手间是公共之地，江澄溪也没有多说什么。一出来，那位方名笙见了王薇薇，便执着酒杯迎了过来。江澄溪朝王薇薇眨眨眼，意思是我不当电灯泡了，便去寻贺培安。可是她扫视了一圈，竟没在草坪上看到贺培安的人影。

她站了一会儿，正准备去休息区坐一下，忽然有人出现在她面前，声音既惊喜又带了几分不确定："江澄溪？"

这声音熟悉又陌生，传入江澄溪耳中，便如晴天霹雳一般。她僵了片刻后才缓缓转身，见到了一张与声音一样熟悉又陌生的脸庞。记忆中的那张脸是青涩的，笑的时候也是腼腆的，却如每日清晨的第一缕阳光，耀眼绚烂，不染尘埃。

可是如今……如今的笑脸虽然依旧阳光爽朗，却再没有一丝青涩腼腆的痕迹。

是啊，都五年多了。谁能在流水一般的光阴里保持原状呢！

这五年多来，江澄溪无数次幻想过与陆一航的相逢。在同学会、在学校门口、在马路上，甚至在人来人往的飞机场，无数无数个地方，可是从未想过某一天两人会在喜宴上相遇。看来人生真是何处不相逢！

陆一航含笑地望着她，由衷地道："澄溪，好多年没见了，你现在变得好漂亮。我一下子都不敢认你了。"

每个女人都会幻想着跟前男友见面的时候，衣着精致，妆容完美，举止优雅，总之希望一切都完美到无懈可击。

江澄溪也不例外。今天的她，也确实做到了如此。

她第一次涌起一种想感谢贺培安的感觉，只因他间接地帮她完成了这一次的完美。

她缓缓微笑："是啊，真的好久不见了，你什么时候回国的？"

陆一航："刚回国不久，你是我见到的第一个老同学。"

是啊，是老同学，只是老同学而已！江澄溪不由得微笑，四下寻找王薇薇的身影。没想到，看到了不远处的贺培安。他站在人群中，手端着杯子，远远望去，她居然可以看到他嘴角那一丝意味不明的笑意。

陆一航甚是热络："澄溪，这个月底我们班将召开同学会，你收到通知了吗？"

江澄溪收回视线，点头："收到了，你不会是因为这个回国的吧？"

陆一航笑道："那怎么可能？我这次回来是准备在国内工作了。对了，你现在在哪里高就呢？"

江澄溪："无限期待业中！"

陆一航眉头微皱："现在国内的就业形势啊……"

江澄溪浅笑："你是海归，跟我们不一样，行情还是不错的。"

陆一航："想要找到称心如意的工作也不容易啊，我爸妈的意思是想让我进金融行业，毕竟我学的是这个专业……"

两人就此话题闲聊了几句后，陆一航问道："同学们都好几年没见，不知道都变成什么样了。"

江澄溪："又能怎么样呢？不过是变丑或者变漂亮而已。"

陆一航大笑："这倒是的，不过是如此而已。"他伸出手，"澄溪，把你的手机给我。"

江澄溪从小礼服包里取出手机。陆一航接过，手指飞快地按了几个数字键，几秒后，他自己的手机响了起来。

他摇了摇自己的手机："现在你有我的号码，我也有你的号码。有空联系。"

江澄溪点了点头。这时她想起了王薇薇，又补充了一句，"今天你运气很好，可以见到两个老同学，我们班的大美女也在这里。"

陆一航眉头一蹙，似在回忆中搜寻对应人物："我们班的大美女，谁啊？"

江澄溪笑道："除了王薇薇，我们班哪还有什么大美女啊？"她将嘴一努，"喏，大美女来了。"

王薇薇也瞧见了他们，此刻正风姿款款地朝他们走来，灰紫的裙子如迎风的花朵。陆一航脸色顿了顿，恍然大悟一般："哦，是王薇薇啊。"

王薇薇在两人面前站定，娇艳地笑："哟，这不是我们班的校草陆一航吗？什么风把你从美国千里迢迢地吹回来了？"

陆一航似有些小尴尬，但很快恢复过来，笑笑："王薇薇，你好。好久不见了！"

王薇薇撩了撩风情万种的卷发："是啊，都快六年了吧。你看你，都镀了一圈金子回来了。就我跟澄溪最没用，窝在三元，混吃混喝等死。"

陆一航笑道："现在哪有金可镀啊？连镀铁的地方也找不到了。"

江澄溪在一旁听着两人打趣闲聊，忽觉得腰上一热，有只手覆上了腰畔。那手的主人说："怎么一直站在这里？来，我带你去见一个人。"是贺培安，江澄溪也不知怎的，身体反射性的一僵。

陆一航见江澄溪和一个陌生男子的亲昵模样，疑惑地问道："澄溪，这位是？"

贺培安这才转头，正眼看他："你是？"

江澄溪心里"咯噔"一下，她可没忘记曾经用陆一航做过挡箭牌。另外不知为何，隐隐约约地，她并不想让陆一航知道贺培安和她的关系。

陆一航伸手："你好，陆一航，江澄溪的高中同学。"

贺培安与他一握，礼节性地一笑："你好，在下贺培安。"

王薇薇笑吟吟地旁白了一句："这陆一航同学啊，当年可是我们那一届出了名的班草，那个时候啊，暗恋他的女孩子多得可以从校园排到马路上呢！"

江澄溪自贺培安站在旁边后，就觉得心里一万个不安，此时王薇薇无意的这么一句，她只觉手心冷汗涔涔。

贺培安道："今日一见，果然名不虚传。"

看贺培安的样子，显然已经不记得陆一航是谁了，江澄溪不由得大松了口气。

王薇薇凑到江澄溪耳边低语："澄溪，新欢旧爱共一炉，你厉害了啊！"江澄溪心里头正七上八下地没个安稳，白了她一眼，示意她不要多话。

贺培安握住了江澄溪的手，与她十指相扣，嘴角则噙着一丝若有似无的笑："陆先生、王小姐，实在不好意思，我和澄溪要失陪一下。"

陆一航礼貌地欠身："请便，请便。"

江澄溪才转身，陆一航似想起什么事情，唤住了她，说了一句："澄溪，我回头打你电话。"

他的话音还未落，江澄溪就感觉到贺培安握着她的手，力道加重了些。

贺培安本含着浅浅笑意的脸色竟慢慢变得阴鸷，仿佛有人惹着他似的。

其实贺培安老远就看到江澄溪和一个男的站在一起，一直聊一直聊，似乎没完没了。最后他不知道自己怎么了，居然就走了过去。

后来回家的一路上，贺培安一直面无表情。

他洗了澡出来，掀开了一侧的被子，见江澄溪侧着身，背对着他。她穿了一件很宽大的蓝色 T 恤，因为领子大，加上睡姿的缘故，无意中露出了白皙滑嫩的香肩。

江澄溪绝对不是什么顶尖美女，不过好在看着舒服顺眼。全身上下唯一可以勉强算是优点的，就是身材匀称，瘦不见骨，该有肉的地方有肉。

可这个全身挑不出什么明显优点的江澄溪偏偏就是有一种奇怪的吸引力，贺培安自己也觉得怪异得紧。

比如此刻，她这般躺着，香肩微露的模样，他就觉得又娇又媚，很诱人。光这样看着，喉头就莫名发紧。反正是自己的老婆，客气什么。他吻了下去，唇下的肌肤，果然跟记忆里头的一模一样，又香又滑。

不过，他才亲上去，身下的人明显颤抖，然后身体开始僵硬。她果然又在装睡，每次都装睡。每次好了后，就会去洗很久的澡。她一直嫌弃他，以为他不知道！

贺培安心里"腾"地燃起一股火。方才她与那个叫陆一航的一起的时候，笑得眉眼弯弯，像个发光的小太阳似的，简直可以照亮整个场地。甚至有的时候，她与小九在一起，都比跟他在一起来得轻松自在。每每见了他，就跟老鼠见了猫似的。她还真以为他不记得那个陆一航是谁不成？

他可是记得分毫不差，当日她说她有男朋友了，等男朋友回来她就会结婚。那男朋友就是陆一航。

越想那股火苗就烧得越旺盛，他张嘴就朝她的耳垂咬去。

"呀，疼——"江澄溪实在装不下去了，推着他，想把他推下去。贺培安有的时候真像条狗，动不动就喜欢咬她。但她哪能推得动贺培安？简直是蚂蚁撼大树，一动也不动。

不知怎的，这么一来贺培安心情反而好了起来，低低地笑："这样就疼了啊……那这样呢？"他每次一靠近，身上那种强烈的味道就会笼罩过来，像网一样将人兜在网中。江澄溪觉得自己就是那网中的猎物，被猎人盯着，无处可逃。她每次都会觉得不能呼吸，现在更是觉得几欲晕过去。

贺培安第二天起来得也晚，见江澄溪睡得沉沉的，他索性也就不出去了。

向念平过来了一趟，拿了一些文件让他签字。

一切弄妥后，他看了看时间，已经中午，估摸着江澄溪也该起来了。他从书房出来的时候，路过起居室，便瞧见她正在喂乌龟。

她趴在茶几上，正跟水缸里的苏小小在做一场面对面的交流："苏小小，你好几天没吃东西了，快吃点吧。我知道你肥，可是减肥也得吃饱了，才有力气减啊。"

贺培安的嘴角不知不觉逸出了一丝浅笑，放轻了脚步走过去。只见那只乌龟缩在水缸一角，纹丝不动。贺培安也不知道她为何会养这种土龟做宠物。在他印象里，女孩子一般都会养些小猫小狗之类，毛茸茸、肉嘟嘟的可爱型宠物。

养乌龟也罢了，可让人搞不懂的是这只乌龟的名字——苏小小。苏小小不是那位葬在西湖边的名妓吗？他清楚地记得，第一次知道乌龟大名的时候，着实愣了一下。

江澄溪已经喂了好半天，可苏小小一直不动。她没放弃，继续念叨："吃点吧，吃饱了，明天再减。再说，我这个主人也没嫌你肥，你减它干吗呢？"

她趴在几上，因穿了质地极好的T恤，虽然没有露出一丁点儿肌肤，那腰臀部的线条却叫人心神荡漾。贺培安不由得蹙眉，想到方才下楼的向念平还有前面的小九，还有再前面是谁谁谁来着？

忽然有种说不出的感觉，心口闷闷的同时又似带了其他的，这是一种从未有过的滋味。

他从未考虑过要将二楼书房移到一楼。此时不知怎的，想起了一楼东侧还有多余的房间，装修成书房应该也不错。

耳边又传来了江澄溪的声音："苏小小，你知道我宠你，无法无天了是吧？你再不吃，我可真把你扔了哦。我说到做到，真不是威胁你……"

也不知道是因为他的走近还是其他，江澄溪猛地抬头，然后速度极快地垂下了眼。她的身体又渐僵硬。肢体语言是人类最真实的语言，她其实一直排斥他！

贺培安对此一向也是明白的。可此刻不知为何，心里涌起了一种极度不舒服的感觉。他愠怒地正要转身而出，视线却不经意地扫到了她脖子上的红点。其实她已经刻意把头发散开了，但方才那浅浅一低头，让那红点偷偷地溜了出来。

这是他留下的！他顿觉雾开云散，阳光又明媚如初。

他站在边上瞧了几眼，见那乌龟僵硬的身体，便已确定那龟基本已经没救了，遂懒懒地开口："我建议你还是把它给扔了吧，过两天都要臭了。"

闻言，江澄溪霍地抬头："什么意思？"

贺培安双手抱胸，斜倚在墙上，懒懒说道："我看你的苏小小八成已经在黄泉路上了。"

江澄溪瞪着他，勃然大怒："胡说八道，我的苏小小明明好得很。"

贺培安冷"哼"了一声："有道是良药苦口，忠言逆耳。不说了，下楼陪我吃饭。"说罢，他转身就下楼。

江澄溪此刻哪里还有什么心思吃饭，但她也不敢惹贺培安，只得快快起身。她跟贺培安相处到现在，知道贺培安有个最大的毛病，就是吃饭的时候，一定要她陪着，哪怕是晚上吃一碗消夜，也非得等他搁下筷子，才准许她去做别的事。真是霸道得紧！

到了傍晚，苏小小还是一直保持那个僵着的动作，怎么拨它也不肯动一下。江澄溪也渐渐明白了，贺培安说的那句话没错：苏小小死了。

然而她养苏小小这么些年了，看着它从小小的一只龟长到现在这么大，总是有点难以接受。不是说龟的寿命有千年吗，她的苏小小才五岁多呀，居然说没就没了。

将苏小小埋在后花园，江澄溪的心情低落阴霾。

她忍不住打电话给王薇薇汇报："薇薇，苏小小死了。"

王薇薇在更衣室里头试鞋，听到江澄溪的话，不禁又好气又好笑："死就死了呗，不过是一只不值钱的乌龟而已。它倒是挺会挑时辰的，陆一航回来，它就挂了。"

江澄溪气得跺脚道："臭薇薇，你可真狠心。我都养了五年多了，石头都焐出感情来了。"

王薇薇在电话那头长长地叹了口气："澄溪，你跟我说实话，你是舍不得那只龟，还是舍不得送你龟的那个人呢？"

江澄溪："你扯哪里去了！我当然是舍不得苏小小啊。想当年，它就比钱币大那么一点点……"

王薇薇打断了她的话："是啊，是啊。想当年，这只乌龟是陆一航送给你的，所以这么多年来，你把它金贵着，比什么都宝贝，不是怕它饿了就是怕它冷了。你是情意深啊，可人家呢？"

人家陆一航呢？不过是把她当老同学罢了。

江澄溪幽幽地道："薇薇，这一次我再见到陆一航，我忽然发现，很多事情真的已经过去了。我跟他，不过是老同学而已。我面对他的时候，觉得眼前的这个人好陌生，跟我记忆中的那个人完全不同了……也好像以前发生的一切都是假的，我跟他其实什么都没有过……"

江澄溪挂了电话，怔怔地窝在沙发里发愣。

不知过了多久，小九的声音在静谧的空间响了起来："贺太太。"

江澄溪抬头，看见小九双手捧了个玻璃缸走了进来。她定睛一瞧，玻璃缸里竟然是几只金钱小龟。她不由得惊讶地站了起来："呀，你这是在哪里买的？"

小九道："花鸟市场啊。"

江澄溪不是没想过再去买一只乌龟来养。可是无论哪一只乌龟，都不是苏小小。这世上再也没有第二只苏小小了。

她没想到小九会买了乌龟给她，而且还这么多只。她数了数，一二三四五，居然有五只钱币大小的乌龟，正在透明的玻璃缸里爬来跌去的。

其实乌龟还是小的可爱。如今她有五只小乌龟了，江澄溪失落的心情瞬间就好了许多，抬头向小九诚挚道谢："小九，谢谢你。"

小九慌忙摆手，闪躲的眼神瞅了瞅外头："不——不——"像挤牙膏似的，最后挤出了"不用"两个字。

贺培安进起居室的时候，江澄溪正弯着腰喂乌龟，忙得不亦乐乎，甚至都没有察觉到他进来。

她真心微笑的时候，眼睛总是弯弯亮亮的，像是天空里所有的星子都坠入其中。贺培安看了半晌，轻轻"哼"了一下："不过几只傻龟而已，用得着这么开心吗？"

江澄溪心情好，便管不住自己的嘴，含笑着脱口而出顶了他一句嘴："你才是傻龟呢，你们全家都是傻龟。"呀，说错了。他们家不就她和他两个人吗？她一说出口就懊恼地想吞掉自己多话的舌头。

半晌也不见贺培安说话，他不会是恼羞成怒了吧？她捏着喂乌龟的食料缓缓抬头，只见贺培安怔怔地瞧着自己，神色古怪。

过了片刻，只见一张扑克脸的他嘴角一勾，轻描淡写地道："是啊，我全家都是傻龟。"他似笑非笑，眼底闪着细碎的光。

他是在对她开玩笑吗？江澄溪有些瞠目结舌地望着贺培安。她发现自己又长了见识。

他转身说："走吧，陪我去一个地方。"

贺培安叫她陪着去的地方，除了墓地就是凤姨的农家乐。江澄溪瞧着外头快暗下来的天色，心里抖了抖，都这个时候了，应该是去凤姨那里吧。

就是在那一天，贺培安带她来到了那家叫 MOMENT 的著名西餐厅。

叫人咂舌的是，低调奢华的店里，只在落地玻璃窗前摆了一张长长的桌子，精致的桌布上，一只线条优美蓝色的小瓶，插了一朵含珠吐露的白色玫瑰。

食物精致美味无比。无论是红薯姜花辣根搭配的法罗岛鲑鱼、覆盆子树莓清炖的圣巴巴拉鲜虾、勃艮第蜗牛芥末水芹搭配的阿肯色兔里脊、小号皇家蘑菇和空育皇家土豆搭配的橄榄油水煮萝卜，还是最后一道甜品蜜饯金橘，都好吃得让人停不下来。

贺培安是第一次与江澄溪喝酒，也见识了她的酒量。那一晚他整整开了三瓶红酒，她居然能一直陪他饮用，偶尔望向他的眸子也因为浅浅的酒意显得更水润晶莹，仿佛是天空中最闪亮的星星。

车子在院子里停下后，江澄溪从一侧推门下车，走了几步没见贺培安跟上来，便蹙眉转身。

这才发现，贺培安正定定地站在喷水池边。

贺培安背对着她，慢慢地道："听凤姨说，我小的时候最喜欢在这里玩了。说我那个时候太小了，刚蹒跚学步，喜欢绕着水池转圈圈……我姆妈总怕我会跌跤，她就追着我跑……一大一小……一圈、两圈、三圈……"

如水的夜色下，他静静地站在江澄溪的前方，背影显得有些寂寥。

年少失母，他的母亲大约是他心底最深的一道伤疤吧！

江澄溪默默地站着陪他，心里一时说不出是什么滋味。

秋日的阵阵凉风，一一掠过可爱的爱神小像。良久，江澄溪方轻声开口："夜深了，外头凉，我们进屋去吧。你伤口刚好，要注意身体。"

说归说，其实她自己一点也没把握贺培安会听进去。谁知他闻言，居然慢慢地转过了身："嗯，进屋吧。"

同学会的这一天上午，江澄溪接到了陆一航的电话："澄溪，下午有没有空陪我去学校逛逛？在美国的时候，最想的地方就是我们以前的高中。等逛完学校，我们直接去聚会的酒店。"

这个提议让人很难拒绝。江澄溪踟蹰了半晌，想着就一个人在家，待着也是待着，最后她答应下来。

陆一航提议："记得以前学校门口的杂货店吗？我们在那儿碰面。"

江澄溪："好。"

陆一航："那十点钟，澄溪，我在那里等你，你不来我不走。"

那一句"我在那里等你，你不来我不走"，让江澄溪不由得忆起了那一年两人第一次逛街。他也是这么说的："澄溪，我在那里等你，你不来我就不走。"

可是后来，他一声不吭地去了美国，甚至再也没跟她联系。她甚至不知道为什么，为什么他那么轻易地吻了她，却再也没跟她联系？

挂了电话，江澄溪才想到，她现在这样已婚的情况下跟陆一航单独见面似乎不大好。贺培安若是知道了，再联想起陆一航是谁的话，光是那个画面她想想就发颤。

于是，江澄溪打了电话把在被窝中的王薇薇挖了起来："薇薇，陆一航约我见个面，你陪我一起去吧。"

王薇薇大约是还没睡醒，隔了几秒才懒懒地应道："好啊。"

王薇薇照例是打扮了一番才出门。她们的车子在学校门口一停下，就看到了陆一航。他穿着短袖Ｔ恤、牛仔裤，戴着墨镜，站在杂货店门口。陆一航见江澄溪推门下车，便三步并作两步下了台阶过来："澄溪，你来了……"下一秒见另一侧的王薇薇，他的表情明显一怔，不过很快便堆起了微笑招呼，"薇薇，你好。"

王薇薇盈盈地关上车门，吐着舌头做了鬼脸，一脸娇俏无辜："陆一航，我也不想做你们的电灯泡。不过，澄溪拉着我来，我不能不来呀。你要不就当作没看到我吧！把我当空气，当空气就行。"

陆一航："瞧你说的。你可是我们这一届的大校花，想请都请不到。你能来，我求之不得呢。正好，我们三个老同学今天好好逛逛校园。"

他转头对澄溪道："我给你买了瓶橙汁。对了，薇薇，你喜欢喝什么？"

王薇薇扫过他手里拿着的瓶装橙汁，若有所思地微笑："一样吧，我也要橙汁。"

三人便沿着绿荫小道缓缓地逛。学校还是保留着原貌，白色的教学楼，螺旋状的楼梯，熟悉的一切扑面而来，叫人觉得仿佛光阴倒流了一般。

第一次注意到陆一航，是高二那年，因为他那件白蓝条子的针织开衫，里头经常配一件白衬衫或者白T恤。阳光的少年穿了这样清新的色彩，还有像青春小说里描述的那张明媚而忧伤的四十五度侧脸。

江澄溪体会到了人生第一次心口不停收缩的感觉。高二那一年，她经常习惯性地捕捉陆一航的身影，可当他的目光与她对视时，她便会惊慌失措地闪躲。那一瞬间，她的胸口就像揣了一百只小白兔，四处乱跳乱窜。

高三那年，座位全部调换。陆一航就这样坐到了她的斜后面。这样的距离，让她一度欢欣雀跃。哪怕这样近的距离，腼腆的两个人也一直没有说话，直到有一天，陆一航用书本轻轻碰触了一下她的背："江澄溪，我忘记带笔了，能借我一支吗？"

她惊慌失措地转头，红了脸垂着眼把笔递给了他。从那以后，陆一航借书借笔记借橡皮就成了习惯。

那时，王薇薇很快瞧出了端倪："澄溪，我看陆一航对你有意思。"

江澄溪含羞地垂眼否认："哪有啊？别乱说。"

王薇薇"嘿嘿嘿嘿"地笑，识相住口。

有个星期天，她和陆一航一起准备黑板报。她站在桌子上抄写最后的内容，下来的时候，因他在旁，脑子有些空空地发蒙。她一脚踏歪了，摔在了地上。

由于是星期天，校医也休息。陆一航紧张万分地把她背到学校外面的社区小诊所，手肘处擦破了好大一块皮，在消毒的时候江澄溪疼得咬自己的手背。陆一航默不作声地把自己的手递了过来："咬我的。"江澄溪呆呆地抬头看着他，整个世界仿佛只剩他阳光下青春飞扬的一张脸。

那个下午，陆一航送她回家，轻轻对她说："江澄溪，你知道我为什么拒绝所有的粉红信纸吗？因为我有喜欢的人了。"他望着她的目光，仿佛盛夏里的光线，灼热得烫人。他的声音却轻轻的，宛如微风："澄溪，我喜欢你，我很喜欢你。"

仿佛千朵万朵的花儿在那一刻齐齐开放了。

原来，被自己喜欢的人喜欢着，是这么妙的一件事情。

第二天上学，陆一航还了跟她借的笔记本，轻轻地说了一句："江澄溪，你等下仔细看看笔记的第 26 页。"江澄溪回到家进自己卧室的第一时间便打开了笔记本，里头夹了一张漂亮的小纸条，上面是他写的飘逸的几个字："澄溪，明天放学，我们一起去逛街，好不好？我在顶峰大厦的肯德基等你。PS：我在那里等你，你不来我就不走！"

江澄溪望着那纸条痴了一般，像偷了绝世珍宝的窃贼，又紧张又欢喜。她不停地盼着时间可以快点过去，甚至期望可以像翻日历一般直接翻到明天。

第二天终于到来了，她在校门口遇到陆一航，两人的目光轻触，然后又触电般各自移开，装作普普通通的同学。虽然目光接触了不过几秒，但两人心里怦怦直跳，甜丝丝的味道从心头蔓延开来。

如今再见陆一航，江澄溪忽然觉得整个人空落落的，有一种空落落的平静。她对他竟再无一点点往日里那种患得患失、兴奋紧张到手心潮湿的感觉了。

她不知道应该高兴还是应该伤心。陆一航此次回来，似按下了一个暂停键，让过往所有的一切都结束了。

她想，以后，她应该不大会再像以前一样想起他了吧。

江澄溪再一次肯定，身边的那个陆一航，再不是记忆中的那个人了。她喜欢的陆一航，只因带了旧时光的痕迹，所以在她脑中一直那么美好。

现实很骨感。她忽然觉得，宁愿自己没遇见陆一航。她甚至想起身离开，想回家，哪怕是回去陪小乌龟们玩，陪贺培安吃饭。

下一瞬，江澄溪被自己的这个念头惊住了，她怎么会想回到那个贺培安在的屋子呢？她不是每天都巴不得他别回来吗？巴不得赶快跟他离婚吗？

不，她肯定是被风吹得太久了的缘故，昏头了！

下午的同学聚会安排在三元最高档的酒店。毕业后的同学，如珍珠一般散落在各个城市。又因找工作等各种原因，只来了一半左右的人。跟所有的同学聚会一样，吃吃喝喝完毕后，大家就赶往第二个场子。

第二个场地是在三元赫赫有名的某酒吧。

王薇薇端着酒杯，跟每一个男生都聊得不错。那眼中的妩媚如手中的绯红液体，在空气中盈盈流动。她一向有男人缘，江澄溪向来戏谑地称她为"蜘蛛精"，因为只要她看上的男人，到目前为止还没一个能跑出她的手掌心。

陆一航与别的同学闲聊了一圈后，便端着酒杯在江澄溪身边坐下："澄溪，你打算一直在你父亲的诊所实习？"

江澄溪的手指摩挲着酒杯，笑了笑："我没什么宏图大志。走一步算一步，得过且过吧！"

陆一航饮了一口酒："女孩子就是好。压力轻，负担小。不像我们男的，父母期望值高，社会压力大啊。"

江澄溪："父母都是望子成龙、望女成凤。再说了，现在的社会，男女各顶半边天。我是没有才华，只能混吃混喝，可现在的职场上，还是有很多很出色的女强人啊，可以跟你们男人分庭抗礼。"

陆一航笑，又饮了口酒："话虽如此，可如今的社会，女孩子如果在职场上不如意，还可以有第二个机会，找个好老公嫁了，回归家庭。但我们男的就没有这样的机会啊。我举个例子：比如一个家庭混得不好，社会大多是指责男人没能力没出息，会有多少人指责这个家的女人没出息呢？"

江澄溪并不否认这一点："你说的也很有道理。"

陆一航："所以说啊，男女还是有很多不一样的——"话还未说完，便被过来的王薇薇打断了："澄溪，你猜猜，我在这里碰到谁了？"

江澄溪一转头，便瞧见了贺培诚的脸。他站在身后，淡淡微笑，仿佛已经忘记上次的不欢而散了："嗨，澄溪。"

江澄溪诧异："培诚，你怎么也在这里？"

贺培诚说："跟几个朋友在这里的包房玩，刚出来透口气，就撞见了薇薇，说你们在这里同学聚会。"

王薇薇亲自倒了一杯红酒，递给贺培诚。

贺培诚执着酒杯："来，澄溪，我敬你一杯酒，就当是我跟你说声抱歉。那天是我太过分了，对不起。"

江澄溪装糊涂："啊？那天发生什么了！那天我们不是一起开心地吃了一顿饭吗？"

贺培诚露齿一笑，一如往日清朗："是啊，那天我们开心地吃了一顿饭。为了那顿开心的饭，来，这杯我们必须干了。"

江澄溪的酒杯与他的酒杯叮地一碰，一饮而尽。

陆一航在边上拍手："哇，澄溪，好酒量。作为老同学，我也必须敬你一杯。"

迷离炫目的灯光，喧闹魅惑的音乐……王薇薇还与几个男生跳了几段贴身热舞，火辣诱人得引起男生们几度尖叫，炸翻全场……

红酒开了一瓶又一瓶……江澄溪在同学等人的敬酒下喝了几杯红酒……

中途，王薇薇来拉她与陆一航和贺培诚去跳舞。

可是，她的酒量什么时候变得这么差了？江澄溪眨着眼睛，想看清这旋转攒动的人头。

整个酒吧似乎都天旋地转了……

而这成了她醉倒前的最后一丝记忆。

醒来的第一眼看到的是一盏奢华精致的古典吊灯，这是江澄溪一直喜欢的风格。

江澄溪淡淡微笑，昏昏沉沉地闭眼。

可下一秒……不对！她猛地察觉过来，脸色大变。她的卧室里从来都没有这种繁复精致的吊灯，无论是在自己家里还是贺培安那里，都没有这种灯。

如一桶冷水当头浇下，她倏然清醒。这明显是酒店套房的摆设。视线所及，床尾凳上搁着她凌乱的衣物，是她昨日穿过的。她察觉到自己此刻赤裸的状态，可她仍然不相信，指尖颤抖地缓缓掀开了薄被。

她脑中"嗡"的一声炸开了锅。她什么都没穿。身体的异样告诉她，昨天她和一个人发生了关系。可那个人是谁，她根本记不起来。

记忆的片段都是漆黑模糊的。那个人的吻，热热的，但恐怖的是，她根本想不起来那个人的脸。昨晚的一切似乎都在黑暗中发生，又都在黑暗中结束。

那个人到底是谁？陆一航？还是贺培诚？她根本不能确定。

如果不是陆一航或者贺培诚的话，那还有谁？可能是任何一个男同学？或者酒吧里的那么多男人之一？

这个念头方涌起，她便如有蛇爬上背脊，浑身寒毛直竖。江澄溪双手捂脸，恨不得咬舌自尽。她怎么会做出这种事情？如果贺培安知道了，会怎么样？

她不由得想起那天贺培安对她说的那句"你要是敢的话，看我不把你的脖子拧下来"。

贺培安跟她，素来算是"相敬如宾"。若不是最初他强迫她结婚时那么残酷冰冷，偶尔他淡淡含笑的时候，她也会涌起他是个谦谦君子的感觉。但江澄溪清楚地知道贺培安不是，她见过很多场面上的人物对他的恭敬模样，他显然不是个好惹的主儿。

除了这个，她心里头还有另外一种奇怪的难受，仿佛觉得自己很对不起他。

江澄溪手足无措了许久，才想到要打给王薇薇。王薇薇显然还在睡觉，说话都口齿不清："唔，澄溪，怎么了？一大清早的打我电话……"

江澄溪的上下牙齿都在咯咯打架："薇薇……你……昨晚什么时候……跟我……分开的？"

王薇薇懒懒地打着哈欠："怎么了？你的声音怎么这么奇怪？"她似来了精神一般，提高了分贝，"你昨晚不会是跟贺培诚、陆一航其中的一个在一起吧？我昨晚去了一趟洗手间，出来就不见你们了。"

江澄溪只觉得自己的心"咯噔"一下沉入了冰冷的海底。到底是陆一航还是贺培诚？她难不成真的和他们其中的一个发生了关系？

王薇薇还在那头说："你不说话就表示是真的。喂，喂，澄溪，你在听吗？"

她脑中一片空白，挂了王薇薇的电话。

她怎么会这个样子？江澄溪将头深深埋进被子里，真想闷死自己算了。

也不知道过了多久，她回了神，颤抖地穿好衣物，四下找手机，拨了陆一航的电话。很奇怪，手机已经关机了，怎么也拨不通。她找不到陆一航，也无法知道自己是不是真的跟他发生了什么。

还有贺培诚呢？这回倒是打通了。贺培诚的声音低哑："澄溪，什么事？"

打是打通了，然而江澄溪胆怯了。她根本不敢开口跟他确认，停顿了半刻，她最后问出口的只是一句："你……你昨晚什么时候走的？"

贺培诚在电话那头暧昧地笑："你不记得了吗？"

这样模棱两可的一句话，江澄溪再也问不下去了。万一不是呢，不是的话，更加糟糕。因为不是的话，说明可能是酒吧里的任何一个人！

酒吧里头的任何一个人！

江澄溪无力地捂脸，怎么会这样呢？！她虽然是心不甘情不愿嫁给贺培安的，她也不止一次想找人演一出红杏出墙的戏码，但仅仅是想做一场戏给贺培安看而已，并不是想来真的。

她根本不敢想，也不知道如何面对贺培安。在打车回家的一路上，她想了很多借口，万一贺培安知道自己一宿未归，追问起来的话，怎么也得搪塞一番。一开始想说睡在娘家了，可念头一转，就发现行不通！

这个太麻烦了。自己跟母亲石苏静串供的话，是可以瞒过贺培安，但母亲刨根究底的本事连她老爸也招架不住，更何况她。这两个选择无异于玩笑中的"射狼"还是"射鬼"！

她左思右想了一番，最后还是打了王薇薇的电话，谁让她只有王薇薇一个死党。她千叮咛万嘱咐："薇薇，记住了：我昨晚就跟你一起。万一贺培安打电话过来的话，你可千万不要说漏嘴了。"

王薇薇自然是没有问题的，一口保证："知道了。你当我傻啊。"

她又追问："澄溪，昨晚的男主角到底是谁？"

江澄溪恨不得跳车，捂脸呻吟："别问了！我真的不知道。"

总算是把一切都安排妥当。出租车还未到家，就接到贺培安的一个电话："我现在在洛海，三天后回来。"

这算是跟她交代行踪吗？有史以来第一次。而且他的语气平淡如常，显然根本没有发现她一夜未归。

莫非他昨天就去了洛海，所以根本没发现她昨晚彻夜未归？

江澄溪想了想后，觉得这个可能性极大。于是，她长长地舒了一口气：无论怎么样，至少三天内，她不用马上面对他。

但贺培安总归是要回来的，该面对的也始终要面对。三天很快便过去了。

江澄溪这天陪母亲吃过晚饭回家，大老远就看见院子里的车子，便知贺培安已经回来了。

一瞬间，她不只心头狂跳，连双脚都发软。她慢吞吞地进了客厅，只见贺培安从楼梯下来，也不知道是因为她心里有鬼还是其他，只觉得贺培安的目光一直牢牢地盯着她，仿佛将她生吞活剥一般。

江澄溪虚弱微笑："你回来了啊？"她哪怕努力笑着，脸上的肌肉也还是不断抽搐，根本不受自己的控制。贺培安"嗯"了一声，在与她擦肩而过时止住了脚步。

江澄溪目光闪动地避开他的视线，结结巴巴道："我……我上去洗个澡。"贺培安又"嗯"了一声，嘴角若有似无地划过一丝笑意。

江澄溪心惊胆战，一进卧室，就把门关上，只觉得自己掌心潮湿。

万一贺培安发现这件事情会怎么样？就算普通男人也无法接受这种红杏出墙的事情，更何况是贺培安呢？

这几天她一直寝食难安，老是回想着以往看过的那些黑帮片，那些黑帮老大是怎么处置自己出轨的老婆的。不想还不打紧，一想手脚更加发软了，因为没一个是有好下场的。

江澄溪准备先进浴室再说，毕竟在卧室，贺培安随时会进来。走了几步，她的余光不小心扫到整齐干净的床上，有个盒子搁在床旗上面。

丝绒的盒子，配上小巧精致的缎面蝴蝶结。像是一个首饰盒子。

她犹豫了许久，最终还是轻轻伸出手指，一点点解开了蝴蝶结。打开盒子的时候，她不由得一脸惊艳。这是一副水晶蓝玛瑙的首饰，透明的不规则的剔透白水晶，只在耳坠最下处点缀了一颗圆润深邃的蓝玛瑙，画龙点睛一般突出了那点深蓝，简简单单，但非常好看。

是送给她的吗？江澄溪蹙眉半晌，哑然失笑。这卧室里就她和贺培安出入，不送给她，为什么要放在床旗上呢！

下一瞬，也不知怎的，她的心里突然觉得有些难受。具体难受什么，她却说不出来。

漆黑的森林里头，凄厉的叫声此起彼伏，身后有不明物体追她……江澄溪满头大汗，穿过各种荆棘，拼命地往前跑……快跑，快跑……身后的恐惧之物离她越来越近，越来越近……

"啊"的一声尖叫，她从噩梦中惊醒。有人"啪"地打开了灯，结实有力的手臂搂抱住了她："没事！没事！"

江澄溪浑身冷汗，好半晌才回神，她发现自己正躲在贺培安的怀里。

原来是梦！只是做梦而已！

也许是深夜的缘故，贺培安的声音甚是温柔："别怕，只是做噩梦而已。"

"一身的汗，去洗个澡吧，天快亮了。"

这一个澡洗了一个多小时。她没有吹头发，就坐在浴室的椅子上，用毛巾慢慢擦着。如果可以，就这么擦下去，不去面对贺培安也不错。

"你这样洗好澡不吹头发，早晚感冒。"声音毫无预兆地从门口传出来，吓得她浑身寒毛直竖，猛然跳起来转过头。只见贺培安不知何时居然进了浴室。他被江澄溪的大动静弄得莫名其妙，见她一动不动地盯着他，不由得一笑："怎么了？我头上长角了？"

他居然又跟她开玩笑了。这到底是怎么回事呀？

贺培安极少笑，可是笑起来总有种说不出的味道。他扯过她手里的毛巾，径直出了浴室："出来。"

出去干吗？江澄溪不解。可是贺培安这样坐着直直地望着她，她只能磨磨蹭蹭地走了过去。贺培安拍了拍沙发，示意她挨着他坐下来。

江澄溪还是不解其意，只好坐下。结果贺培安拿毛巾替她擦了起来。贺培安从来没有这么温柔地对过她。他怎么了？一惊之下脑中又闪过了那酒店套房，那凌乱的一切……

她身子一顿，一点也没有察觉到贺培安已经搂着她了，手指抚摩着她的脸。江澄溪突然醒过神来，身体微微一颤。

贺培安敏感地察觉到了，他的唇缓缓地贴上了她的耳畔，他特有的味道袭来，把她笼罩在其中："怎么了？"江澄溪的心忽然紧缩，一阵疼痛的感觉袭来。

贺培安笑笑："头发干了，再去躺一会儿吧。"

江澄溪本以为被噩梦这么一吓，躺下再睡肯定睡不着，可是到后来居然沉沉地睡了过去。再度醒来已经中午了，因为窗帘拉得严实，房内还是一片漆黑。她翻了个身，准备继续睡，只听见贺培安低沉的声音从旁边传来："已经中午了，起床陪我吃饭！"

她惊了惊，转头，只见贺培安慵懒地靠坐床头一旁。暗暗的光线，她瞧不清他脸上的表情，只听见他低而温煦的嗓音。

用过饭，贺培安对她说："换套衣服陪我去个地方。"

她陪贺培安经常去的地方，不外乎是每个月去一趟凤姨那里。因此她也没多在意。结果，车子开出后不久，她便知道不是去凤姨家，而是往墓地的方向去，看来贺培安是要带她去拜祭父母。

后来才知道这天是贺培安母亲的生忌，他从来都是在这天去拜祭母亲的。

跟上次一样，墓地已经有人了。那人听见动静，缓缓转身。

这是江澄溪第二次在墓地遇到贺培诚的母亲温爱仪，很显然贺培安依旧没有为她介绍的意思。不过这次温爱仪没戴墨镜，一张白皙妩媚的脸蛋清楚地呈现在了江澄溪眼前。她眉眼间依稀有些憔悴，不若初见时那么艳绝人寰，但无论看多少次也决计看不出来她像有贺培诚这么大儿子的人。

贺培安就当温爱仪不存在一般，面无表情地连眼神也没多给一个。

献花后，贺培安带着她向墓碑三鞠躬，吩咐她："你先回车子里等我。"江澄溪乖巧地应了一声，朝停车处走去。

温爱仪望着江澄溪的身影消失在转角处，嘴角一扯，讥讽地道："怎么？你怕你老婆知道很多不该知道的事吗？"

贺培安瞧了她一眼，冷冷地："温爱仪，我看你是活得不耐烦了。忘记我以前跟你说过什么了吗？"他徐徐弯腰，把温爱仪的花拣起，然后"啪"的一声掷在她身上，"你有什么资格来拜祭我妈？如果不是你，我妈根本就不会死。"

温爱仪"扑哧"一笑，冷冷地反唇相讥："那你就有资格？你可别忘了，这里头不只埋了你妈还埋了你爸。你父亲当初为什么会猝死，我们都一清二楚。贺培安，你我半斤八两，又何必在这里彼此闹得不愉快呢？"

贺培安嫌恶地转身，警告道："你识相点就快走，不要惹恼了我，否则不要怪我把你和那些男人的视频和照片交给贺培诚。"

温爱仪脸色铁青："贺培安，算你狠。不过你也不要把我逼急了，狗急都会跳墙呢。你别以为我不知道你在外头对培诚做的那些事。贺培安，培诚怎么说都是你的弟弟，你也别太过分了！"

贺培安嗤笑一声，很快便收敛了笑容，极度不屑道："狗急都要跳墙？哼哼，温爱仪，那你跳给我看。"话语未落，他已经抬步离开，只留下温爱仪一个人在墓前。

要不是DNA验出来，贺培诚真的是他弟弟，她以为他会让他们娘俩这么好过？

然而，当年若不是拿出温爱仪这些出轨的光盘，病重的父亲贺仲华或许也不会走得这么急！

不过都已经是既成事实了，再去多想，也没有任何意义。

温爱仪在背后出声唤住了他："贺培安，你到底要怎样才会放过培诚？"

贺培安仿佛没有听见，面无表情地戴上了墨镜，离开。

Chapter 8　我们就这样消失不见

他防备身边的每个人，唯独没有防备她。

他冷淡身边的每一个人，唯独没有冷淡她。

如今他却知道了，这一切都是假的。

　　贺培安不知道是不是最近情绪比较好，每晚回来就喜欢亲她，非得把她从睡梦中弄醒才罢休。江澄溪恼也不是火也不是，更不敢发怒。又因为酒吧的那件事情，她心里有鬼，所以越发像个小媳妇，逆来顺受。不过她并不知道，因为这样，贺培安的心情更好了。

　　某天下午，贺培安打了电话过来，对她说："收拾一下，你陪我去洛海住几天。"

　　命令吩咐半个小时后，他的车子就到了楼下。

　　那是他第一次把她带去洛海，见了很多人。江澄溪这才知道为何他每次到洛海都会待上一个星期，因为实在是好友众多。

　　在洛海，她也终于见识到了贺培安的另一面，与蒋正楠、聂重之、楚随风、路易周等好友在一起的时候，他眼底深处的笑意和满满的信任是她从来没有见到过的。

她忽然意识到，这才是真真正正的贺培安！

有一个晚上，是一个叫蒋正楠的人招待他们的。中途，蒋正楠敬了她一杯酒，含笑说："嫂子，今儿晚上兄弟几个人有个局，跟你借一借人。"

又有一个叫楚随风的人揶揄贺培安："贺，一天二十四小时黏在一起，你也不嫌腻烦。"

而聂重之和路易周则是一副作壁上观状，另外几个美女则笑吟吟的，俱不作声。

贺培安也不说话，等他们都调侃好，方似笑非笑地道："知道你们这一群光杆司令，个个都对我恨之入骨。唉，这年头啊，真是混什么都难，连朋友圈也是！"

众人一阵哄堂大笑。

贺培安在江澄溪耳边说了一句"等下我陪他们玩几手牌"，这样简简单单的一句话，也不知道算不算是跟她交代。

餐后，蒋正楠安排了人先送江澄溪回酒店。贺培安则与蒋正楠、楚随风几人去了聂重之的俱乐部。

江澄溪一回酒店便洗澡休息了。一直到凌晨，贺培安才回来。

贺培安大概是喝得有些多了，一回房间就热情如火地亲了上来。江澄溪刚入睡，被他这么一闹，便醒了过来。这人就是这样，总是这样！

那天江澄溪在用餐的时候，也喝了几杯红酒，微微的酒意加上被吵醒的起床气，也不知道怎地就恼了起来。她伸手用力一推，只听"哐当"一声，一点防备也没有的贺培安竟然被她一把推下了床，跌坐在地毯上。

贺培安也愣住了，好半天才起身，冷冷道："江澄溪，你胆子倒是见大了。"他已经好久没用这种语气说话了，江澄溪不语。房间里一下静了下来。

江澄溪别过头，做一脸委屈状："你说，你这是到哪里去鬼混了？"

贺培安因为被她推下床，正一肚子火，没好气地道："要你管！"

江澄溪："你自己闻闻，你自己闻闻……身上是什么味道？"她顺手就把枕头扔了过去，"你自己在外面偷吃，回来之前总要清理干净……"

贺培安此时已经恢复了往日说话的腔调："你哪只眼睛看到我偷吃了，嗯？"

　　江澄溪掀开被子，赤足下了床，揪着他的衣襟拉至他鼻尖："你倒给我闻闻看，这是谁的香水？"然后就装委屈冒火地别过头。

　　贺培安嗅了嗅衣襟，果真闻到了一股淡淡的水果清香，因为味道极淡，夹杂在浓烈的酒味之中，他自己根本没有注意到。应该是方才在聂重之会所留下的，他虽然第一时间推开了，可那个美女依偎上来的速度太快，还是沾到他的衣服上了。想不到她鼻子这么灵，居然一下就闻出来了。

　　他心里的小火苗"噗"的一声便熄灭了，但仍作面无表情地道："就算我在外面偷吃了，你就可以把我推下床了？嗯？"江澄溪咬着下唇不说话。

　　贺培安倒也知道见好就收，冷哼了一声，转身进了浴室。江澄溪听到关门声，这才转头。他这是放过她了，还是没放过？管他呢，她也不浪费自己的脑细胞了，上床睡觉。

　　等贺培安出来的时候，江澄溪意识已经开始模糊，又几乎快入睡了。感觉到贺培安热热地身体靠了过来，她赶忙翻了个身，装着生气的样子："别碰我。"

　　贺培安搂住她的腰肢，低低地笑："不碰你，我碰谁去？"

　　这回江澄溪真有些恼了，道："随便你。"

　　贺培安停止了动作："那我真去了？"

　　江澄溪心想，如果现在的人换成她妈石苏静的话，估计早一巴掌往她爸身上抽去了。可是，她这个小媳妇哪敢啊？于是只好不作声。

　　贺培安热热的气息喷在她脖子处，语声甚轻，别有一种诱人味道："你说好，我就去。"江澄溪僵着身子没动。

　　黑暗中，只听贺培安轻笑了出来："既然你不说，我只好哪里也不去了。"说完，他便压了上来，各种为非作歹。

　　在洛海的这几天，天天都有饭局，贺培安夜夜笙歌，每晚不到凌晨是不会回来的。江澄溪则一个人在酒店房间无聊地把遥控器从头按到尾，再从尾按到头，如此循环。

她到了洛海后，跟王薇薇通了一次电话，顺带汇报了一下在洛海的情况。结果王薇薇惊讶出声："什么？你见了谁？"

江澄溪掰着手指一个一个地数："蒋正楠、聂重之、楚随风、路易周这几个见了好几次。还有什么叫池靖年、唐瀚东等好多人，我哪能记得住啊？"她见王薇薇在电话那头半天不语，便"喂"了一声，"薇薇，你在听我说话吗？"

王薇薇在电话里头发出"惊天地泣鬼神"的长叹："江澄溪，为什么世界上还有你这种生物存在！人家'二'，是'二'得装模作样，你呢，是真的'二'，'二'得人模人样！"顿了顿，她方道，"这些个人名，你去查一下百度吧。想要精准的，去查维基百科。"

在王薇薇的科普下，江澄溪终于恍然大悟。原来贺培安的朋友都是一方人物，其中那个蒋正楠，就是要好得跟贺培安可以穿同一条裤子的那个，很早以前，王薇薇便跟她说过他的背景。而那个聂重之也是大名鼎鼎，年纪轻轻，却是胡润财富榜上前几名的人物。至于楚随风、路易周等人，每个人的资料查出来，都叫人吓一跳。

电话里头王薇薇却问了一句很奇怪的话："澄溪，你怎么跟着贺培安去洛海了？"这一问触到了江澄溪的伤心处，她握着电话，极度不忿："贺培安让我往东，我敢往西吗？我就算有那个心也没那个胆啊！"

这话确实在理，王薇薇也反驳不了，顿了好一会儿，才道："江澄溪，你有没有听过这样的话：当一个未婚男人带一个未婚女人见他的父母好友，就是说明他认定她了。他想昭告天下，这个女人是他的女朋友，他认定她了，他要娶她。"

江澄溪愣了愣："薇薇，你这是什么意思？"

王薇薇不说话。

江澄溪蹙眉抓了抓头发，慢一拍地道："薇薇，你说了这么多，你不会是想说贺培安认定我了吧？"

王薇薇字正腔圆地吐了一个英文："Right！"

江澄溪回了她几个字："王薇薇，你是喝多了吗？"贺培安怎么可能认定她呢？王薇薇是不是脑中某部分零件也临时短路了啊？

她挂了电话后，一直百思不得其解。

贺培安大半夜回来的时候看到的就是这幅场景：江澄溪穿了睡衣，手托着下颌，在床上盘腿而坐，眼睛则一眨不眨地盯着电视机。

贺培安脱了西服从电视机前走过的时候，她的眼睛居然也没有眨一下。这是种极度明显的忽视。他觉得不爽，假意咳嗽了两声，结果江澄溪依旧没有反应。

忽视直接上升到了藐视阶段！这是个非常严重的问题。

贺培安索性在她身边坐了下来："江澄溪！"只见她惊吓抬头，见他仿佛见鬼了似的："你……你……"

过了半天，她才说了一句完整的话："你今天怎么这么早回来？"

贺培安心情略微好转，口气还是不佳："什么意思？怪我每天把你一个人扔在房间？"

想着脑中刚刚一直徘徊的那句"认定"的话，江澄溪咽了口口水，默默地道："没，我不是这个意思。"借她胆，她也不敢这么承认啊！

贺培安不再说话，盯着她看了几眼，转身进了浴室。

第二天晚餐的时候，贺培安在酒桌上婉拒了聂重之等人的邀请。楚随风吊儿郎当地直笑："啧啧啧，有了衣服，就开始忘手足了。贺，你如今的人品开始有问题了。"

聂重之道："贺，要走也成，今天就当你认输，放张卡在这里。"

路易周哈哈大笑："聂，你这个主意不错，我同意。"

蒋正楠则淡淡一笑："贺，你这事情做得不够地道！今天我也帮不了你！"

贺培安没理会身边的人怎么说笑，他的嘴角始终微微扬起，视线却斜斜地落在江澄溪脸上："就你们这点水平，哪用得着我亲自出马？她就可以了，她一出手啊，就能把你们几个打得一败涂地、跪地求饶。"

江澄溪愕然至极，好端端地怎么就把她给牵扯进去了？她明明一直在一旁装聋作哑，默不作声地做好媳妇状啊。

楚随风露出怜悯的表情："这可怎么办呀？这家伙酒都没喝，人就已经傻了。"聂重之双手抱胸，含笑不语。蒋正楠把玩着酒杯，也不作声。

贺培安似笑非笑："楚，你不信？那要不让你嫂子跟你玩几把沙蟹？这年头，只要一出手，就知有没有。"

楚随风："好，谁怕谁！"

路易周饶有兴致地附和："兄弟们，这些年来贺可是第一次主动认输，这种机会来之不易啊。所谓择日不如撞日，那我们今天就跟嫂子讨教讨教。"

蒋正楠和聂重之对视一眼，微笑不语。

就这样，在聂重之私人会所的专属包房里头开始了一场赌局。

贺培安端了个酒杯，搂着江澄溪坐下。众目睽睽的，江澄溪有些不好意思，想不着痕迹地把他的手拂掉，可是他搂得牢牢的，不肯放松半点。

路易周搂着身边的美女，嘴里却直嚷嚷："这年头，在光棍儿面前秀恩爱是犯法行为。我要报警！"众人一阵大笑。

聂重之："贺，你差不多就得了，别刺激兄弟们了！"

楚随风吊儿郎当地哼笑："路，有句话是怎么说的，对了，叫：秀恩爱，死得快！"

许是有些醉意了，贺培安的手缓缓地握住了江澄溪的手，与她十指相扣，漫不经心地对着众兄弟"哼哼"一笑："弟兄们，你们实在想太多了。我们就是恩爱，不是秀恩爱。"

这厮估计是真醉了！竟说出这些话！江澄溪双颊发烫，十分窘迫，恨不得起身走人。

有专门的服务生负责发牌洗牌，江澄溪与楚随风等人玩了几轮沙蟹。她在贺培安几次三番的训练下，战斗力日强，几轮下来，战果颇丰，已叫人另眼相看了。

聂重之边喝酒边作壁上观，到了后来，见楚随风的傻样，极度"含蓄"地笑道："所谓有其夫必有其妻。楚，今天长见识了没有？"

楚随风一抹额头，撂下了一句话："贺，算你狠。"然后像战败的小灰狼般灰溜溜地去了洗手间。

聂重之给江澄溪倒了一杯酒："嫂子，觉得我这里怎么样？"

江澄溪真心诚意地赞了一句。

贺培安显然有些吃味，斜睨了聂重之一眼："你就嘚瑟吧。等我回三元也弄个玩玩。"

聂重之只是笑："在安哥面前我哪敢嘚瑟啊？我又不是不想混了！"

贺培安冷冷地吐了一个字"滚"，接着又吐了两个字："远点。"

聂重之极配合，点头哈腰："是，安哥。是，安哥。"

蒋正楠与路易周等人被他们逗得直笑。

那个晚上，贺培安的心情显然极好，回到酒店，关上门就俯身吻住了她。他情动得紧，吻得又急又重，仿佛要把她吞下去似的。

江澄溪只觉得要窒息而亡了，呜咽着推他："贺培安……我喘不过气……"破天荒地，贺培安听话地移开，唇轻轻地落在她耳边："宝贝……"这厮今晚是真醉了，才会对她这么温柔呢喃，仿若呓语。

他的呼吸急促，鼻息粗粗热热地喷在她敏感的脖子处："宝贝，你喜不喜欢我？"

贺培安的声音喑哑，有种说不出的诱人磁性，江澄溪的身子在他的"宝贝"声中软了下去。

偏偏这厮不只醉了还醉糊涂了，咬着她的脖子不依不饶："有没有？"脖子处又痒又麻，细微的痛意完全可以忽略。可这样僵持下去，到最后估计还是得"割地赔款""签订不平等条约"，在霸权统治之下，"积贫积弱"的江澄溪识相地"嗯""唔"了几声，敷衍了过去。

贺培安好半晌没动，最后，他的吻一点点地落了下来，十分轻柔……

从洛海回来以后，天气越发冷了。江澄溪整个人便开始犯懒，动也不想动，更别说出门了。王薇薇给她打了好几次电话让她陪着逛街，她都拒绝了。

这一日，忍无可忍的王薇薇用电话魔音把她从被窝里挖了出来："你怎么现在比我还懒啊？快起来陪我去明道吃饭，你们家的免费卡，不用白不用。"

江澄溪这才起身梳洗，换衣服。在换衣服的时候，她突然发觉自己最近胖了很多，选了好久才选了一条黑色的 A 字裙。黑色比较显瘦一点，左右端详了下，她方觉得可以出门了。

王薇薇已经到了，点了一桌子的菜，见她进来，招手道："快，点的都是你喜欢的。"

各种新鲜的鱼生，精致的摆盘，诱人至极，叫人食指大动。

若是平时，江澄溪坐下后，肯定第一时间与食物进行战斗了。可此刻的她，看到这些生冷之物，只觉得胃液翻涌，像是孙悟空在里头翻跟斗似的。她恶心地捂着嘴，冲进了包厢里的洗手间。

她趴在洗手台上，吐得天翻地覆。很久之后，她才打开了洗手间的门，抬头，便看见一脸苍白的王薇薇。她嘴唇微张着，一副见鬼了的表情，呆呆地看着她，半天才道："澄溪，你是不是怀孕了？"

江澄溪陡然睁大了眼睛，瞳仁深处一片空白。

这些天，贺培安每天都很早下班。这日则更早，三点多就回了家。结果吴姐说太太中午的时候出去了，出门前说是跟王小姐约好了。

贺培安一听江澄溪是跟王薇薇出去，估计最快也得到傍晚才能回来。

他便进了浴室洗了个澡。他关上水龙头后不久，便听见有人打开房门，走了进来。他嘴角微露笑意，知道应该是江澄溪回来了。

他刚欲拉开门出来，只听见王薇薇的声音隔着微开的门缝透了进来："江澄溪，你要吓死我呀，还好只是肠胃炎，不是怀孕。要是真怀孕了可怎么办？要是真到那地步，这婚啊，你一辈子甭想离了！"

怀孕！离婚！

浴室里头本就安静得很，这一秒更是静到了极致。贺培安可以清晰地听到自己的呼吸在这不小的空间里渐渐粗重起来。他抬头，瞧见浴室镜子里的那个人，仿佛被人当场打了一巴掌，嘴角的笑意僵在那里。

片刻后，王薇薇的声音又传了过来："避孕的药你一直在吃吗？"

江澄溪轻轻地"嗯"了一声。王薇薇又问："还有，同学会那天晚上发生的事情，贺培安怀疑了吗？"

江澄溪摇了摇头。王薇薇松了口气："幸亏这次也没怀孕！"她忍不住碎碎念，"江澄溪，见过'二'的，没见过你这么'二'的。你就给我长点心眼吧，说什么天天想着跟贺培安离婚。可你要是怀了孕，这辈子就再也甭想离开他了……"

后面的话，贺培安根本没有听进去。他瞧见镜子里头的那个人慢慢地后退了一步，眼底深处是从未有过的绝望悲凉。

那镜子旁设有一把欧式椅子和一个边角几。几上摆了一捧鲜花和两个银质相框。贺培安只觉眼前发黑，便下意识地伸手一抓，抓到了某物。

良久，他才反应过来手里握了个相框，尖尖的银质相框角正紧抵着柔软的掌心。他把手略略一松，才瞧见那框角已经深深地扎进了皮肤，在他微松的瞬间，迅速渗出了血迹。

可是，他竟察觉不到半分的痛！

江澄溪，原来你一开始打的就是离婚这个主意，还一个劲儿地哄他，说什么嫁都嫁给他了，她就没想过找第二个。他被她哄得晕头转向的，像着魔了一般，这些天一完成手头的工作就想着回家。

哈哈哈——贺培安仰头无声地大笑。想不到他贺培安这几年顺风顺水，纵横整个三元城，居然会栽在她手里。

他猛地抬手，把相框狠狠地砸向了浴室镜面。只听"哐当"一声，镜子里那哀伤的脸顿时四分五裂，噼里啪啦一阵响动后，玻璃清脆地应声而裂，在干净的地砖上碎成了一摊晶莹的碎片。

卧室里的江澄溪与王薇薇被这响动惊住了，两个人面面相觑，在彼此的眼眸深处清晰地瞧见了惶恐惊惧。

江澄溪脸色发白，颤着声音问道："吴姐？吴姐，是你在里面吗？"

没有人回答。下一秒，门啪的一声被人用力拉开，弹撞到了墙上。

贺培安面无表情地出现在两人面前。

江澄溪顿觉得全身冰冷，整个人像被扔进了冰窖里。她心底存了万分之一的希望，希望他没听进去，希望他听得不清不楚……她努力扯着脸上颤动的肌肉，试图微笑："贺培安……你怎么在里面？"

贺培安瞧着江澄溪脸上精彩纷呈的变幻，轻轻地扯了一下嘴角，勾出了一个让人心惊肉跳的笑容："如果我不在这里的话，怎么能够听到你们刚刚这么精彩的对话呢？"说罢，他又面无表情地转头，"王小姐，不好意思，请你先回去吧。我们夫妻之间有事要谈。"

王薇薇担忧地看了看江澄溪，又瞅了瞅风雨欲来的贺培安，最后拎起包，一言不发地离开了。

完了，他真的都听到了。江澄溪全身软成一摊泥，若不是她靠在床头的话，此刻铁定已经瘫倒在地了。她真恨不得自己就这样晕死过去。可是没有，她还是直挺挺地靠在床头，全身像是中了定身术，无法动弹半分："你听我解释……"

贺培安的目光缓缓地落了她身上，他徐徐地踱步过来，在床边坐了下来，懒懒地双手抱胸，朝江澄溪淡淡一笑，仿佛这件事情根本没发生过一般："好。你说。你慢慢说。"

他这么轻描淡写，语气也是轻轻柔柔的，不见半分怒意。可江澄溪心里却涌上从未有过的害怕。她咬了咬牙，把语气放得极轻极软："贺培安，你刚刚听到的很多都不是真的……你先不要生气。那个时候你逼着我嫁给你，我怕你对我不好，所以当时跟薇薇发泄唠叨过……可是这么久了，你也看到了我对你怎么样的，对不对……培安，你听我解释……我……"

贺培安抿着嘴角，无波无澜亦无温度地瞧着她，仿佛在凝视着她，又仿佛在沉吟思索。江澄溪殍着胆子伸出手，慢慢地握住了他的手。

贺培安一动不动，任由她握住，一直没说话。空气里头的氧气似渐渐干枯，江澄溪觉得自己仿佛是沙滩上即将干涸而死的那条鱼，她怯怯地唤了一声："贺培安……"

就在这种窒息中，贺培安一点点地抽出了自己的手："江澄溪，事到如今，你觉得我还会相信你的连篇鬼话吗？"

从来没有人这样骗过他！从来没有！

那日之后王薇薇曾打过很多个电话过来，跟她说对不起，如果不是她多嘴，事情就不会弄到现在这个地步。又问她和贺培安到底怎么样了，支支吾吾、语焉不详的，大约是怕她被家暴吧。

江澄溪每次只说："薇薇，我没事，我很好。贺培安当天晚上就出去了，没回来过。"她并不怪薇薇，一切只是巧合而已。谁料到那天贺培安一早回家呢？

贺培安这一次并没有说什么"我出去找别人"之类的话，可是真的走了，一个多月也没回来。

江澄溪渐渐意识到，他或许再不会踏进这里了。

如今，她倒是真的成功了，成功地让他不回家了。以往她那么那么想让他不回家，到今天终于成功了，多么可喜可贺啊！

江澄溪想笑，却怎么也无法扯动唇角。

这一日，江澄溪一个人漫无目的地逛商场，停驻在展示橱前。虽然依旧是冬天，可橱窗里已经是淡粉、鹅黄、柳绿、嫩青的各种鲜艳色彩，几欲迷人眼，猛地望去，比枝头的花还娇艳几分。

小九大概是得了吩咐，如今又做了她的司机，进出都寸步不离地跟着她，见江澄溪目不转睛地望着橱窗里的衣服，便上前问一句："贺太太，我去刷卡？"

江澄溪偏过脸，瞧着光洁如镜的大理石地面，淡淡地道："不用了，小九。我一点也不喜欢。"

小九也知道江澄溪心情不好。整个贺家上下都知道贺先生跟贺太太不对劲，而且非常不对劲。

就这样走走停停，逛了整整一个下午，江澄溪没买一件衣服，连试穿也没有。小九亦步亦趋地跟在她身后，也无半句话。

车子在院子里停下，江澄溪前脚才跨出车门，已经等候许久的贺培诚从车子里钻出来了："澄溪，有没有空，一起出去喝杯咖啡？我有事想跟你谈谈。"

他的表情从未有过的严肃认真，一刹那，江澄溪觉得眼前的贺培诚十分陌生，仿佛她以前从未认识过一样。

在咖啡店入座后，贺培诚递了一张照片给江澄溪："你觉得这个女孩子怎么样？"

难不成他找她谈话就是要谈照片上女子的容貌吗？江澄溪有些诧异地抬头，她不明白贺培诚的意思。贺培诚仿佛是看出了她的疑惑不解，也不解释，只问："你觉得她好看吗？"

照片上的美女，明眸皓齿，巧笑嫣然。江澄溪发自肺腑地道："很漂亮。"

贺培诚淡淡一笑："你再看仔细点。"

江澄溪第一次发现他的笑竟与贺培安有几分相似，她不觉愣了愣。当她再度垂下目光落在照片上的时候，这一次她没有很快收回。贺培诚缓缓道："她长得是不是跟你很像？"

"她叫陈妍，我已经追她三个多月了，不过目前还有三个人也在追她，第一个叫钟文言，第二个叫唐江，第三个叫叙永哲。这三个名字，我想你应该也不陌生吧？"

贺培诚隔着桌子，清晰地看见江澄溪脸上的血色开始一点点褪去。贺培诚把余下的三张照片推到了她的面前："穿正装的是钟文言，阳光帅气的是唐江，斯文儒雅的是叙永哲。"

窗外，残阳如血，像是被打翻了一地的番茄酱汁，令人触目惊心。

江澄溪颓然地靠向了椅背，一张俏脸，血色全无。

半晌后，贺培诚静静地开口："澄溪，事到如今，你有没有兴趣陪我一起看一场戏？"

江澄溪一直咬着唇，最后张了张口，却是答非所问："贺培诚，我想问你一件事。"

贺培诚："你想问我酒吧那一晚的事情吗？"江澄溪的脸越发白了

起来，她看到贺培诚缓缓点头："不错，澄溪，那个人是我。"

江澄溪缓缓地闭上了眼睛。

出了咖啡店的大门，冷风便狂涌而来，江澄溪怔怔地站在门口，竟似毫无知觉一般。小九陪她站了一会儿，觉得不对头，便上前道："贺太太，回家还是……"

江澄溪好半天才吐出了几个字："小九，他在哪里？"

小九支支吾吾："贺太太，我真的不清楚。"

江澄溪轻轻一笑："小九，明人面前不说暗话。我虽然很笨，可也知道贺培安瞒谁也不会瞒你、小丁还有向念平。"说到这里，她第一次沉下了声音，"你带我去。"

小九沉默了许久，最后把江澄溪载到了一个地方，位于三元城南的一个英式别墅楼盘。

这是一个新楼盘，入住率并不高。从车窗望去，只见不远处几户人家影影绰绰的灯光。花园里有一个花架，因是冬季，枯萎的枝叶迎风萧瑟。

江澄溪不知道自己为什么会一时冲动到这里来。可是，她只知道自己很想找贺培安问个清楚："这一切是不是真的只是因为贺培诚？"

她在车子里等了许久，才看到贺培安的跑车驶了进来，并未直接驶入地下车库，而是在花园的栅栏边停了下来。

江澄溪推门下车，走向了他的车子，可才走了几步，她猛地停住了。哪怕视线黑暗，可她还是清楚地看到贺培安与一个女子在车里热烈拥吻，那女子被他压在身下，瞧不分明。

她后退一步，正欲转身而去。忽然觉得不对，这个女子，她怎么会觉得眼熟呢？

这时候，那个女子性感妖娆地搂着贺培安的脖子，仰起了头，热情如火地迎了上去……侧脸线条美丽绝伦，完全不输于任何当红明星。江澄溪却仿佛被雷活劈中一般，整个人完完全全地呆了："薇薇？"

他怀里搂着的那个半裸女子，竟然是王薇薇！

那一瞬，江澄溪竟有种血脉倒流之感，四周轰轰作响，仿佛天塌下来。

江澄溪不知道轰轰之声在耳边响彻了多久，等她回过神的那一秒，她瞧见贺培安跑车的车篷正在徐徐打开。

她与他们此刻正毫无阻碍地面对面。

整个世界似乎回到了冰川时代，四周除了冰冷还是冰冷，再无其他。

江澄溪也想不到迷迷糊糊的自己竟然可以平静地抬头望着贺培安，木然开口："对不起，打扰到你们了。不过下次做这种事情，还是进屋比较好，在外面有伤风化！"

她似乎看见贺培安眯着眼冷冷地斜睨着她，似乎又没有。江澄溪的眼前犹如遮了幕布，虚无一片。

江澄溪最后好像听见自己说了一句："请继续。"可好像又没有。她大脑一片空白，机械地转身，然后离开。

贺培安和王薇薇！多荒谬可笑的狗血情节啊！居然会发生在她身上。

不，不是真的，肯定是她眼花了。

她茫然地走着，不知道走向何方，去往何处……

后来，她被脚下的石块一绊，摔在了地上。

不会的，不会！那个人，不会是王薇薇！

她摇摇晃晃地站起来，爬进了小九的车子："开车……快开车……"

后来有一段时间的记忆完全是一张白纸，等江澄溪回过神的时候，只知道自己在小九驾驶的车子里头，窗外是不断飞逝的树木街景。

喉咙处热辣辣的一片疼，她沙哑地开口："小九，停一下车。"

一个人傻傻地站在冷冰冰的街头，江澄溪悲哀地发现偌大的一个三元城，她竟没任何地方可去。如果回自己家，那么她一直包着裹着的与贺培安结婚的真相就再也掩盖不住了，以后父母就会不断地为自己忧心操心担心。

她当然可以选择住酒店，但她不敢，她从来就惹不起贺培安，若是他回家发现她不在，肯定第一时间去她家找她。到时候，秘密同样被揭穿。

最后，几乎冻得快要失去知觉的她，木愣愣地上了车子："小九，回家吧。"

那一晚，江澄溪一直在客房里头，昏昏沉沉的失眠。

贺培安依旧没有回来。

第三天下午，不知半分端倪的石苏静打了电话过来："囡囡，怎么最近一直不回家？"江澄溪一听到母亲的声音，鼻间一酸，泪便委屈地落了下来。同时，她整个人亦清醒过来，吸了口气，用微笑的嗓音道："妈妈，我最近跟培安又去洛海出了一趟差，还要好几天才能回去呢！我回去就去看你和爸爸，我还要喝爸爸炖的鸡汤。"

石苏静没有一丝察觉，连声道："好好好。另外，还想要吃什么菜？到时候我让你爸早一天准备。"

江澄溪大颗大颗地落着泪，努力用如常的语调回道："爸做的我都爱吃。"

石苏静又道："对了，前段时间，你不是说让我去千佛寺给小贺请一个开光观音吗？算你福气好，前两天我去拜佛的时候，正好遇见……结果我运气好请了回来……"

江澄溪"嗯"了一声："好，我下次回来拿。"

挂了电话后的她，再也没有忍住，捂着嘴巴无声无息地落了半天的泪。最后，她进了浴室，扯着嘴角，对着镜子里头那个披头散发状似泼妇的自己努力微笑：江澄溪，没什么大不了的，没什么过不去的。事情都会过去的，一切都会过去的！

她好好地洗了一个澡，然后下楼用晚餐。

吴姐把热气腾腾的面条端上来，心疼地道："太太，多吃点。你最近瘦了好多。"

江澄溪微笑道谢："好的，谢谢吴姐。"

她刚拿起筷子，就听见有车子驶进了院子，发出一声长而尖锐的急刹车声。她抬头，透过餐厅的落地玻璃墙，瞧见了一辆红色的跑车。

江澄溪垂下了眼，面无表情地对吴姐说："你请王小姐回去吧，就说我不想看到她。"

吴姐素来聪明，虽然不知道这里头究竟发生了何事，但她见贺培安这么久未归，而江澄溪那日失魂落魄，回来后就睡在了书房，心里自然明白贺先生夫妻正冷战，而且情况十分严重。

这年头，好好的一对夫妻吵架不外乎就是为了钱为了老人或是为了小三。贺家绝对不缺钱，也没有婆媳问题，那么剩下的就不言而喻了。

如今，她见江澄溪这么吩咐，心里早揣摩得八九不离十了，便应了声"是"，转身去了客厅。

王薇薇沉默了许久，只说："你跟她说，这是我最后一次见她。"

虽然吴姐心里鄙夷王薇薇，但还是谨守本分，说了句："请稍等。"她便折回餐厅，一字不差地把话告诉了江澄溪。

江澄溪低着头，有一下没一下地用筷子拨着碗里的面条，沉吟了好一会儿，起身："吴姐，你请她到楼上的起居室。"

天色已暗了下来，起居室却一盏灯也未打开，整个房间乌压压的一片。

江澄溪蹲在角落，给玻璃缸里的小龟们喂食。她知道王薇薇进来，也知道她喝醉了，酒意浓烈，但她一直保持着背对着她的姿势。

到了如今这样的光景，两人还可以再说什么呢？

王薇薇安静地站在她身后，好半天才道："澄溪，事到如今我跟你说个清楚，说清楚了以后，我们再无半点关系。"

王薇薇的身影陷入全然的昏暗里头。江澄溪听见她摸出香烟，用打火机点燃香烟，眼角的余光亦能望见她夹在手指间的一点猩红，在微颤中明明灭灭。

江澄溪心里一片惶然，直觉告诉她不要听下去……不要听下去。可是她很清楚，一切已经发生，现在阻止已经没有意义了！

王薇薇狠狠地吸了好几口烟，方道："江澄溪，你知道吗？其实打从一开始认识你，我就很喜欢你。你家里虽然没我们家那么有钱，可你家的气氛那么好，你爸那么疼你妈，他们两个那么疼你……而我们家呢，哪里像个家？我爸在外有女人，我妈三天一大哭、五天一大闹，家里永无宁日……我每天放学，站在家门口，根本就不想推开那扇门。后来呢，我妈也想通了，两个人各玩各的，倒也消停了，不再吵架了……可是谁管我呢，没人管我，他们两个就只会塞钱给我……家里除了保姆就是家政阿姨……那个时候，我心里就经常偷偷地想，要是我能跟你换个家，你爸妈变成我爸妈就好了，于是我天天往你家跑，努力装各种乖巧讨好你爸妈，让他们喜欢我……

"后来长大了一点，就知道父母是天生的，没办法换的……呵呵……你知道吗，那段时间我无时无刻不在忌妒你……我不是一直跟你说不要等陆一航，陆一航靠不住……你知道我是怎么知道的吗？"

陆一航对她而言早已经是陌生人了，里头有什么秘密，知道或不知道，如今都已经没有任何意义了。

江澄溪缓缓摇头："王薇薇，你不要再说了，你喝醉了……"

王薇薇"咯咯咯"地一阵大笑，声音尖锐又落寞："是啊，我是喝醉了。可我脑子里清醒得很……江澄溪啊江澄溪，这个世界上就你这个傻瓜才愿意把我当好朋友……

"江澄溪，你这个傻子……当年，你跟陆一航亲吻后，你跑来告诉说，说你怎么怎么喜欢他。他吻你的时候，你又慌乱又欢喜，你说你心里好像有很多的小兔子在跑来跑去，又说心快要跳出来了……你看我，这么多年了，还记得这么清楚……我那时候听你说了，心里就很忌妒，我一点不比你差，为什么陆一航他喜欢你而不喜欢我呢？你知道的，很多时候，忌妒就像个魔鬼，藏在心里最阴暗的地方，它会慢慢膨胀，像气球一样越来越大，最后啪的一声炸开来……你知道我那晚做了什么吗？

"那晚你走后，我就跑去找陆一航……我特地穿了吊带衫和小短裤，陆一航一开始还很规矩，连看都不敢看我……后来我抱住他，吻了他，他就跟我睡觉了……

"还有，上次同学会在酒吧，你这么好的酒量怎么会醉呢，你难道没怀疑过吗？是我，是你的好朋友我在你的酒里下了迷药，我就是想要看到你不好过的样子……那个晚上怎么样，你跟贺培诚玩得好吗？你知道我为什么知道是贺培诚吗？因为那一晚我又跟陆一航发生了关系……"

江澄溪听到这里，慢慢地闭上了眼，眼前虽然一团黑暗，但她的心中反而平静了。她终于知道当年陆一航为什么不告而别，终于知道了向来酒量很好的自己为何会喝得人事不知、意识全无。

可她亦知道她跟王薇薇这么多年的感情也完了，就像一滴酒永远无法变回最初的葡萄，她和王薇薇之间，再也回不到那单纯美好的年少了。

可是，她不明白到底是怎么了，怎么会变成这样呢？

王薇薇猛地吸了几口烟，用力过猛，咳嗽了数声，又开始说："那天在你卧室里说的话，我也是故意的，我停车的时候看到贺培安的车子就停在车库里……后来进了卧室，我听到浴室里头有动静，我就知道贺培安在浴室里……还有这次事情也一样，也是我勾引他的……"她用各种办法伺机接近贺培安。

她开始冷笑："江澄溪，凭什么你能得到贺培安的万般宠爱？我王薇薇一点也不比你差。我脸比你漂亮，人比你高，胸比你大，腰比你细，身材比你好不知道多少倍。可为什么，为什么贺培安就瞧不上我，连正眼也不看我一眼？"

王薇薇疯了，怎么会认为贺培安宠她呢？江澄溪瞧着黑暗中的她，觉得简直不可思议。

王薇薇胡乱地拧灭了香烟，上前："江澄溪，你是不是很想打我……来，打我呀，快来打我呀！"

江澄溪凝视着她，这么漂亮的一个美人，这么要好的朋友，曾经下了课连上洗手间都要手挽着手一起去的两个人，怎么会到如此境地了呢？

她和她，再没有以后了！

江澄溪闭上眼，轻轻地抱住了她，像从前一样抱住了她。她轻轻地说了一句："薇薇，你知道我不会打你的。很晚了，你回去吧。再见！"再见那两字，她说得很缓慢。

王薇薇一直没有说，贺培安到底有没有跟她滚到床上。可是，也没什么区别。贺培安就算没跟王薇薇滚床单吧，或许也跟别的女人一直在滚，不都一样？

江澄溪听到王薇薇压抑的声音在黑暗里头缓缓响起："江澄溪，我是一只肮脏猥琐自私狭隘的蟑螂，所以我这样的人一辈子只配活在黑暗里，是不是？可你的老公贺培安也好不到哪里去，你知道他当年是怎么接手贺氏的吗？"王薇薇微含笑意的声音又娇又媚，可传入江澄溪的耳中却觉得莫名的可怕。

她太了解王薇薇了，她向来都是这样，她得不到的东西，也绝不会让别人得到。江澄溪猛地喝道："我不想知道，你不必告诉我。你给我出去！"

王薇薇灿灿一笑："我怎么能不告诉你呢？澄溪，以前的事情，我瞒着你，是我不对。所以我这次再怎么也不会瞒你了……"

江澄溪盯着她，喝道："王薇薇，你给我闭嘴，闭嘴！"

王薇薇仰天一阵大笑，好半晌才止住笑声，一步一步地朝她走来，语气是那般甜软轻柔，一如往日："不错，澄溪。你跟着贺培安大半年，已经有贺太太的架势了，可喜可贺。不过呢，我一定要告诉你的。"

她凑了近来，俯在江澄溪耳边缓缓道："据说你老公当年是把他父亲气死的。至于怎么气死的，据说是跟温爱仪有关。温爱仪这么漂亮，与你老公又没有半点血缘关系……呵呵呵——"

江澄溪只觉得脑中嗡的一声轻响，王薇薇后面的话她什么也没听进去。可她很快回过神来，扬手朝王薇薇狠狠甩去。王薇薇大约也没料到她会毫无预兆地真动手，一下子愣住了，竟然也没避开，就这么挨了她一巴掌。

"啪"的一声，清脆的巴掌声在房间里响起，随后屋子里陷入了一片死亡般的寂静。

王薇薇伸手，用指尖轻轻地摸了摸自己疼得发热的脸蛋，哧哧地笑了起来："还有，澄溪……你以为贺培安为什么会娶你？"

江澄溪指着她，冷喝道："王薇薇，你给我闭嘴，你给我滚出去！"

王薇薇"咯咯咯"直笑："我找人查得很清楚！那是因为贺培诚喜欢你。贺培安恨温爱仪和贺培诚当年抢走了他父亲，为了报复他们，他才娶你的，你不会以为他真的看上你了吧？！哈哈——看上你？江澄溪，你怎么不去照照镜子？就你这德行，贺培安他会看上你？你以为演戏哪？贺培安身边出现的哪个女人不比你好看？"

江澄溪猛地拿起一旁的抱枕狠狠地朝王薇薇摔了过去，指着门，喝道："王薇薇，你有病，你脑子有病！你给我滚，再不滚，不要怪我不客气了！"

王薇薇又是一阵大笑，笑得花枝乱颤："是，江澄溪。我有病，我下贱。可你以为你清高到哪儿去？除了你老公贺培安，你不一样跟别的男人睡过！你也不干净。"

她静了下来，一动不动地盯着江澄溪。黑暗中，就算看不到王薇薇细微的表情，江澄溪也知道她在笑，因为她已经达到目的了，所以她在笑，笑得那么痛快与恶毒。

半晌，王薇薇转身，冷冷地道："江澄溪，我们永不再见。"她的高跟鞋的声音又细又脆，嗒嗒嗒的响声，每一声都似风铃传来，又随风远去。

许久，门啪的一声，轻轻阖上了，这小小的关门声似敲在了江澄溪的心上。

她的泪簌簌地落下来。

她望着那道门，泪眼婆娑。她知道，她和王薇薇，完了！

从此以后，她与王薇薇再也打不开这扇门了。

一个月后的某天下午，江澄溪接到了贺培诚的电话，挂了电话后，她下楼吩咐小九："去明道。"

车子到明道门口的时候，天已经全然暗了下来。一段时间没来，明道还是原来的模样。江澄溪一个人在包厢里，翻着单子，一张张诱人的图片，却引不起她什么食欲。于是她吩咐服务生，让经理做主就是。结果穿了和服的服务生端上来的时候，放满了一桌子。

她吃了几口鱼生，以往来这里，多半是跟王薇薇一起来的。

她现在在哪里呢？在干什么呢？江澄溪偶尔不免会想起。可是她知道，王薇薇已经与她毫无关系了。曾经与自己一起成长、可以肆无忌惮地分享心底所有秘密的那个人，已经与她再无任何关系了。

她要了几壶清酒，缓缓地给自己倒了一杯，一口饮尽，微辣的酒顺着喉咙线一般热热地滑入胃里。

杯子上有日本艺人的手绘，白白的瓷，黑黑的花纹。这个世间，大约也只有这色彩，可以如此永久下去。其他的，呵呵——

她捏着小瓷杯，把玩了一会儿，又给自己倒了一杯。她不知道自己喝了多少壶小清酒，只知道后来视线都有些模糊了。她夹了鱼生，筷子没夹稳，啪地掉在了酱油碟上。白色打底衫和绿色的针织外套上，都溅上了乌黑的酱汁。

她用湿巾擦了擦，还是很明显。于是，她起身穿鞋，准备去洗手间打理一下。

洗手间靠近楼梯间，刚一走近，便听到小九的声音："我看贺太太差不多要走了，你们呢，在这里待到几点？"

贺培安身边的小丁："当然是按贺先生的意思啊！"

江澄溪推开了洗手间的门，镜子前有个美女在补妆。江澄溪朝她微微颔首，那美女也朝她一笑，美丽得如花开放。江澄溪用清水擦拭衣服上黑漆漆的污渍。一时间，两个人都不说话，洗手间里很是安静。

她擦了片刻，抬头与那美女的目光撞在了一起。于是，她轻声相询："你好，你是贺先生的女朋友？"

那女子闻言，羞涩地"嗯"了一声："你是？"

估计连贺培诚也没有想到吧，他请来的女子如今也已假戏真做，真的爱上贺培安了！

江澄溪不由得忆起当年母亲和王薇薇说过的话：单按贺培安的长相，就会有不少女孩子愿意倒贴。加上身家后，那就更不会缺少扑上来的人了。

她淡淡微笑："我也是贺先生的朋友。"关上了水龙头，她的视线停顿在已有所淡去的污迹处，失神了半晌，她最后抬头："我听贺先生身边的人说起过他的喜好，贺先生喜欢无欲无求、简简单单的女孩子。但是很多人都做不到这一点，所以最终都得不到贺先生的喜爱。"

　　江澄溪说完，也不去瞧那女子讶异的神色，径直转身，手触碰到了冰凉的把手。门打开的一瞬间，她顿了顿，慢慢道："哦，还有……贺先生喜欢吃泡面。"

　　她不知道自己为什么会跟这个女孩子说这些，估计是喝多了。

　　回到家，照例是点了香熏和各种蜡烛，然后泡澡。不知道是天气渐冷还是其他，江澄溪只觉得整个人像被抽光了所有的能量，从未有过的筋疲力尽。

　　那女子正是贺培诚照片上的陈妍！贺培诚说得一字不差！

　　她轻轻阖上了眼，水温适宜，如果可以，就这样一直躺着，倒也不错。

　　有人啪嗒一声打开了浴室的门。刚穿上家居睡衣的江澄溪缓缓抬眼，贺培安脸色阴沉地站在门口，瞧他双手抱胸的模样，显然并不会进来。

　　两人俱不说话，彼此对视了半晌，江澄溪垂下目光。贺培安嘴角微勾，笑意淡薄："听说贺先生喜欢无欲无求的女孩子……还有，贺先生喜欢吃泡面！"

　　她连他的名字也不屑叫，就用"贺先生"来替代。贺培安无法描述刚才听到时候的那种愤怒，还有一种哀伤。

　　她对他身边出现的女子竟没有半点醋意，还教导她怎样才能更得他的欢心。

　　贺培安终于心死地明白过来，这个叫江澄溪的女人，从来就没有把他放在心上过。

　　他慢腾腾地走向她："我倒是十分有兴趣想知道，这种说法是从何而来的？"

　　江澄溪别过脸。他的语调很缓："江澄溪，你要么现在给我一个解释，要么就永远也不要解释了。"江澄溪侧着脸，沉默不语。两人就这样在浴室里无声相对。

　　半晌，江澄溪轻轻地道："贺培安，我今天确实是有话想跟你说。"

贺培安一直瞧着她，嘴唇微抿，并不说话。

她抬眼望向了他："贺培安，我们离婚吧！"

贺培安的唇陡然抿得犹如刀锋，他一步步地踱了过来，气极反笑："江澄溪，你实话告诉我，这一切是不是你设计的：让王薇薇勾引我，然后趁机跟我离婚？"

江澄溪倏然睁大眼，难以置信地瞧着他。

贺培安忽然轻轻拍手，一举一动优雅得仿佛礼服着身的英国绅士在欣赏歌剧。江澄溪隐约听见他冷哼了一声，又似乎没有。

"你做了这么多，不过就是想我跟你离婚。可惜了，你算漏了。我贺培安是不会跟你离婚的。你死了这条心吧！"

江澄溪冷冷地道："贺培安，你自己肮脏就把别人想得跟你一样肮脏。兔子都知道不吃窝边草！你明知道王薇薇是我最好的朋友，你……可你竟然！"她发出"呵呵"几声讥笑，然后一拍额头，"哦，不好意思，是我的错，对你期望过高了……你就只有这点素质，怎么会有礼义廉耻可言呢？"

贺培安深不见底的一双眼就这么冷冷地锁着她："你怎么就认为是我主动对王薇薇下手的？她亲口告诉你的？你就是这么看我的？你怎么知道不是你姐妹勾引我的？你以为你的好友是什么货色？"

哪怕已经跟王薇薇一刀两断了，但江澄溪还是受不了贺培安这样说她，她仰头反击道："勾引……贺培安，你也太会往自己脸上贴金了吧？你身边的向念平，也强过你一百倍。勾引他，也比勾引你强！"

贺培安没有再说话，只是目光凌厉地瞪着她。

江澄溪闭眼，似再不愿看他一眼："贺培安，就当我求你，你放我一条生路吧。"

贺培安的每个字几乎都是磨着牙蹦出来的："江澄溪，想跟我离婚，你做梦吧。哪怕是拖，我贺培安这辈子也要拖死你！"

贺培安咬牙切齿的表情告诉她，他说的每一个字都是真的。江澄溪退后两步，只觉心如死灰："贺培安，既然我们都已经说到这分儿上了，你要我说实话，那我就告诉你实话吧：你上次在浴室听到我跟王薇薇说的话，每一句都是真的。我确实处心积虑千方百计地想要跟你离婚，我嫁给你的每一天都想着怎么跟你离婚！

"我为什么会嫁给你，你心里最清楚不过，也用不着我多说。我从来就没有喜欢过你。一分一毫也没有。贺培安，我恨你都还来不及！这些天以来，所有和你做的事、跟你说的话，我都不是真心的。现在这么说个清楚倒也爽快了。我以后再不用做戏，再不用每天哄着你、顺着你了。"

房子里死一般的寂静，唯有外头的风声呼呼地刮过。

贺培安居然缓缓地微笑，嘴角的笑意渐渐浓烈，仿佛一切都洞若观火、了然于心："江澄溪，你知道没办法跟我离婚，除非我不要你或者我死了。所以……这段日子，你是不是每天都巴不得我早点死，好给你自由呢？那次我受伤的时候，你是不是就巴不得我死了，嗯？"

江澄溪没有说话。贺培安猛地上前，掐着她的肩膀，毫无怜惜地把她从浴室直接拽到了浴室外的露台处。他将她推到露台的栏杆上："说，是不是？"

屋外的深夜已是零下，寒冷的北风仿佛是利箭，从四面八方"嗖嗖"射来。

底下便是喷水池，从水中江澄溪歪曲的倒影中可以清晰地看到爱神的雕塑。他曾经站在池边，跟她说，小时候他蹒跚学步时就最喜欢在那里绕圈圈了。

那个时候，是秋天的夜晚，星辰闪烁，清风自来。

可是后来呢，她终于与他渐行渐远了，如今竟然到了这样的境地。江澄溪不知道怎的生出了一种豁出去、一了百了的孤勇，她狠狠地回道："是啊，你说得没错。贺培安，我恨不得你去死！你怎么不去死？"她是想过很多次跟他离婚，可从来没有想过他死，一次也没有！

原来她真的每天巴不得自己去死。那一刻，贺培安真想仰天长啸。他防备身边的每个人，唯独没有防备她。他冷淡身边的每一个人，唯独没有冷淡她。

只因为她从嫁给他开始，会像他母亲一样给他煮面，哪怕是泡面，他也觉得香甜得胜过人间美味。她戴上他母亲的镯子，羞涩地说"妈妈"两个字。后来她会"培安培安"地唤他、哄他。她会在家里等他，哪怕一开头是那么心不甘情不愿，但她总是在那里，等着他回去，至少他不再是孤零零的一个人了。

他就是这样缓缓、缓缓地爱上了她！

如今他却知道了，这一切都是假的。也只有自己这个傻子会相信：她喜欢他。真是傻啊！

"还有一件事情我要告诉你……"江澄溪闭上眼睛，吐露了心底深埋的秘密，"贺培安，我还跟贺培诚发生过关系。"

终于说出了口，她再也不用提心吊胆地害怕了！可是，亦知道，从此之后，她与他，便再无半分回头的余地了。

贺培安在她上头，逆着光，就这么一直用一个姿势瞧着她，仿若刀刃，就连他的声音也如刀刃一般锐利："江澄溪，你再说一遍。"

"我跟贺培诚发生了关系。"

漆黑的天空，不知道何时飘起了雪花，随着狂风，凌乱地飘落。

贺培安脸上的肌肉不停地抽动，他知道自己只要一松手，她就会像雪花一样坠落下去，只要他一松手……

这个念头在他脑中翻来覆去地闪过。他的目光落在江澄溪脸上，此刻，她居然双眼轻阖，平静得像沐浴在清风中。

贺培安酸涩地闭上双眼，也不知道时间过去了多久，再睁眼时，眼睛里头已经无波无澜、无半点情绪了。他把她从栏杆上拽了下来，转过身，背对着她。

贺培安听见自己的声音毫无波澜地响起："江澄溪，既然你都这样坦诚，那我也坦诚相见。你不是一直很想知道当初我为什么动了这么多手段一定要娶你吗？"

江澄溪的眼帘不断颤动，不知是因为冷还是因为害怕他接下来的话。

贺培安俯下了头，唇贴着她的耳朵，极轻极缓地道："我当初不过是为了让贺培诚难受，折磨他而已。"

原来都是真的。王薇薇没有骗她，贺培诚也没有骗她，只是她一直不愿意相信而已。哪怕是在明道真的见着了，她还是自欺欺人地不愿相信。

她咬紧牙齿，但还是克制不住牙齿的颤抖，咯咯咯咯，她似能听到那抖动的声音。许久，她听见自己的声音幽幽地在这空间响起，仿若风声，随即消散无踪："那个时候，贺培诚追的人如果不是我的话，你也一样会娶她？"

屋里头的灯光空落落地透出来，贺培安身子就浸在这水一般的灯光里，身影被拉得长长的。他背对着她，所以她瞧不见他脸上的任何表情。顿了许久，她听到他的声音响了起来，那么淡漠却那么字字清晰："不错，我一样会娶她。"

明知道贺培安说的是早知道了的事实，可那一瞬间，江澄溪还是心痛如绞。但她居然还可以微笑，她微笑着问他："据我所知，贺培诚追过的人绝对不止我一个，那么其他人呢，你怎么没娶她们？"

贺培安陈述事实："确实是不少。不过你是先前唯一不受诱惑的一个。还记得那个叫钟文言的吗？唐江，还有后来还有一个叫叙永哲的？都是我派去的。他们三个人，三种完全不同的美男类型，加上刻意营造的身份权势，对贺培诚身边出现的女人，向来攻无不克、无往不利。"贺培安的声音顿了顿，然后吐出了最后几个字，"除了你！还有你今晚在明道见到的那一个。"

江澄溪笑意更浓了。半响后，她轻轻地道："原来如此，那你会娶她吗？"

贺培安骤然转过身，视线牢牢地盯着她，似要把她盯出一个洞来："是，我会娶她。我马上就会娶她！"

江澄溪瞧着他，眼神透着茫然，显然没听出他话里的意思，一时没反应过来。

贺培安斜睨着她，冷冷地笑："怎么？现在倒给我揣着明白装糊涂了？"

　　他把视线从她脸上移开，仿佛多看一眼都厌恶："江澄溪，那我就说得再清楚点：恭喜你，你终于得偿所愿了！我跟你，明天就离婚！现在，你给我滚，马上给我滚出去！

　　"江澄溪，以后不要让我再看见你！"

Chapter 9　如果没有遇见你

很多时候江澄溪会想：如果没有遇见贺培安，那么她现在会在哪里？会做什么呢？

但是她永远回答不了！

因为她终究还是遇到了贺培安！

一年后。

"囡囡，起床了……"

"囡囡，吃好饭陪爸妈出去走走……"

"囡囡，我们去花鸟市场买几盆花……"

江澄溪还是会赖在床上不肯起来，哪怕是多赖一分钟也好："爸，让我再睡一会儿，就一会儿。"

一切似乎都回到了她与他开始之前，无一丝改变。

不，不对，还是有改变的。

父亲关了诊所，与母亲石苏静两人开始了优哉游哉的退休生活。而江澄溪则在单氏医院找了一份护理工作，主要工作是负责离退休干部和富贵老人的疗养。

上班前的一个晚上，父亲江阳曾语重心长地问她："囡囡，真的不准备出国吗？"

江澄溪默然了片刻，道："都过了这么久了，而且我们都搬了新地方，爸你也结束了门诊。你放心，都过去了，我很好。你看，我还不是跟以前一样漂亮可爱，人见人爱？"说罢，她努力绽放出一个明媚的笑容。

江阳听了，也没有再多说什么，起身摸了摸她的头发："囡囡，早点睡吧。明天第一天上班，可不能迟到。既然要工作，就认认真真工作！别给我丢人！知道吗？"

江澄溪如今与父母很安静地在一个小区生活，日子过得平淡温馨，仿佛茶杯里的香茗，只见香气袅袅，却无半点波澜。

与贺培安离婚后不久，贺培诚来找过她一次，江澄溪很明白地告诉他："培诚，请你不要再来找我了。我不想再见到贺家的任何一个人，包括你。我跟你们贺家已经没有关系了。"

贺培诚凝望着她："可是，澄溪，我一直喜欢你……而且我们之间……"

江澄溪脸色倏然发白，她猛地打断了他的话："贺培诚，不要说了，我不想听。这是你的事情，请你自己处理。但我可以清清楚楚明明白白地告诉你，那一次，是我醉糊涂了。我对你，从来就没有男女之间的那种喜欢。所以，请你以后不要再来找我了。"

贺培诚呆在那里，他大概第一次看到这样的她吧。半天，他说："澄溪，我与你一样，都是受害者。如果不是我大哥贺培安的话……"

那个时候的江澄溪一听到"贺培安"三个字，便怔了怔，她回过神，随即拎着包起身："贺培诚，这是你们贺家的家事。请你们自己解决，不要再牵扯旁人了。"她走了几步，冷静了些，背对着他说，"培诚，对不起，我的话可能过分了些。可我只想一个人好好的，重新开始。希望你能理解，因为我真的不想再跟你们贺家扯上任何关系了。"

江澄溪头也不回地离开了。

从此以后，她再也没有见过王薇薇、贺培诚，也没有见过贺培安以及他身边的任何一个人。

很多时候，她午夜梦回，真觉得自己似做了一场梦。所有的眼泪欢笑，都只不过是梦境。

如果一直与一个人没有再见的话，那个人的一切都会渐渐地在脑中、生活中、一切的一切中，慢慢地、慢慢地淡下去，再淡下去……

江澄溪一度以为她和贺培安此生再也不会见面了，可是想不到某天还是再见了。

那一天是莫小甜的生日，于是大家 AA 制去了三元城最新开张的楼氏君远酒店顶层吃自助餐。和莫小甜等人出来在酒店门口等车的时候，江澄溪整个人便愣住了，她一眼便看见了贺培安。

那个时候，向念平拉开了车门，贺培安从车后座弯腰出来，她看到他露出迷人的笑容，帅气优雅地扣上西装上的一粒扣子。然而她发现他的眼神是越过她的，他在望着另外的人微笑，根本就未对她瞧上一眼。

她眼睁睁地看着贺培安与她擦肩而过，朝一旁候着的人伸出了手："吕先生，你好，久仰大名。"

那一瞬间，她忽然觉得自己曾经以为过去的，根本没有过去。她才知道她还是会很难受，她看到他，闻到独属于他的味道的时候，心悸动到剧烈疼痛。

可是他，已经完完全全把她当成了陌生人。

向念平看到她，欲言又止，最后只是朝她略略欠了欠身，然后快步跟上了贺培安。那个时候，安星等人已经上了出租车，江澄溪麻木地迈步，便听见安星等人的话从耳边传来："呀，刚刚门口的这个男人没事干吗长得这么好看？害我心律不齐。"

莫小甜："这叫人间处处有美男！刚刚这个确实不错，气场强大得足以秒杀三元城所有女人！"

于爱陌笑道："不一定啊，这年头还有蕾丝边存在啊！"

安星："这样的极品，这样的美男，我如果是蕾丝边，我也愿意为他改变。"

江澄溪坐在前座,尽量把自己蜷缩成一只刺猬,等着那一阵疼痛过去。那个人,是她的前夫。而她,是他的前妻。除此之外,他们再没有任何关系了!

又有一次,乐云佳从实习护士转为医院正式的合同工,为了庆祝,她被安星她们拖着一起去了三元的某个新开的酒吧。光影交错中,她竟然瞧见了一个与他相像的背影。她猛地怔住了,想定睛再细瞧,发现昏暗的光线下,那个人已经不见了。

坐下来后,江澄溪很多次用目光巡视全场,可再也没有看见那个背影。

换下护士服的她们,行情还不错,有好几个人前来搭讪,亦有人送上水果红酒。中途的时候,她和于爱陌去了一次洗手间,回来的时候就看到她们所在的位置正闹哄哄的。江澄溪忙和于爱陌上前查看,这才发现有个板寸头的男人拖着乐云佳的手臂就是不肯放,也不知是真醉还是装醉,口里还叫嚷着:"美女,你不把这杯酒喝了,就是不给我面子。"

乐云佳一脸愠怒,挣扎着:"你放手,快放手。"

安星双手叉腰:"喂,你到底放不放手?你要是再不放手,我就报警了。"

莫小甜则把手机拿在手里,一副严阵以待的模样。

酒吧里的工作人员也在旁调解:"这位先生,您喝醉了,要不,我们扶您去休息室休息一下?"

板寸头甚是嚣张,沉着一张脸,指着工作人员的鼻子直接开骂:"奶奶的,谁说我喝醉了?你们算什么东西,也敢来管老子?"

江澄溪蹙着眉头问莫小甜:"这是怎么了?"她和于爱陌不过离开了几分钟而已。

莫小甜嘴巴一努:"这家伙刚拿了瓶酒过来,说是要敬云佳,云佳自然不肯喝。结果他就抓着云佳的手不肯放开,嘴里也不干不净的。这家伙肯定是酒喝多了,借机发酒疯。"

江澄溪:"这位先生,可否请你先放手?有什么事情我们慢慢聊。"

那人故作不闻。

于爱陌扫了扫四周，小心翼翼地道："我看我们还是报警吧。"

正在拨号码的当口，有个西装革履的壮硕男子走了过来，两个工作人员叫了一声"老板"。那男子的目光朝众人扫了一圈，开口相询："这是怎么回事？"他的声音不轻不重，但那个板寸头似乎有所顾忌，明显瑟缩了一下，放开了乐云佳："田先生。"

江澄溪忙拉过乐云佳，避到一旁："怎么样？有没有受伤？"乐云佳摸了摸手臂，又怒又委屈地道："没有，只是被他抓得很痛。"

莫小甜忙道："我看看。"

因隔了衣物，此刻倒没有什么明显伤痕。

莫小甜："明天肯定会有瘀青。"

于爱陌："今天算我们倒霉，难得大家出来一次就碰到这么一个精神病。算了，云佳，我们回去吧。过几天，我们吃大餐另外给你庆祝。"

板寸头这么一闹，她们一群人也都没了兴致，于是纷纷点头。

与此同时，一旁的工作人员在田先生耳边说了几句后。那位田先生冷冷地把目光移到了板寸头身上："哦，原来这位先生姓赵，可否借一步说话？"

板寸头讪讪地跟着田先生到了角落。那田先生说了不过数句，只见板寸头手猛地一哆嗦，惊惶不已地转了头瞧了瞧乐云佳她们这一座的位置。

正当江澄溪等人拎包起身，准备结账离开的当口，叫人跌破眼镜的一幕发生了，板寸头居然垂着头走过来，在她们面前恭恭敬敬地鞠了三躬，连声道："对不起，对不起，是我喝糊涂了，请几位美女务必见谅。为了表达我的诚意，今晚由我请客，请美女们一定要给我这个机会，多多点单。"

安星"喊"了一声："谁稀罕！我们很穷付不起吗？"板寸头闻言，额头都快冒汗了，摇着双手，迭声道："不是，不是，美女们，我不是这个意思。刚才是我太鲁莽了，我不知道要怎么表达我的歉意。请几位美女一定要给我这个机会。"

这个板寸头一看就不是个善茬儿，方才那么嚣张的气焰见到那位田先生后，居然完全灭了下去，还这么毕恭毕敬地过来跟她们道歉，由此看来这位田先生来头不小,板寸头得罪不起,那么她们自然更加得罪不起。再说,多一事不如少一事。既然板寸头已经道歉了,也没必要再纠缠下去。于是,江澄溪暗中拉了拉安星和乐云佳两人的袖子,示意她们息事宁人。

于爱陌也是个明白人,用眼神跟江澄溪无言地交流了一下,便道:"好吧,既然你这么有诚意,我们就给这个机会吧。"

板寸头抹了抹额头的虚汗,似大松了一口气,跟她们又鞠了一个躬:"谢谢几位美女,谢谢。"

那晚,她们离开的时候,那位田先生、工作人员一直将她们送到门口。

在工作人员"慢走,欢迎再次光临"的声音中,江澄溪听见那位田先生对她说了一句:"江小姐,请慢走,再见。"

江澄溪起先也没有在意,一直到了门口坐车之际,她骤然醒悟:这位素未谋面的田先生怎么会知道自己姓江?

她转身,只见门口除了候着的几个工作人员外,早已经没有那位田先生的身影了。

不可否认,那个瞬间,她再一次想起了和贺培安有关的点点滴滴。

如果她没有眼花的话,她今天看到的那个背影,应该就是贺培安。

只是,他避而不见。他根本不想见到她。

犹记得他对她说的最后一句话:"江澄溪,以后不要让我再看见你!"

江澄溪慢慢地侧了侧身子,手再一次搁到了胸口的位置,试图缓解里头的窒息疼痛。

不见也好!不再相见,她这里就不会疼了!

也不知道是不是她的祈祷被天上的神听到了,那次之后,江澄溪便再也没有见过贺培安。

他仿佛是隔空出现,又凭空消失了。

听到贺培安死讯的那天,她正在给几个疗养的老人量体温和血压。进护士站的时候,她老远就看到刚来上班的安星、莫小甜正跟于爱陌几人凑在一起,嘀嘀咕咕地不知道在说些什么。

走近了，才听到安星压低了嗓音在嚷嚷："你们都听说了没？昨晚爱仁路那个顶级私人会所着火……还烧死了好几个人呢。"

爱仁路……私人会所……这几个字一入耳，江澄溪便猛地停住了脚步。爱仁路有本市最豪华的顶级私人会所，在江澄溪有限的认知范围内，知道那是贺培安名下的。

贺培安之所以要搞这个会所，不过是当初与聂重之开了一句玩笑："你就嘚瑟吧，等我回三元也弄个玩玩。"后来，他便在三元搞了这么一个。说那句玩笑话的时候，她也在场，可到了会所开业的时候，她与他已经分开了。

莫小甜连连点头："这么大的事情当然知道，听说是有人故意放火……爱陌，你哥不是在市公安局吗？你听到什么消息没有？"

于爱陌抬头瞧了瞧四周，见江澄溪呆呆地站在不远处，朝她招了招手："澄溪，你到点下班了，傻站在哪里干吗？不换衣服就来听八卦。"

于爱陌压低了声音，道："我早上起来的时候，正好碰到我哥下班。我哥说这事确实是人为纵火，说是有人在里头起了冲突，然后就拼上了，双方都有伤亡。"

安星道："那到底死了几个人啊？"

于爱陌："是有好几个人，有三个人是五福的。听说那会所是属于贺氏企业下面的，还听说那些人就是冲着他们老板去的，所以他们老板也没能幸免……那个老板叫贺什么来着……"

她的话还未说完，就听见身后噼里啪啦的一阵物体倒地声。她扭头便看见江澄溪的托盘掉了，正弯下腰捡仪器。其余三人便上前帮忙。

江澄溪不知道是因为值了一晚的班太累的缘故还是由于其他，只觉得头晕目眩，整个人昏昏沉沉的。她弯下腰想捡体温计，还好现在的体温计多是电子式的。以往水银式的那种，早摔碎了。好奇怪，体温计明明在眼前，可她探手抓了几次，都抓了个空。到了最后，她是靠摸，才一点点触摸到了体温计。她张开五指，一把抓住，仿佛要抓住这世间唯一的一块浮木。

安星道："澄溪，你怎么了？是不是累了？快回家休息吧。"

江澄溪牢牢地抓着体温计，深吸了口气，又呼出，反复深呼吸数次，总算缓了一些下来："嗯……头有点晕……可能早上没吃东西，所以血糖比较低……那就麻烦你们了……我……我先回去了。"她语无伦次，完全不知道自己在说些什么。

她慢腾腾地起身，不知道是不是蹲久了的缘故，她只觉得地面都在晃动。她颤抖地抓住了莫小甜的手臂稳住自己。

于爱陌瞧着她异常苍白的脸色，关切地扶着她坐下："澄溪，你不舒服的话，先去休息室休息一下。"江澄溪好半晌才呆滞地摇了摇头："没事，我很好……我先回家。"她转身走向电梯方向。

安星、莫小甜和于爱陌纷纷露出了诧异的神色，江澄溪居然连护士服都没换，就这么直接回去了。外头的温度可是零下，她准备把自己冻成冰棍吗？安星拉住了她："澄溪，你傻了啊？你再急着回家也好歹穿上羽绒服啊。"

江澄溪茫然地"哦"了一声，心口无声地默念：要拿羽绒服，去拿羽绒服……她机械式地回到了休息室，机械式地打开柜门，取出了羽绒外套。

出了大门，被迎面的冷风一吹，她的身子便猛地打了一个冷战，整个人渐渐清醒过来。此刻脑中仅有一个念头：贺培安，贺培安怎么样了？我要去找他，我要去找贺培安！

她在医院门口拦到了一辆出租车，一上车，她便脱口而出："师傅，我要去爱仁路。"

那师傅问道："爱仁路哪段？"

江澄溪："爱仁路与理仁路交界那里……"

那师傅听到她报的地址，一下子来了兴致："哦，就昨天发生大火的那个豪华会所边上啊。昨晚刚起火的时候，我还经过那里呢。那个时候消防车还没来，火势很猛，一下子就起来了……诡异得很，肯定是被人浇了汽油了……"

心似被人一把揪着，生生地拖至了喉咙口，江澄溪喘息着开口："听说死了不少人，是不是？"

师傅极具八卦精神："都在这么传，说是那个会所的老板也死了。听说他还是本市贺氏企业的老板，而且啊，还是以前道上'重爷'的外孙……是个有钱有背景的人物，唉……不像我们这些小人物啊，有的只是背影而已……"后面的话，江澄溪再没有办法听下去，她紧紧地咬着自己的手背，阻止自己失态。

也不知道过了多久，她隐隐听到耳边有声音传来，回了神才发现是前面的司机师傅在唤她："小姐，到了。"原来车子已经在路边停下来了。

整个人像上了发条般，机械麻木。她一点点地侧过头，瞧见往日装修得富丽堂皇的会所大门，玻璃全碎了，只剩下空空的框架，四周都是大火后的断壁残垣，满目疮痍。隔了条街，从空洞洞的大门望进去，只瞧见一片乌漆漆，仿佛是个无底深渊，什么也瞧不见！

江澄溪瞧了半晌，怔怔地收回视线，极轻极轻地道："师傅，不好意思，麻烦载我去静心公寓。"这么简简单单的几个字，已用尽了她所有的力气。

因为是星期六的一大早，天气又寒冷，所以生意也跟天气一样，冷清得很，出租车师傅也乐得跑远路，方向盘一打便掉头而去。

屋外的寒风仿若暴徒，凶狠地拍打着窗子，咆哮而来又呼啸而去。江家客厅里的江阳与石苏静坐立不安地听着电视新闻，不时抬头望向客厅里的时钟。江阳终于还是没忍住，从沙发上起身："都这个时候了，囡囡怎么还没到家？打电话也不接。我看我还是到楼下去等她。"

石苏静心里头也着急得紧，也不拦他，拿起搁在沙发上的羽绒服，叮咛道："把衣服穿上再下去。"

话音刚落，门铃声响了起来，江阳忙三步并作两步地去开门。

门口站着的果然是自己的宝贝女儿。这么大冷的天气，她却只穿了平底的工作单鞋、粉色护士服，手里却抱着羽绒服。

江澄溪的脸色雪白，眼底下一片青青痕迹，她扶着门框，低声说道：

"爸，我忘记拿包了……"

江阳这才注意到江澄溪身后还跟着一个人，瞧模样应该就是出租车司机。他忙道："没事，爸这里有。师傅，多少钱？"

出租车司机报了个数字。江阳从口袋里掏出了零钱，递给了司机，客气得再三道谢："师傅，麻烦您了，还亲自把她送上来。谢谢了。实在太感谢了。"

江阳心疼地扶着失魂落魄的女儿进屋："囡囡，爸爸今天给你熬了红枣银耳粥，刚关了火，还热乎着呢……你快去洗个脸，爸给你去盛一碗……"

看样子，父母也已经知道大火烧死人的事情了。江澄溪试着让自己的嘴角扯出微笑："嗯，好。"转身回了房间，在阖上门的那一瞬间，她再也支撑不住，靠着门软软地滑落下来。

她跌坐在地上，揪着自己胸口的衣服，那里，那里根本无法呼吸！

脑中一片虚无，只知道一点：贺培安死了。

贺培安死了！贺培安死了！贺培安死了！

她与他最后说的话，便是让他去死。结果，一语成谶！

他真的死了！他真的死了！

那么活生生的一个人，现在没有了！没有了！

她再也见不到他了！再也见不到了！

热辣辣的液体从眼眶冲了出来，似开了闸的洪水一波一波地汹涌而出。

"贺培安，我骗你的……我骗你……我从来没有想过让你去死！我从来没有想过的。贺培安……"

"贺培安，我一直没有告诉你……我想……我想我是爱你的。"

"贺培安……"

贺培安他永远不会知道了！

这些事他永远都不会知道了！

"贺培安，你呢？你有没有喜欢我？"

无论喜欢与不喜欢，他也永远不会知道了！

因为他死了！贺培安死了！

江澄溪当天就生病了。她的病来得莫名其妙，江阳把脉看不出具体病因，去医院检查也检查不出什么。然而江澄溪整个人迅速消瘦，无论江阳、石苏静怎么给她煮好吃的，带她去运动，她就是胖不起来。

女儿这是心病！不是药石能起效的！江阳百般痛心却又无可奈何之下，只好替她向医院申请了休假。

等江澄溪回去上班的时候，已经是第二年的春天了。从她所在的医院楼层望出去，可见三元城柳绿花红，一片春光潋滟。

这时间啊，有的时候慢得像是踱步的驴，有的时候呢，又快得像是一个逃跑的贼，倏地一下就不见了！

她清楚地记得第一次上贺培安的车，第一次与他面对面，听他说他要与她结婚，就是在这样的一个季节。

"澄溪。"身后传来了吴护士长的呼唤。

江澄溪眨了眨湿润的眼，收回了远眺的视线，转身："护士长。"

吴护士长打趣道："这么早就来了啊！是不是一段时间没上班，想我们大家了，所以早点来早点看到大家？"

她浅浅微笑："是啊！"

吴护士长关切地问："身体都好了吧？"

江澄溪"嗯"了一声："都好了，谢谢护士长关心。"

吴护士长左右端详了一番："瞧你瘦得，只剩皮包骨了。大病初愈，要注意好好调养。"江澄溪再度道谢。

随后，吴护士长进入了正题："你的工作我已经安排好了，还是继续负责吕老太太。你请假后啊，她三天找我一次小谈话，五天一次大谈话，就是想你早点回来。这下你回来了，我的耳根啊，也总算清净了。"

江澄溪的心底涌过一股暖流："嗯，我等下就跟傅雪交接。"

工作后的江澄溪，又恢复了平日两点一线的生活，日子仿佛又回到了最初，平静得不起半丝涟漪。

在她来上班不久后，医院转来了一个很奇怪的病人。

江澄溪在给几个老人做了例行检查后回办公室，一进门便听到安星等人叽叽喳喳地在聊天，瞧这情形，吴护士长肯定不在。

安星的语调雀跃："我说的不假吧？你们居然都不信，现在眼见为实了吧。"

于爱陌等人纷纷点头。乐云佳笑："主要你过往的记录不良，所以我们才会将信将疑。上次谁说楼下十二层来了一个花样美男，一瞧，大跌眼镜，完完全全是个实力派。"

安星佯怒："那你们摸着良心说，这回这个叫祝安平的病人是不是长得属于拖慢网速、耗内存那种？"

莫小甜这次也不帮乐云佳了，在一旁点头如捣蒜："岂止岂止，不止拖慢网速、耗内存，还帅得让人提神醒脑、精神抖擞啊。"

一听这架势，肯定是某房某床又转来一个年轻男子。因为医院工作单调，工作长度和强度又大，加上她们疗养这层基本都是上了年纪的老头儿老太太，很多时候来了年纪轻轻的，哪怕是属于"车祸现场、火山爆发"类型的，大家也免不了议论一番。

按这几个人的形容词，江澄溪已经得出了结论：这回进来的这个病人估计长得还真不差。

眼前的这几个同事，总是令江澄溪想起以往诊所的小郑。当初，她与她也是这样的，凑在一起，各种评头论足，嘻嘻哈哈地挥霍着每一天的光阴。那个时候，她还没有遇到贺培安，日子过得云淡风轻，舒适相宜。

一晃眼，才不过两年光景，江澄溪却觉得自己仿佛过了十几二十年一般。她觉得自己都老了，症状之一便是对这样的话题再提不起半点兴趣。

很多时候江澄溪会想：如果没有遇见贺培安，那么她现在会在哪里？会做什么呢？

但是她永远回答不了！因为她终究还是遇到了贺培安！

安星等人议论的那个人不属于江澄溪的工作范围，再加上她对他拖慢网速的长相一点也不感兴趣，所以她一直无缘得见。

这一日的下午，江澄溪负责的吕老太太有点感冒症状，江澄溪例行检查完便一直留在房间里照顾她，观察她的情况。

在这一层疗养的老人，虽然非富则贵，但绝大多数都很寂寞。

吕老太太亦是如此，生了三个子女，两个移民海外，有一个做生意，据说做得很大，每天飞来飞去，一年也难得来看老人几趟。

吕老太太很喜欢江澄溪，总是"闺女闺女"地唤她，甚至当着其他老人的面拉着她的手，时常感慨："要是江护士是我闺女，这辈子我就心满意足了。"

别的老人吐槽她："你这个贪心眼，合着是想江护士只照顾你一个人，是吧？"

"你也不瞧瞧你的岁数，难不成你六十高龄生的？"

"就是，人都这么老了，心还这么黑！"

吕老太太拍着她的手，眯着眼在一旁呵呵地直笑。老人的皮肤皱皱的软软的，带着微微的温热，叫人打心底里喜欢和怜惜。

江澄溪打小就没有爷爷奶奶外公外婆，一直觉得甚为遗憾，所以到了这里后，对这群老人真心诚意地嘘寒问暖，与他们相处得极好。

吕老太太吃过药，睡了一觉后，温度便下去了。江澄溪又仔细地叮嘱了保姆阿姨一番，这才放心地带上门出了房间。

医院有南北两排病房，中间一条宽宽的走廊隔开，平日里光线并不好，所以白天也会开灯。她端着托盘，准备回办公室。

忽然，她猛地止住了脚步。在她的前方不远处，有一个熟悉至极的高大背影。那一刻，她屏住呼吸站在一旁。记忆仿若海啸潮水汹涌地飞扑过来，瞬间将她吞噬。

江澄溪僵硬得不知道过了多久，或许是几秒，抑或几分钟。

在这段时间里，她的大脑完全是一片空白。

她回过了神，每日每夜无时无刻不在舌尖缠绵的几个字便冲了出来："贺培安。"她第一次知道自己的声音居然可以低哑伤感至此。

前头的那个人徐徐地转过脸，江澄溪紧捏着托盘，踉跄地后退了一步。

银白的灯光下，她清楚地看到了那个人的脸，五官深邃分明，十分英俊。而那个人侧过头，只是毫无情绪地瞧了她一眼，然后转过头，一步一步离开。

他不是贺培安！他不可能是贺培安！

贺培安已经死了！贺培安早就不在了！

江澄溪靠在墙上，仿佛被人抽去了全身的力气，失去了生机。她按着胸口，张着嘴大口大口地呼吸，仿佛这样才能抑制心里翻江倒海般的剧烈疼痛。

自去年寒冬以后，她每每见了肖似贺培安的高大背影，总是会像现在这般痛苦，然后再次恢复。

那天江澄溪才知道，他便是最近安星等人天天议论的人——祝安平，一个十分低调沉默的病人。

江澄溪偷偷听他的声音，他的声音比一般人低哑许多。他也不大说话，安安静静，冷冷淡淡。

后来也有过好几次面对面的相遇，不外乎在走廊过道里，每到这个时候，江澄溪总是死死地抓着手里的托盘，整个人僵在那里无法动弹。而那个叫祝安平的人也总是眉眼不抬地擦身而过。

他身上的味道，是淡淡的药味。那不是贺培安的气息！他不是贺培安！

偶尔，她也会呆呆地瞧着他那神似贺培安的背影，静静地感受心脏一抽一抽的悸动。

她是这样地想念贺培安，其中的万般滋味，这个世界上只有她自己知晓。

不知怎的，不久，江澄溪被调去做了祝安平的专职看护。安星她们对江澄溪能这么近距离接近她们心目中的美男极度不平衡，去找吴护士长申请。

吴护士长是这样跟手下的一群小姑娘说的："在祝先生提出需要一个专职看护的要求后，我暗中观察你们每个人许久。你们要是能像澄溪一样安静正常的，我早就调你们过去了，哪里需要等到现在！可是你们呢？"众人被她这两句轻巧的话堵得哑口无言，无从辩解，也提不出任何异议。

倒是吕老太太怎么也不肯放江澄溪走，虽然还在同一层，可拉着江澄溪的手，激动得胸口起伏不定："不行，我怎么也不会同意的。这不明摆着欺负我这个老太婆吗？我这就给吴护士长提意见，跟孙主任提意见，再不行，我这个老太婆就去院长办公室找院长！"

保姆阿姨急了，一边抚着老人的背给她顺气，一边宽慰她："这不要下个星期才调动吗？您先别气别急。要是气坏了身体可怎么办？"

吕老太太是个说到做到的主儿，第二天居然真拄着拐杖摸去了院长办公室。老人家的坚持，院方也没有办法，最后在院方的协调下，江澄溪除了继续照料吕老太太外，同时负责祝安平的护理。

江澄溪看过祝安平的病例，加上安星等人前头打探出来的，综合起来就是：祝安平在严重车祸爆炸现场中受了重伤，生命一度病危，后来包机去了美国治疗。不久前他才从美国回来，转进了单氏医院疗养。

江澄溪做的还是那些活，测量体温、血压、血糖等，并把数据每日记录在册，遵医嘱给病人用药，时刻注意病人情况等细碎的工作。只是由于负责两个人，工作量自然加大了许多。

那位祝先生十分绅士，每次必对她说一句："谢谢。"

江澄溪则微笑答："不用客气，这是我的工作。祝先生，你好好休息。"说罢，她就会掩门而出。

单氏的星级疗养套房素来以舒适温馨著称，而祝安平这个套间则是这一层中最低调奢华的，除了病房的专业配置外，其余如精致简洁的家具、低调奢华的组合沙发，简直就是五星级酒店的套房。

另外，这一层的每个病人都配有专职保姆，负责料理病人的饮食起居等各项事宜。为了让病人有良好的休息环境和舒适氛围，病房里的鲜花也每日更换。

有一天午后，病房里一片安静，床头花瓶里新插的绿白绣球花开得团团簇簇的，叫人一见欢喜。

祝安平忽然问："为什么做这份工作？"

江澄溪正在给他测量血压，她停顿了几秒才意识到是祝安平在跟她说话，她抬头，礼貌性一笑，之后公式化地回道："专业对口，我学的是护理专业。"

听说成熟了的标志是可以含着泪微笑。江澄溪不知道自己是不是成熟了，但她学会了把一切都深埋在心底，再不对人提及。她不会告诉任何人，她只是想要一份忙碌的工作，最好让自己忙碌得像个陀螺连轴转，让自己没有时间去想那个人、那些事。

所以，她在医院里总是跟护士长要求多排班，莫小甜、安星等人私下里跟她商量调班顶班等，她从来都是微笑着说："好啊，没问题。"

因为这样，她在这一层的护士中是最受欢迎的。有人愿意多做事，谁不乐意啊？

祝安平侧着脸没有再说话。不以为意的江澄溪把测量好的数值记录好后，把笔放回了口袋，便欠了欠身，例行说了一句："祝先生，你有什么事情就按铃唤我。"

顺着她的视线，可以看到祝安平整个侧脸的线条完美得犹如艺术家手下的杰作。平心而论，他是她见过最美的男子，甚至……甚至比贺培安也好看许多。

一想到贺培安，她的眼眶便蓦地一热，心中同时泛起熟悉酸涩的抽搐。细碎微小难以描绘的甜蜜与巨大的伤感盘旋交织着涌了上来。

祝安平没有回答，她轻轻退出了房间。

这样的日子，一天又一天，如流水一般缓缓淌过。

这一天，上班时分，江澄溪接到了一个电话，是一个熟悉的男声："澄溪，是我。听得出我的声音吗？"

这样毫无新意的开场白还是让江澄溪"呀"了一声："是沈大哥啊！你回国了啊？"

沈擎在电话那头笑："是啊，前天回来的。你今天什么时候下班？"

江澄溪看了看手表："还有一小时二十分钟才能下班。"

沈擎："那我等下去医院接你，东大门等。"

江澄溪忙道："不用，不用。我等下打车就可以了。你特地过来转一趟，太麻烦了。"

沈擎笑道："不麻烦，这有什么可麻烦的。我接你下班，也就好意思留在你家蹭饭了。"想来他已经跟父亲江阳联系过了，否则他怎么会有她现在的手机号码？

江澄溪便欣然应允："那好吧，六点十分，医院大厅见。"

她下来的时候，只见沈擎拎了一个小纸袋，正靠在大厅的方柱边等着。他依旧戴了一副黑框眼镜，人明显瘦了，衣服也时尚了些，灰色T恤搭了牛仔裤。瞧着比以前清爽有型了几分。

江澄溪缓缓上前，客气微笑："嗨，沈大哥，好久不见了。"沈擎转过头的一刹那，眼底深处有明显的惊讶之色："澄溪！你这小丫头都已经成大姑娘了，我都认不出来了。"

他不过出去交流进修了几年，江澄溪却似变了一个人似的。印象中只是个"清汤挂面"的清秀小丫头，如今虽然依旧是柔顺长发，但眉目间清灵妩媚，整个人散发着一种娇俏的味道。特别是嘴角款款绽放的微笑，仿佛世间最美的格桑花开。

沈擎拎着袋子的手轻轻摆动了几下："看我给你买了什么？我记得你以前喜欢吃甜品的，路过的时候就你买了一份。"江澄溪接过，微笑道谢。

医院离江澄溪家并不远，很快便到了。沈擎下午的时候就拜访过江阳和石苏静了，在江家待了一下午。所以等他们一进屋的时候，江阳的一桌子菜正好热气腾腾地端上餐桌："回来了啊。沈擎，快来快来，今天陪老师好好喝几杯。"

几年不见的沈擎，也变得会说话了："在国外这些年啊，就想着老师做的好菜和泡的好酒。"提及国外那些食物，他真是有苦说不出，"牛排、汉堡、比萨这种东西，难得吃一顿还算OK，吃三顿四顿也可以将就。

顿顿都是这些的时候，你看到就想吐。我这一回来，大家都说我瘦了，问我有什么减肥秘诀。事实上我什么秘诀也没有，这是活活给饿瘦的啊。"

他这番话引得江家三口一阵大笑。石苏静直给他夹菜："那你以后啊，就多来串门，老师和师母啊，保证把你养得肥肥胖胖的。"

母亲这语意双关的一番话，令江澄溪夹菜的手不着痕迹地一顿。沈擎则含笑着连声应道："谢谢老师，谢谢师母。有你们这句话，我就可以天天来蹭饭了。师母，你到时候可别嫌我烦。"

石苏静笑："师母绝对不会，你就放心大胆地来吧。"

这一年里，江阳很少有这么开心的时候，给自己和沈擎斟了满满的酒："你师母啊，也难得让我开怀畅饮。今天啊，我可是托你的福了。来，今天陪老师好好喝几杯，不醉不归！"

石苏静做勃然大怒状："你这老头子，总把我说成母老虎。我一片苦心的，还不是为你好？你都这么大岁数了，还以为自己是壮小伙，可以上蹿下跳，绕着三元跑两圈呢？"

江阳忙迭声道："是是是。为我好，为我好。"接着又哄老婆："我哪敢说你是母老虎啊？再说了，即便你是母老虎，那每天跟母老虎在一起的我，也是公老虎，对不对？"

石苏静"哼"了一声，嘴角却有止不住的微笑："你知道就好！"

沈擎以前跟着江阳的时候，经常来江家串门吃饭，自然知道师父和师娘之间的斗嘴小乐趣，与江澄溪对视了一眼，暗暗抿嘴一笑。

一顿饭，吃得其乐融融，宾主尽欢。

江阳难得如此畅饮，有些小醉，沈擎告辞后，他便回房倒头大睡。

江澄溪陪石苏静收拾餐桌，整理厨房。石苏静进厨房的时候瞧见江澄溪在刷碗，便从她手里一个个接过擦干："囡囡，妈妈想跟你说说话。"

江澄溪嗯了一声。

石苏静沉默了一会儿，方道："囡囡，过去的事情都已经过去了，别再去想了。你还这么年轻，以后的日子啊，还长着呢，要往前看。"

她见江澄溪低头不语，便继续语重心长地道："不是妈着急。你现在也岁数不小了，三元城的婚恋市场是条件好的女孩子多男孩子少，听说比例是三比一，僧多粥少啊。这年头，女孩子要找个好男人不容易。像你沈擎大哥这样的，人品好，工作稳定，又知根知底的，真的是打着灯笼也难找。"

江澄溪一直刷碗，用清水冲去泡沫，仿若根本未听见。这样的重复再重复后，她终于搁下了碗，轻轻地道："妈，我暂时不想考虑这个问题。"

石苏静无奈地瞧着她，长叹了口气："囡囡啊，你暂时不考虑，那要到什么时候考虑？你看，这才刚过完年，可眼睛一眨，如今又七月了，没多久又要过年了。你呢，又要再大一岁了。咱们三元城不大，二十五岁前，是女孩子挑人。二十五岁后啊，是被人挑。条件好的男人呢，都开始嫌你年纪大，瞧不上你。可条件太差的，爸妈也不愿让你将就。

"妈说到这分儿上啊，也就把话说白了。过几年你就要到三十了啊，到时候选择余地就更窄了。在三元，这女的若是过了三十，一般也只能找离过婚的了。可一般离过婚、条件好的男人都挑二十出头的小姑娘，哪里会要这种三十出头、花都快凋谢了的？愿意跟这三十出头的女人结婚的男人，多半也是条件不好还拖家带口。人家娶老婆的目的非常明确，就是想要找一免费的小孩保姆、免费的洗衣机、免费的洗碗机，另外晚上还兼职免费陪睡。

"囡囡，我们家虽然条件一般，可你也是独生女，从小被我跟你爸捧在手心长大。若是你嫁给那样的人，一嫁人就做了继母。妈妈我啊，想想就觉得天塌了。这继母是这世界上难度最大的工作，做得好是你应该的。可你一旦做得不好，那就成了众矢之的。一般人都无法胜任，更何况你这种迷糊性格呢。所以啊……"石苏静顿了顿，"所以啊，囡囡，像你沈擎大哥这样的，一定要好好把握啊，可千万别错过了！

"你沈擎大哥是一心扑在工作上，加上这几年去了国外交流进修，所以才一直没定。他要是没出国啊，以他的条件在中医院，早被啃得连渣都不剩了，哪里还轮得到你？

"囡囡，妈妈我是一片苦心啊。都是为了你，你可要好好想想。"

江澄溪好半天才幽幽地说了一句："妈，我也是离过婚的人了。"

石苏静瞪了她一眼，哪怕在自己家里，她还小心翼翼地瞧了瞧周围，压低声音道："你小声些，这事又没什么人知道。"

江澄溪无奈地说："妈，纸是包不住火的。再说了，就算你要赶鸭子上架，哪怕我肯，可人家沈大哥也不一定要！指不定人家啊，早有要好的女朋友了呢！"

石苏静"嘿嘿"一笑："这个你放心，下午啊，妈妈早就打听出来了，不然我跟你浪费这么多口水干吗？"

江澄溪一时也找不出其他反驳的话，她盯着水池里的洗洁精泡沫。一个人的过往不是碗上这些白色的泡沫，用水冲冲就可以冲走，用布擦擦就可以擦去的。

许久，她轻轻地答："妈，我知道了，我会好好考虑的。"

哪怕是让父母稍稍放心也好。人长大了就要承担责任了，而不能仅仅为自己活着。

回房后，她打开了电脑，登录了自己的网页。昨天发了一条微博："习惯了在空荡荡的房间里，静静地思念一个人。"她还配了一张自己在路边抓拍的孤独背影。

有好几个人给她评论了。其中有一条，令她印象十分深刻："虽说昨日不可追，但如果有机会，你可愿意追回？"

如果可以追回的话，她一定不会对贺培安说"是啊，我恨不得你去死"这几个字。

如果可以追回的话，她一定会跟他说："贺培安，我是赌气的。"

如果可以追回的话，或许她会真正勇敢一次，告诉他："贺培安，我好像喜欢你、爱上你了。"或许贺培安照旧会用冷冷的眼神瞧着她。可那又怎么样呢？她又不会掉一块肉。

可是，再没有机会了！

贺培安永远不在了。

每个人，永远是等失去了，才知道真正失去的是什么！

贺培安生日那天，她没有上班，又一次打车到了他与她一起度过许多日子的地方，远远地瞧着藤蔓缠绕的围墙和房子，一个人默默地凭吊哀伤。

她也去过凤姨那里，可也只是远远地看着身着围裙的凤姨里里外外憔悴地忙碌。

她与他们，在离婚的那一刻起，便再无半点关系了。她以什么资格去安慰凤姨呢？她的出现只会让老人家想起贺培安，平添她的痛苦。

沈擎果然不负石苏静热烈殷勤的期望，隔了一个星期后，便给她打了电话："澄溪，我回来这么久了，还不知道三元城多了哪些美食呢，不知道你有空愿不愿意带我去品尝品尝呢？"

江澄溪停顿了数秒，淡笑地回道："好啊。本帮菜、川菜、沪菜、粤菜、淮菜、鲁菜，不知沈大哥喜欢吃什么口味的？我给你接风洗尘。"

沈擎："好。你请客。我买单。"

江澄溪微笑："沈大哥你又不是外人，跟我有什么好客气的？"

沈擎闻言，连声道好："好好好。那就你请客，我买单。这样吧，反正你也快下班了，我来接你，好不好？"

江澄溪应了一个"好"字。

下班后，她在门口的老地方看到了沈擎。她提出去吃沪菜，沈擎自然是毫无异议。

车子沿着繁华的街道一路行驶而去。沈擎找话题跟她聊天："单氏医院各方面的待遇都不错。我在国外的时候，他们的人事部门也跟我联系过，希望我回国后能去他们的单位。说实话，我也考虑过。不过你知道的，我爸对中医院有很深的感情，我征询了一下他的意见，就被他一口否决了。不然啊，我们还有机会做同事呢！"

沈父跟江父一样，一辈子都待在中医院直至退休。那一代人，对工作是全情投入，讲究奉献牺牲，医院在他们心目中比家还亲，哪怕是退休了，也难以割舍其中的感情。

江澄溪："有道是做生不如做熟。中医院也很不错啊，有很大的发展前途。"

　　沈擎笑："是吗？希望可以借你吉言。对了，你怎么会到单氏医院的？"

　　江澄溪似被车窗外的景色吸引住了，慢了数秒才开口："我爸的诊所关门后，我就无所事事，成了无业游民。后来看到单氏医院在招人，试着投了一份简历，结果就被录取了。"

　　聊到江阳的诊所，沈擎不无遗憾地道："听我爸妈说上次那孩子的事情闹得确实是很大。后来不都查清了吗，跟老师和诊所没有任何关系，那孩子后来也恢复健康了。那户人家还登报道歉，消除影响了。既然这事早就过了，那老师的门诊也可以继续营业呀！"

　　江澄溪苦笑地道："沈大哥，你是从事这一行的，你也知道，现在的医疗事故、医疗纠纷这么多。我爸都这岁数了，万一再遇到类似的事情，我们真是想想都怕！再说，我家虽然不富裕，但也不靠那点钱买米下锅。所以啊，那件事情过去后，我爸也有点心灰意懒了，跟我妈一合计，就决定把诊所关了算了，两个人过过清闲的日子，说什么趁腿脚还利索，全国各地走走。"

　　江澄溪自然没法说，是因为她与贺培安离婚了，然后她为什么与贺培安结婚的事情也摊了开来，被父母知晓了。江父知道缘由后，把自己反锁在书房里，第二天一早打开书房门，就对母亲和她说："我决定把诊所关了，你们什么也不用说了。"

　　沈擎道："这倒也是。老师和师母这一代人啊，年轻的时候不容易，没少吃苦头，如今退了休，是该到处旅游玩玩，好好享受享受老年生活。下次老师和师母出去的话，可以叫上我父母，让他们组成一个夕阳红旅游团队，不仅走遍全国，还走遍全世界。"

　　江澄溪一时不知如何回答，只说了简简单单的两个字："好啊。"

　　幸亏车子很快到了沪菜馆门口，江澄溪其实也没有吃过这一家，只是听于爱陌提起过几次，说里头的醉蟹醉虾十分棒。

她一下车，就觉得这个地方有些熟悉，环顾四周，一抬头就怔住了。这家沪菜馆的旁边竟然就是 MOMENT 西餐厅。从她的角度，可以从二楼落地的玻璃看到里头的灯火。

沈擎停了车过来，见她一动不动地戳着，不由得问："怎么了，澄溪？"她缓缓转头，笑笑："没什么，我们进去吧。"沈擎瞧见了她嘴角的淡淡梨涡，仿佛是花瓣上的露珠。

至于那一顿，醉虾和醉蟹的味道到底好不好，江澄溪实在不知道。

接下来的日子，沈擎总是时不时地给她打个电话，偶尔相约吃顿饭。江澄溪也不知道她跟沈擎这样相处像什么。她其实没有什么恋爱经验，当年跟陆一航之间，只能算是青春期懵懂的好感吧，种子还未发芽，就被扼杀在摇篮里了。而她与贺培安之间，从一开始就是贺培安强势地主导一切，两人之间是从婚后开始相处的，根本没有任何过程可言。

沈擎不提，她一个女孩子也不好意思问："沈大哥，你这是在跟我交往的意思吗？"

若是从前，她还可以问问王薇薇，可是如今，她连个说心事的人都没有了。

江澄溪总是会在不经意间想起她，想起当年两个人的点点滴滴，然后无限唏嘘！母亲石苏静曾经长叹一声："薇薇这孩子啊……"可是除了长叹还能说什么呢？

沈擎在中医院的工作也忙，所以两人也不过一两个星期见一次面。这样的频率，江澄溪倒不排斥。

她也会经常想起母亲石苏静那天在厨房里跟她说的话，她能明白母亲的良苦用心，所以她也愿意试一试！哪怕仅仅是为了父母脸上的笑容！

但是越尝试，她越发现贺培安一直牢牢地住在她心上。她没有办法忘记他！

每个深夜，她辗转难眠的时候，凝望着眼前墨一般的漆黑夜色，总会默默地问：贺培安，我到底什么时候才可以把你忘记？

可是，她回答不了，也没有人可以给她答案。

✈ Chapter 10　谢谢你爱我

直到他发生噩耗的那一天，

我才发现……其实我是爱他的。

只是他永远都不会知道了……

贺培安他永远不会知道了，我早就爱上她了，我一直爱着他……

秋日的下午，阳光斑驳，温度适宜。在完成了祝安平那边的例行检查后，江澄溪推着午睡后的吕老太太去楼下的花园散步。

大约是由于气候的关系，吕老太太最近的精神头颇好，一路絮叨："江护士，上次我跟你说的我那孙子怎么样？不是我夸赞自己家人，我那孙子各方面真的不错，就是玩性重了点。他啊，就应该配你这样的姑娘，好让他收收心！"

江澄溪含笑不语，然而吕老太太越想越觉得两人般配："月底他来的时候，你再好好瞧瞧。"

江澄溪淡淡微笑："老太太，你们家我可不敢高攀。这个社会，还是讲究门当户对的。再说，我的性子毛毛躁躁、丢三落四的，也就你不嫌弃我。"

吕老太太说："你这是啥话？我要是嫌弃你的话，怎么会给你介绍呢？"她一路不肯死心，"要不，我把你的电话给我孙子，你们先联系瞧瞧，怎么样？"

江澄溪正不知道如何拒绝的时候，抬头看见了不远处的祝安平。

天空如碧，团团白云低低掠过。绿树下，草坪上，一把白色长椅。祝安平里面穿了件白衬衫，外面套着一件黑色毛衣开衫。他侧着脸坐在那里，整个人仿佛融入了风景里。

江澄溪发现祝安平最近这段时间的心情似乎不怎么好，对她十分冷淡。不过她只是个护士，谨守本分，尽职地做好分内工作后，便欠身离开："祝先生，今天一切正常。有什么事的话，你随时按铃叫我。"祝安平有的时候淡淡点头，有的时候则是连点头也欠奉。

此时，江澄溪见了他却仿佛见了一个救星，避而不答地推着吕老太太上前，打了声招呼："祝先生，你也在这里啊。"祝安平转过了脸，微微颔首。

吕老太太体恤地拉着江澄溪的手，道："江护士，你推着我走了两圈，也累了，坐下休息一下。"盛情难却，江澄溪在祝安平长椅的最远那头坐了下来。

吕老太太一直围绕着孙子的话题不放："江护士，我刚跟你说的事，你考虑一下。我孙子真的不错，人呢，你上次也看到过了，长相也不比电视里的那些男明星差……"

祝安平依旧保持着他原来的姿势，似对周遭一切充耳不闻。江澄溪的脸却不明所以地灼热起来，她真的低估了老太太的决心和毅力，原本想要借祝安平岔开话题的，结果好像越弄越糟糕。她赶忙敷衍道："好好好。"唯一想的不过是希望借此打住这个话题。

吕老太太乐了，一张老脸笑开了花："这可是你说的哦，我等下就把你的电话给我孙子。"

江澄溪只好支支吾吾不清不楚地"嗯"了一声。

一旁的祝安平似乎未听到，静静坐着。

江澄溪起身："老太太，我们回房吧。"推着吕老太太离开前，她又朝祝安平欠了欠身，"祝先生，你慢坐。"

祝安平只是沉沉地看了她一眼，脸上无任何表情。

那天傍晚，江澄溪例行公事，在给祝安平量常规体温、血压的时候，口袋里的手机突然振动起来。她摸出一瞧，来电的是沈擎，因在工作，她下意识地便想按掉，却听祝安平开口："没关系，你接电话吧。"

于是，江澄溪说了一句"不好意思"，便到了角落，接通了电话："沈大哥，找我什么事？"

沈擎说："澄溪，俄罗斯芭蕾舞团最近受邀来三元演一场《天鹅湖》，你有没有兴趣？"

江澄溪一直很想看这个演出，闻言后她精神振奋，心情激动地道："有啊，我很想去。她们几号来演出？我得查查那天有没有空。"

沈擎："八号，下个星期五，你值班吗？"

江澄溪松了口气，庆幸微笑："太好了，下个星期五我不用值班。可以去看！"

沈擎喜道："那好，那到时候我先来接你，一起去吃饭，然后再去剧场。"

江澄溪应了个"好"字。

江澄溪含笑着按下结束键转身，不经意撞上了祝安平的目光，深深沉沉的，竟有些莫名的古怪。她从未如此直视过他的眼睛，一时间隐约觉得有些熟悉，想定睛细看，可不过一秒的光景，祝安平已经极其平淡地移开了目光，又恢复了往日里冷然的模样。

江澄溪以为是自己通电话时间过长，他有意见了，便歉意地道："祝先生，不好意思。我重新给你量血压。"

"不用了。你出去吧。我想要休息了。"祝安平靠在床头，每个字都冷漠客气。

八号那天，江澄溪正瞅着时间准备回休息室换衣物下班的时候，只听"嘀嘀嘀"的呼叫声响起。她一瞧,是六号房。这不是祝安平的房间吗?

江澄溪赶忙三步并作两步跑去了他的房间。

床上的祝安平脸色潮红,额头上薄汗隐隐。江澄溪触摸他的额头,只觉得热得烫手:"祝先生,你在发烧,温度可能有些高。"

她忙取了体温计在他耳里一测,显示的是"39.8 摄氏度"。

祝安平的声音本就低哑,此时更是嘶哑如沙砾:"我没事,江护士,你的下班时间已经到了,你快下班吧。"

他现在这情况,她怎么能离开呢?江澄溪忙第一时间打通了值班室刘医生的电话。

很快便有个医生脚步匆匆推门进来,江澄溪抬头,不禁呆了,竟然是医院的副院长单亦涛。她明明打的是刘医生的号码,也清楚地听到了刘医生的声音:"好的,我马上过来。"可现在出现在眼前的,怎么会是副院长呢?

单亦涛瞧了瞧祝安平,浓眉大皱,转头吩咐江澄溪道:"你去外头等一下,我要给病人做一下检查。"

大概是祝安平的情况不太好,所以单副院长拉开门出来的时候,按着眉心,只对她说了一句:"给他做一个血常规,片子不用拍了。"

江澄溪便奉命给祝安平抽了血,再送去化验室让他们加急化验。

这一忙碌倒把跟沈擎约好的事情给忘了。江澄溪刚到化验室,沈擎就打了电话过来:"澄溪,你在哪儿呢?"

江澄溪"哎呀"了一声,不好意思地道:"沈大哥,对不起。手头负责的病人出现了突发情况,我这一时半会儿还不能走呢。"

沈擎是医生,这种情况遇到的多了,自然也理解,还不住安慰她道:"没事,演出要七点半才开始,现在还早呢。"

很快,血液加急报告出来了,好几项指标都偏高。单亦涛扫了一眼,没好气地对祝安平道:"这一时半会儿的还死不了!你就继续给我折腾吧。"

江澄溪听得云里雾里的,不知道什么意思。但她再傻也明白了一点,瞧单副院长跟祝安平说话的口气，显然两个人关系匪浅。

最后，单亦涛开了两种退烧消炎的药，并写了一个号码给江澄溪："如果有事，你就打我这个电话。"

祝安平烧得昏昏沉沉的，一点意识也没有。江澄溪照顾病人多了，早已经轻车熟路了，先倒了水搁在床头柜上，再取药放在手里，然后搀扶着祝安平起来："祝先生，吃药了。"

祝安平倒是极度配合，嘴唇抵着她的手心。他的唇柔软湿润，气息灼热，丝丝缕缕地吐在她柔嫩的掌心，叫人心底涌起奇怪的酥麻感觉……此情此景让江澄溪隐隐有些熟悉，仿佛拨动了心底深处隐藏最深的一根弦。

她猛地抽回了手，幸好祝安平已经把药一口吞了下去，再加上也在发烧迷糊中，所以并未察觉到她此时的异样。

江澄溪为了掩饰，赶忙取过一旁的水杯，递到祝安平唇边，让他喝下一口，把药送下去。

祝安平微微掀动眼皮，盯着她半晌，仿佛才认出了她。他轻轻地开口道谢："江护士，麻烦你了。你别管我了，快下班吧。"

江澄溪不甚放心地起身："你好好休息，我去看看护士长到了没有。"她拉开门，又转头瞧了一眼祝安平，只见他的眼睛微眯，似瞧着她的方向。

她带上门后摇头：肯定是自己多想了，祝安平现在正病糊涂着呢。

晚上当值的吴护士长已经巡查过一圈，这时也正往祝安平这里赶。她在走廊上见了江澄溪，忙问："祝先生是什么情况？"

江澄溪便汇报了一下。吴护士长蹙眉不解："他最近这段时间身体恢复得很不错，怎么会好端端地感冒发热呢？"

吴护士长沉吟了数秒，道："澄溪，祝先生今天的情况特殊，他又是你负责的病人，你是否可以留下来加个班，今晚严密观察他的病情？你是知道的，祝先生的身体还在康复期间，万一引起其他并发症就麻烦了。三十六号房的黄老先生，这几日的情况也是反复无常，我怕万一黄老先生有什么突发状况的话，我两头忙，会对祝先生照看不周。"

平日里，祝安平主要是由吴护士长和江澄溪轮流负责的。这种情况下，江澄溪自然知道事情缓急，于是忙应了声："好的。"

吴护士长松了口气："谢谢你了，澄溪。你还没吃饭吧，快去吃点填填肚子。"

江澄溪："祝先生是我负责的病人，这是我应该做的。"

她打了电话给沈擎，表示自己实在去不了。沈擎宽慰她："没事，下次有的是机会。你好好照顾病人。还有……自己也要注意身体，别累着了。"

江澄溪说了一个"好"字，又道了谢，这才挂了电话。

医院的食堂早已经关门了，她便走出医院，准备去外面的小店随便吃点。

夜色已经全然黑了下来，仰望天空，点点星辰，寂寥闪烁。

江澄溪在街上走了几步，停了下来。她抬起了自己的左手，怔怔地瞧着自己的手心……怎么会这样呢？祝安平的唇抵着自己手心的时候，仿佛有电流涌过自己的末梢神经，微颤着直抵心脏。那个时候，那种窒息难耐的感觉……是那么熟悉！

自己这到底是怎么了？怎么会莫名其妙地对别的男人涌起这种感觉呢？

江澄溪回病房的时候，吃了退烧药的祝安平情况已经好转很多了。吴护士长对她关照了几句，便又去黄老先生那里巡房了。

大概是说话声吵到了祝安平，他虚弱地睁了睁眼，看了看江澄溪，好半晌才低哑地说了一句："真是麻烦你了，江护士。"

江澄溪微笑："祝先生，你太客气了，这是我的工作。你好好休息一下吧。"反正加一个晚上的班，第二天可以调休。

祝安平大约是太虚弱了，后来便迷迷糊糊地睡了过去。

整个病房里一直很安静。

祝安平睡觉的时候，眉头微蹙，似有极不开心的事情一般。

江澄溪第一次认认真真、仔仔细细地打量了祝安平。墨一般的浓眉、高挺的鼻子、完美的下颌和脸型。

江澄溪自认为是见到过不少美男的，比如贺培安、贺培诚，还有贺培安在洛海的那些朋友，或阳光，或帅气，或霸气，或俊美，或阳刚，或健硕，每个人的容貌都不错。

如果那些人是帅哥的话，这个祝安平绝对是帅哥里的极品。安星曾说：“祝安平这张脸如果去演戏的话，绝对横扫整个娱乐圈，韩流明星都靠边站。”这句话绝对不夸张！

大约是因为实在太英俊了吧，江澄溪从来都不敢直视他的脸、他的眼。

如今这么细看，倒觉得他的眉毛、鼻子长得有点像贺培安。

下一秒，江澄溪猛地起身，快步进了洗手间。她静静地站在洗脸盆前，平复心底瞬间涌上的酸涩辛辣。很久后，她瞧着镜子里的自己，默默地道：江澄溪，你不要发疯了！贺培安已经死了。别再看到一个相似的背影就觉得是他，别再一看到高鼻子粗眉毛都觉得是他！每个好看的男人都有这些必备条件，他们都长得差不多。

贺培安已经不在了！这辈子你永远也见不到了！

她怔怔地瞧着镜子里头的那个人，看见她抬手，慢慢地抹去了脸上的泪水。

她不知道在里头待了多久，出来的时候只见床上的祝安平已经醒了。她忙走上前，轻轻地问：“祝先生，你觉得怎么样？有没有什么不舒服的地方？”

祝安平古怪地瞧着她，似带了一种未清醒的茫然。江澄溪被他这样紧紧盯着，心跳不由得漏了一拍，她忙垂下眼：“祝先生，我给你量一下体温。”

祝安平沙哑地开口：“现在几点了？”

江澄溪抬腕看了看手表：“凌晨三点十分。”

祝安平：“辛苦你了，江护士。我已经没事了，你回去休息吧。”

江澄溪：“谢谢祝先生。我没事，再过两个多小时，我也可以下班了。现在还早，你再休息一会儿。”

祝安平摇头："我已经睡醒了，不想再睡了。"

江澄溪见他无睡意，便提议道："祝先生，要不看一下电视？"

祝安平点了点头。

医院的电视本就没多少台，此时更是稀少。按了一圈，只有一个大台在放关于自闭症儿童的纪录片，尚有些看头。江澄溪侧头想询问祝安平的意见，只见他的目光正定定地落在上头，便轻轻地搁下了遥控器，停在了这个台。

不知不觉中，纪录片结束了。江澄溪看得眼眶湿润，轻叹道："这些患了自闭症的儿童不容易，他们的爸爸妈妈更不容易。"

祝安平不搭话。好半晌，他忽地轻轻开口："我曾经认识一个叫Gilbert 的孩子，也是一个患了自闭症的孩子，不过他的情况属于受刺激性的轻度自闭。"江澄溪不知道怎么搭话，只好轻"嗯"了一声。

大跌眼镜，祝安平居然跟她讲了关于 Gilbert 这个孩子的故事。

Gilbert 某天与父母一起出去吃饭，回来的路上，他在母亲怀里睡着了。后来他醒了，是被爸爸妈妈的说话声吵醒的。爸爸妈妈在车子里头一直吵一直吵，他们都以为他睡着了，其实他没有。他们的每一个字，他都听得清清楚楚。

爸爸对妈妈说："你以为我当年想娶你？要不是你缠着我，我实在不敢得罪你老爸，你以为我会娶你？"

妈妈的声音颤抖，她说："可你当初说你爱我的。"

爸爸又回："那你说，当年换作你，你除了这句话之外，还敢说什么？"

妈妈好半天才开口，她的声音很轻，他闭着眼也感觉到了母亲的伤心："好，这么多年了，你总算把这句话说出来了。如今我爸他不在了，你终于忍无可忍了，对不对？你说，你到底要她，还是要我和孩子？"驾驶座的爸爸不说话。

妈妈又说："好，那你是要她了。"爸爸还是不搭话。

妈妈"哼哼"地笑了笑："你以为我爸走了，李哥出了国，我就拿你跟那个狐狸精没办法了，是不是？我绝对不让她好过。"

"啪"的一声，爸爸打了妈妈一个耳光。

祝安平说到这里便停了下来，江澄溪抬头瞧他，只见他侧着脸，面上什么表情也没有。他好一会儿才继续："Gilbert 只知道妈妈的眼泪滴在了他的脸上，他脸上湿漉漉的一大片。他第一次听到爸爸妈妈吵得这么凶。他不知道要怎么办……不一会儿，妈妈低头吻了吻他，然后推开车门……"

随即，Gilbert 听见"砰"的一声巨响和一声尖锐的刹车声。驾驶座上的爸爸发出凄厉的大叫："不！不！"

Gilbert 睁开眼睛，他趴在车窗上，看到了地上有一条长长的血痕，在车灯的照射下，触目惊心。那天之后，他再也没有见到过母亲。

Gilbert 目睹了他母亲的死亡。从此以后，他便开始把自己关在屋子中，不与任何人交流……

祝安平没有再说话，屋子里静静的，仅有电视里头热烈或夸张的广告声在空气里流动，将屋子衬托得越发静寂。

江澄溪无限唏嘘："那后来呢，这个叫 Gilbert 的孩子好起来没有？"

祝安平好半晌才轻轻地答："好了。"

江澄溪如释重负地微笑："那就好，不然他实在是太可怜了！"

祝安平怔怔地抬眼看着她，黝黑的，眼底深处仿佛有数不清的海底暗礁。江澄溪又察觉到了那种说不出的幽微怪异。不过数秒，祝安平已经移开了目光，轻轻侧过脸："江护士，我觉得有些倦，想再睡一会儿。"

江澄溪知情识趣地道："好，祝先生，你好好休息，有什么事就按铃叫我。"

直到江澄溪交接班，祝安平一直没有按铃。

隔了一天上班的江澄溪敲门进入祝安平病房的时候，微笑问候："早上好，祝先生。"祝安平照例是微微颔首，表情也一如往常淡然。

一切都一如往常。

不久，便是一年一度的中秋节，江澄溪负责的这个楼层按惯例在中秋节的前一晚举办了一个中秋活动，所有的医护人员和疗养人员一起过节。

今年举办的是一个自助餐会，如有人愿意，还可以上台做即兴的表演。

虽然会场布置得颇为简单，但大家聚在一起欢声笑语不断，特别是老人们，个个乐得笑开了花。

很多老人都有让人惊艳的才艺，三号房间的傅老先生演了一段京剧《马嵬坡》，十五号房的周老先生吹奏了一曲萨克斯，二号房的钱老太太弹奏琵琶。吕老太太和周老太太合作，演唱了《敖包相会》，一搭一唱的，惹得众人哈哈大笑。

江澄溪端着碟子，慢悠悠地吃了一份蛋糕，微笑着环顾一圈，没瞧见祝安平。按他那万事不起波澜的性子，不来参加晚会也是正常的。要是出现的话，倒让人大跌眼镜了。

这些日子，江澄溪偶尔回忆起祝安平生病的那个夜晚，想起他对她讲述自闭症儿童 Gilbert 的故事，每每有种不可思议、不真实的感觉。很多时候，她都觉得那晚的一切仅仅是自己做了一个梦而已。梦醒了，一切都消散在了阳光下，不见丝毫踪迹。

耳边传来了安星清脆的播报声："请大家热烈欢迎我们的美女护士于爱陌小姐上台为大家演唱一首歌曲《舍不得忘记》。"

这首歌并不有名，江澄溪从未听过。于爱陌的嗓音磁性沙哑，带有淡淡的忧伤，配上动人的旋律，一丝一缕地缓缓送来：

以为会把你忘记

其实只是忙到没空去想起

一旦周围的环境变安静

想念入侵

都来不及防御

照片静静躺在抽屉

始终为你保留心里的位置

......

嬉闹欢悦的四周一瞬间仿佛陷入黑暗般的窒息，那静静的旋律、寡淡的歌词仿佛是支利箭，"嗖"地插入心脏，叫人痛不可抑！

江澄溪搁下了手里的瓷碟，缓缓退出了房间。

就因为这么一首歌，这几句歌词，叫她又想起了贺培安！

每次都是这么猝不及防！

黑洞洞的湖面，只有灯光照射处是灰蒙蒙的一片。原来她一个人，不知不觉地走到了医院外的湖边。

她跌坐在湖边的长椅上。

也不知过了多久，祝安平的声音在她身后响起："江护士，你怎么在这里？"

江澄溪侧身坐着，一直没有回头，只轻轻地道："哦，我出来透一下气。"

祝安平不言不语地在她身旁坐了下来，好一会儿才问："江护士，你这是在哭吗？"

江澄溪怔怔地瞧着远处，不说话。她其实也很奇怪，这么黑的夜色，她又侧着身子，他根本瞧不到她的脸，怎么会知道她在哭呢？

祝安平："你为什么哭呢？"他的声音不知何故，有些奇怪。

也不知道是不是夜色的缘故，让她觉得很安全或者是她太想对人倾诉了，江澄溪忽然轻轻开口："祝先生，你有没有做过让自己后悔的事情？"她不待祝安平回答，自顾自地道，"我就有，我曾做过一件令我自己很后悔的事情。"

祝安平在旁边，一声不吭，仿佛不存在一般。

她极缓慢地说了下去："我曾经在冲动之下跟一个人说过，让他去死。结果……"她闭上了眼，泪水随之滑落，"结果他真的死了……其实我从未想过他死的……我不要他死，可是一切都来不及了。

"其实，我怎么会希望他死呢？他的手臂曾被人砍伤过，我每次想到就很揪心。为了他，我让我妈特地去城外的千佛寺给他求了一个开光的观音，希望可以保佑他平平安安的。可是我却一直没送给他……因为那个时候我跟他吵架，没有机会送给他。"江澄溪探手从颈处摸出了观音，来回摩挲了片刻，她猛地用力一扯……

祝安平喝道："别扯！"

然而随着啪的极轻的声音，她已经扯断了细细的链子。那个翠玉观音躺在了她的掌心："如果我早点把这个观音送给他的话，或许他就不会死了……"

路灯在极远处，此处的光线十分昏暗，连一步之内的东西都看不大清楚，祝安平却清晰地瞧见她眼角坠落的泪。他怔住了，眼睁睁地瞧着那颗晶莹剔透的泪珠，无声无息地掉下，跌落在那观音上。

"你别哭了……"祝安平的声音绷得紧紧的，干涩得叫人难受。

江澄溪好像根本没听见，她怔怔地瞧着自己掌心的翠玉观音，呓语一般呢喃："直到他发生噩耗的那一天，我才发现……其实我是爱他的。只是他永远都不会知道了……贺培安他永远不会知道了，我早就爱上他了，我一直爱着他……"

身旁的祝安平仿佛凭空消失了一般。

整个世界寂静万分。

好半晌，才响起祝安平沙哑的声音，他一字一字地道："他知道了，江澄溪，他现在知道了。"

江澄溪蓦然转头。

番外一　天下父母心

　　江阳与石苏静两人对江澄溪一日比一日的晚归，开心之余又很是担忧。开心的是，女儿最近笑容日渐灿烂，体重也日渐增加，这……明显是在谈恋爱。担忧的是，跟女儿谈恋爱的这个人不是沈擎。

　　那到底是谁呢？两人暗暗琢磨，旁敲侧击，却不得半点要领。

　　这一晚，江澄溪总算是在正常时间回家了，默默地吃完饭，搁下筷子，就扔下了一个"重磅炸弹"："爸、妈，明天我带一个朋友回家吃饭。"

　　江阳和石苏静对视一眼，小心翼翼地问："囡囡，你这个朋友是男的还是女的？"

　　江澄溪微微一笑："当然是男的。"

　　江阳和石苏静再度对视，从彼此眼中看到了自己的惊讶之色。

　　两人见到祝安平的第一眼，俱被惊艳到了。不过这个叫祝安平的人很是有礼貌，一进门，见了石苏静和江阳便来了一个九十度的大鞠躬："叔叔阿姨好。"然后，他双手捧上了鲜花与礼物，"第一次见叔叔阿姨，我也不知道准备些什么。这是我的一点小小心意，请叔叔阿姨一定收下。"

　　石苏静淡淡微笑，只接过了那一束百合："过来吃顿便饭而已，祝先生何必这么客气呢？来，过来坐。"

祝安平在饭桌上十分拘谨，倒是江澄溪频频给他夹菜："这土鸡汤是我爸的拿手靓汤，你多喝一碗。"

"这是尖椒嵌肉，你尝尝看好不好吃？"

江阳和石苏静忧心忡忡地几度对视：女儿显然已经深陷其中了。

最后，江澄溪甚至把人送到了车子边。石苏静瞧见了祝安平俯身在女儿唇上落下一吻。然后两人不知又说了什么，祝安平又再度吻了吻澄溪，这才难分难舍地离开了。

江澄溪进屋的时候，石苏静已经在客厅候着她了："囡囡，妈妈有话对你说。"

江澄溪垂着眼："妈，我知道你要说些什么。"

石苏静叹了口气道："囡囡，哪怕你不想听，妈妈也还是要说。祝安平这个人长得实在太好看了，靠不住啊。你跟他现在感情好，自然觉得他什么都好。可这样的男人就像好看的女人一样，是朵沾着蜜的花，就算他没那个向外发展的心，可那些蝴蝶、苍蝇、飞蛾都会自己扑上去。一个、两个、三个、无数个，你哪能招架得了那么多啊？囡囡，听妈妈一句话，这个人你不能找啊。找了，以后你也守不住啊！"

江澄溪垂着眼帘，一直沉默。

石苏静语重心长地劝说："囡囡啊，无论怎么看，还是你沈大哥好。"

江澄溪忽地开口："妈，你把爸叫出来，我有事要宣布。"

石苏静愕然："你要宣布什么？"她的脸色一点点地发白，"你不会是想告诉我们，你要跟这个叫祝安平的人结婚吧？！"

很快地，江阳便从书房里头出来了。

江澄溪郑重万分地道："爸、妈，对不起，有件事我不应该瞒你们的。"

江阳开口："到底是什么事？"

江澄溪："你们听了千万别生安平的气，这都是我的主意……我们本来打算晚些再告诉你们。可我怕你们担心，所以还是不瞒你们了。"

安平？叫得这般亲热。石苏静的眉头皱得都快打结了。

江澄溪轻轻道："妈妈，我知道你和爸什么都为了我好。能做你们的女儿，是我这辈子最大的福气。可是，爸爸、妈妈，对不起，这一次我还是不能听你们的。因为……"

石苏静正要开口，江阳拉住了她，示意她少安毋躁，听女儿讲完。

"因为安平就是培安。祝安平就是贺培安。培安他没有死，那一次意外中，他确实差点死了。由于烧伤严重，所以他在国外待了很久，植皮换肤……变成了现在这个样子。"

一时间，屋子里头静得落针可闻。

江澄溪抬头，瞧见父母两人张着嘴吃惊愕然的无语模样。

石苏静抬手按着嗡嗡作响的太阳穴，瞪着眼犹自不敢相信："什么？祝安平是贺……贺培安？"

第二天，因不知父母具体的想法，一直到天亮才睡着的江澄溪，迷迷糊糊地听见父亲在客厅发出老大的一声"哎呀"。她以为发生了什么意外，忙从床上爬起来。

客厅里，江阳的神色激动万分，双手颤抖地捧着一本古旧的书籍对着石苏静连声嚷嚷道："这……这可是明代小儿药籍的珍本。我研读医书这么多年，今天居然得以一见。"

石苏静道："你的手别抖成这样，小心些。你看这些纸张都这么旧了，万一你手一抖给扯破，你叫你女婿上哪里再去给你找这么一本？"

江阳小心翼翼地把书搁在茶几上，视线却一直没离开过一秒。

石苏静恨恨地道："唉，真的便宜这家伙了。要不是看在囡囡爱他爱到死心塌地非他不可的分儿上啊，我绝对不轻饶这家伙！"

石苏静凝神思索了片刻，仿佛极困扰，伸手推了推江阳："你说这以后，我们是要叫他贺培安呢，还是叫祝安平？"

江阳依旧一动不动地盯着书本，充耳不闻。

石苏静有些恼了："死老头子，你到底有没有听我说话啊？"

……

江澄溪听到此，微微一笑，轻轻地掩上了门。

番外二　坦白从宽，抗拒从严

数年后。

地点：不明

时间：不明

人物：江澄溪和某人

被某人宠得日渐胆肥的江澄溪问某人，如果不是自己那天在湖边说漏了嘴，他到何时才会告诉她真相。

某人沉默许久，才说了一句："我也不知道。"

"我曾经想过祝福你跟沈擎的，可是我发现我做不到。"

"如果你没有告诉我，你一直爱我的话，澄溪，我有可能就放你离开，一辈子远远地看着你了。"

他的喉咙因吸入太多浓烟被呛伤，这些年来一直没有恢复，沙哑得叫人心疼。

他拉着她的手，嘴角飞扬，露出魅惑的性感笑容："我知道上天待我不薄，让我死里逃生。"

哪怕两人重新在一起已经数年，可江澄溪每次瞧着他的笑容，都有种窒息的感觉。她都是如此，所以也怨不得那些不时飞扑而来的色女了。

一想到那些画面，心里头总是堵得难受，她冷哼了一声，皮笑肉不笑："还越变越帅了。"

某人无奈地再一次解释："那真的是海叔的主意。当时我受了重伤，躺在病床上数月都昏迷不醒，怎么会跟整容医生说把我整成一个帅哥？"

江澄溪心疼不已，伸出手默默抚摩他的脸，温柔地触摸他的五官。摸着摸着，她忽地莞尔一笑，嘿嘿地道："祝安平，仔细想想，我觉得我赚了呀，因为我跟两个帅哥结过婚。而你呢，娶了两次，却是同一个老婆。你实在是太吃亏了，亏大发了！"

某人大笑，露出右边脸颊上一个深深的酒窝。这几年，他越来越开朗了，再不是她最初遇见他时的面瘫模样。

某人缓缓将下巴搁在她额头上，嗅着她发间熟悉的香味，心里那般妥帖安宁："澄溪，我想问你一件事，你答应我不生气，我才问。"江澄溪点头。

某人正色道："你说你跟培诚在一起过，是不是在你开同学会，在酒吧喝酒的那一晚？"

这件事一直是江澄溪心里的一个结。闻言，她脸色顿时一变："你找人查我？"

某人不答，只是蹙眉盯着她："谁跟你说当晚那个男人是贺培诚？"

江澄溪不解地看着他古怪的神色，垂下眼道："我曾经问过贺培诚，他亲口承认的。"

就是在贺培诚给她看陈妍照片的那一天，贺培诚亲口承认："不错，澄溪，那个人是我。"

忽然，某人失声而笑："这绝对不可能。贺培诚这家伙在骗你。"

闻言，江澄溪脸色微松，随即又皱起眉头，大觉奇怪："你怎么知道他骗我呢？"

某人顿时哑口。

江澄溪这头母老虎开始发威了："祝安平，原来你真的派人查我！"她推着某人，准备起身。

某人沉吟再三，终于还是说出了口："其实，那晚的那个人，不是贺培诚，是我！"

江澄溪蓦地抬头，瞠目结舌地望进了他的眼眸深处："怎么可能？"

某人冷哼了一声："每次说你笨，你还不承认。"他的手一伸，搂住了她的腰，"那次你们同学会去的酒吧是海叔下面的人负责。自从你跟我结婚后，海叔自然让下面的人要关照你。所以，那些人哪个不知道你是贺太太。那人在监控室里头认出了你，就打电话给我了。我去的时候，你已经醉迷糊了，正在休息室里休息。所以，那一晚除非你有分身，否则你怎么可能跟贺培诚在一起。"

江澄溪呆了许久，最后咬牙切齿地道："祝安平，那你还有多少事是瞒着我的？你索性一次说完。不然的话，以后我跟你没完。"

于是，那一天，某人还跟她坦白了很多事情。

比如一：江氏儿科诊所事件

某人说："儿童脑瘫的这件事情真的只是巧合，还有举报假药也是那家人向有关方面举报的。我发誓，这些真的与我无关，我只是借了那个机会而已。"

江澄溪狐疑地看着他，一脸"你真当我是傻子"的表情。

某人还是承认："不过，三元的律师不肯接你的案子，确实是我所为。"

江澄溪目光凌厉地瞪着他，将他一片一片地"凌迟处死"。

比如二：王薇薇事件

某人说："我跟她什么事都没有发生过。你遇到那次真的是第一次，我在酒吧里喝多了，她黏了上来，然后就是你看到的样子……"

江澄溪默然了许久，问："她有没有对你说我在酒吧那一晚的事情？"

某人摇头："没有。你跟我提离婚那天我第一次知道，我以为是真的，所以才会暴怒之下答应你离婚。"

后来他去了美国治疗，在异国他乡，一个人静静回忆往事，深深地思念江澄溪的时候，他才觉得其中有蹊跷。江澄溪与他结婚前，他派了人专门跟踪她。而结婚后，小九在她身边形影不离，她的一举一动，小九都会一一报告给他。她哪来的时间和机会与贺培诚出轨？

某人又补道："事实上那一晚我真的喝多了，才会让她近身的。往日要不是看在她是你姐妹的分儿上，我才不会跟她有任何交集。"

"为什么？"

"我从来不喜欢碰脏东西的。"

这些年，江澄溪再也没有见过她。

或许是缘分已尽了吧。

比如三：医院里的那场病，是他故意的

单亦涛当日在病房内咬牙切齿地瞪着他："你这死家伙，你给我说，你怎么把自己折腾成这样的？"

他不过是把自己反锁在房间里头来回跑步，热汗淋漓的时候，站到空调口下吹冷风，一再重复。折腾了两个多小时，终于如愿地让自己发烧了。

江澄溪呆呆地问："傻子，你为什么要这么做？"

某人："你说呢？"

江澄溪摇头："我想你亲口告诉我。"

某人好半晌才慢吞吞地道："我不想你跟沈擎出去看演出，我不想你跟沈擎在一起。"

比如四：微博上的留言

某人说："打从离婚后，我就天天上网去看你的微博，有些评论是我留的。"

江澄溪愕然："你知道我的微博？"

某人露出一副"你当我是傻子"的表情。

江澄溪不相信地发出了"哼"一声："那你留过什么评论？"

某人说，比如那一条："虽说昨日不可追，但如果有机会，你可愿意追回？"

江澄溪愣在了原地！原来他真的一直在默默地关注她。

比如五：田先生的酒吧

某人亲眼目睹板寸头逼她的同事喝酒，找她们麻烦。

田先生自然是得了他的命令出来帮她们解围的。

某人说："幸好那晚板寸头的手捉住的那个人不是你，否则他的手基本上是保不住了。"

比如六：关于温爱仪和贺培诚

某人："你还有什么要问？"

江澄溪有些支吾："王薇薇说你……说你爸爸是被你跟温爱仪气死的……"

某人点了点她的额头："就你这个傻子，她说什么你就信什么啊？不过这话倒也不假。"

某人把往事娓娓道来。

温爱仪这个女人，在勾引男人方面是一把能手，难怪当年他爸贺仲华会为她神魂颠倒。

他回国后，确实派人勾引了温爱仪，借机抓到了温爱仪对他父亲不忠的把柄，并录了下来。

"但这不是她的第一次，也不是最后一次。我一度怀疑贺培诚不是我弟弟，特地去验了 DNA，但验出来贺培诚和我确实是同父异母的亲弟弟。不过，因为温爱仪的那些视频，我父亲受不住打击……"

某人没有说下去，但默默听着的江澄溪也能明白个大概。

她福至心灵，突然想起一事，双手捧着他的脸，岔开了话题："你上次在医院里说的那个患了自闭症男孩的故事，是不是就是你自己的故事？”

某人深深地望进她的眼里，然后微点了一下头。

江澄溪顿觉鼻头酸楚，那些年他必是吃了很多苦头，她便松开捧着他脸的手，改成搂着他脖子："因为婆婆的那场事故，所以你恨温爱仪，也连带着恨贺培诚，是不是？"

"如果不是温爱仪，我妈妈那晚就不会跟我爸在车子里吵架，也不会在一气之下推开车门而出，被后面驶来的大卡车撞出了几十米远，当场身亡……

"海叔那个时候因为内部的事情去了东南亚，几年后才回国，他曾好几次问起我母亲的死因，我却不敢提及半分。"

哪怕是贺父疏远了他，可他还是怕海叔知道了会对贺父不利，所以选择了沉默。

江澄溪疼惜地搂紧了某人。

在他六岁生日那天，目睹了母亲的死亡，从此陷入了自闭。这么小的年纪却承受了那么大的悲伤与痛苦。

如果不是凤姨当年的精心照顾，或许他一辈子也恢复不了。

江澄溪第一次对那个慈爱的妇人涌起了深深的感激之情。

她扯开话题，问："对了，那你为什么要用祝安平的名字？"

某人道："我父亲其实是上门女婿，我六岁以前用的就是祝安平这个名字。我在国外的时候，除了Gilbert这个名字外，用的也是祝安平。"

江澄溪"哦"了一声。过了一会儿，她忽然想到一事，狡黠地笑道："对了，说说看，你到底破坏了贺培诚多少次？"

某人不说话。

江澄溪："到底多少次？"

……

她忽地又想起了一个人："对了，那个叫陈妍的，后来你跟她到底怎么样？"

……

江澄溪一副不达目的誓不罢休之势："祝安平，你要是再不说话，我就当你把她搞定了。"她边说边松开了手，"哼，离我远点。脏死了！比垃圾桶还脏一千倍一万倍！"

忍无可忍，但也只能忍着的某人，这会儿实在忍不住了，伸手打了她的臀部一下："居然说我比垃圾桶还脏！你啊，真是三天不打，上房揭瓦。现在都已经骑到我头上了，想当初我娶你的时候，可是我说向东，你不敢向西的……"

江澄溪用力勒紧了他的脖子："你还敢提当初，你再说一句试试？"

某人："好，我不说……"他低头亲了下去，"我不说，我亲你还不行吗？"

江澄溪佯怒："脏死了还亲我？"

她躲着他的偷袭："我没说你可以亲我！"

某人亲着亲着，一路往下："现在亲都亲了，怎么办？这样吧，公平起见，你亲回来？"

江澄溪"哼"一声："我不要，那我不是亏大了……"

某人的声音模糊停顿，像被什么阻碍了似的："所以啊……就让我吃亏吧……"

江澄溪事后回想，发现其实还是自己亏了！

番外三　假如有天意

　　律师问了一遍："贺培诚先生，如无问题的话，请签字。"

　　贺培诚瞧着那薄薄的一张纸，依旧不敢相信，他将目光移到了对面的贺培安身上，讥讽而笑："怎么？作恶太多，突然良心发现吗？"

　　贺培安与他对视了许久，然后利落起身："这些贺氏的股份，要不要随便你。"

　　一直到贺培安拉开门，贺培诚才出声："为什么？为什么给我这些？你到底想怎么样？"

　　贺培安淡淡地道："你就当我死里逃生，把一切都看开了。"说罢，门缓缓阖上，他离开了。

　　律师事务所的会议室里只剩下贺培诚和律师两个人。

　　几个星期后，江澄溪接到了贺培诚的电话："澄溪，我能跟你见一面吗？"

　　两人约在了一家咖啡店里。江澄溪到的时候，贺培诚已经点了很多食物。

　　他轻轻地道："我记得你很喜欢吃甜品。"

　　江澄溪说了声谢谢，招来了服务生："麻烦你，我要杯现榨的猕猴桃汁。"

贺培诚怔了怔："我记得你喜欢喝咖啡……"忽然，他的视线扫向了江澄溪的腹部，心领神会地微笑，"原来我又要做叔叔了。"

江澄溪笑笑："是啊。"

贺培诚："几月的预产期？"

江澄溪："明年四月底。"

贺培诚说了句"恭喜"。

江澄溪说："谢谢。"

之后，两人一时也不知道说些什么，便沉默下来。

一直到服务生送上鲜榨的猕猴桃汁后，贺培诚才开口："为什么？他为什么要这么做？"

江澄溪叹了口气，幽幽地把贺培安童年的故事告诉了贺培诚。

贺培诚愣在了那里，不断摇头："不会的，不可能的，我不相信。我爸和我妈从来没有给我说过，我爸爸妈妈肯定不是这样的……"

江澄溪："每个人在子女面前都会美化自己。但是培诚，这个世界哪来无缘无故的恨呢？再说，他是你大哥。若不是有这段纠葛，他怎么会这么对你呢？"

贺培诚不说话。

江澄溪道："培诚，若是你不相信的话，可以找侦探社好好查一下这件事情。是假的永远真不了，同样地，是真的也永远假不了！"

贺培诚良久之后方开口："澄溪，我今天约你出来是想跟你说另外一件事。我想跟你说，当年酒吧那一晚的人不是我，当年我是骗你的。"

江澄溪波澜不惊地点了下头，她说："我已经知道了。"

贺培诚坦白道："酒吧那件事情，从一开始就是王薇薇跟我布的局。当时我从她那里知道了贺培安对我做的事情，派人去查，结果发现全是真的，所以我恨贺培安恨得要死，就一口答应下来。那天晚上，她趁你不注意在酒里下了药。可我中途遇见了一个熟人，聊了几句回来，就找不见你了。后来薇薇说，你也根本不知道那晚的人到底是谁，就让我冒充。

还说，如果这样的话，或许我还有机会跟你在一起。"

王薇薇自始至终都在误导她，让她对贺培诚说的话没有一点怀疑。

"对不起，澄溪，我不应该骗你的……只是那个时候我有点鬼迷心窍……对不起！"

江澄溪慢慢地道："培诚，都已经过去了。那晚的那个人，其实是你大哥贺培安。"

贺培诚闻言，难以置信地呆了呆，好半晌才缓缓一笑："或许这就是所谓的姻缘天注定。'缘分'二字，有的时候真的是妙不可言。"

江澄溪淡淡地微笑："是啊，一切都是天意。"

阳光下，一张素脸，如梨花溶溶。

她说："培诚，其实我应该对你说一句谢谢。如果没有遇见你，我这辈子或许就不能够遇见他，与他结婚生子。

"培诚，谢谢你，谢谢你把他带到我身边。"

贺培诚摇头失笑，如往日阳光灿烂："澄溪，你的性子一直这么好。对了，你知道当年我为什么会喜欢你吗？"

江澄溪吃着面前的提拉米苏，摇了摇头。

"是因为王薇薇生日那天，同一桌上的几位女孩子，就你一副没心没肺的样子，注意力全在美食上。而其他几位，不是小心翼翼地细嚼慢咽，就是顾及淑女形象，各种搔首弄姿，做作得让人倒胃口。"

贺培诚可以说从朋友间开始应酬以来，从未见过很多优质男子在旁，会有江澄溪这样没心没肺只顾吃喝的女孩子。他觉得很新鲜又很有趣。聊过之后，越发觉得她性格单纯，容易满足。他很少见到这样清新自然的女孩，所以对她非常感兴趣。

他微笑着坦白道："世上哪有那么多一见钟情，很多东西都是从吸引、感兴趣开始的。一见钟情，不过如此而已。"

江澄溪露出恍然大悟的笑容。

之后，两人又是一阵沉默。江澄溪吃完了最后一口提拉米苏，抬头，轻轻地问："你母亲的病怎么样了？"

贺培诚的眸光一黯："医生说，最多还有三个月的时间。"

江澄溪："你好好照顾她。如果有什么需要，尽管给我们打电话。"

贺培诚只说了"谢谢"两字。

此时，江澄溪搁在包里头的手机响了起来，贺培诚将嘴一努："不用接了，肯定是他打来的。"

江澄溪侧头，只见透明的落地窗外，一个长身玉立的男子正靠在车上，拿着手机注视着她。

不是某人又会是谁？

江澄溪与贺培诚道别后，某人已经候着替她拉开了门，手轻轻地搀扶着她："当心脚下。"

江澄溪吃味地笑："你这是在紧张我，还是在紧张我肚子里的宝宝？"

某人揉了揉她的头发，无语得很。

车子一路行驶，江澄溪忽然叫道："停车。"

某人："怎么了？"

江澄溪："在那个垃圾桶边上停车。"

某人自然不敢不从。

她从包里取出一个文件袋，又从文件袋里拿出几张光盘，啪啪折断，将碎片递给了某人："把这些扔了吧。"

某人："你没有给贺培诚？"

江澄溪点了点头，轻轻道："算了，给他一块净土吧。让他永远不要知道他妈妈曾经无数次地背叛他父亲，曾经做过那些事情。再怎么说，培诚也是我们的红娘。没有他，我们根本就不可能在一起。这就当是我们的谢礼吧。"

某人缓缓地点了点头。

江澄溪没说的是，如果贺培诚相信她说的，不去查的话，那么温爱仪的这些秘密就可以一辈子掩盖下去。如果贺培诚不相信，找人去查，那么或许就会发现自己母亲的所有秘密。

假如有天意的话，那么，一切就让天意决定吧！

番外四　澄净小溪的微博

　　某日，清晨，江澄溪醒来睁开眼，就看到了一大两小侧身而睡的甜蜜身影。阳光淡淡地透进来，像幸福一缕一缕地填满了整个心房。

　　她用手机把一大两小侧身而睡的背影定格拍照，然后发了一条微博："幸福就是早晨醒来，有他们在旁陪伴。"

　　她发过以后也就忘记了。结果到了晚上，瞧见某人双手抱胸坐在电脑前。见她走近，某人假意咳嗽了一声："博主，有人说你的老公很性感。"

　　江澄溪侧身向前："谁？是谁这么没有眼光？该去配一副眼镜了。"

　　某人很不爽地冷哼一声，以表达强烈的抗议与不满。

　　刷开微博，江澄溪傻眼了，一大群粉丝在上头留言，只差没流口水了。几乎每一个都在赞贺培安的身材和背影，然后求正脸照。

　　各种的议论：

　　A："真的是帅到无药可救啊！求照片！"

　　B："提神醒脑，还下饭。求正面照。"

　　C："为什么帅哥都是有家有室的？呜呜呜。"

　　D："好想变成他身边的小孩子啊，这样我就可以飞扑上去了。求照片。"

……

这群人！简直无药可救！

江澄溪千辛万苦地看了半天，终于挑出了一条可以刺激他的："你看，这个网友说，有道是远看青山绿水，近看龇牙咧嘴，还是别放了。"

某人的脸猛地出现在她面前："谁说的？我这就放正脸照！"

江澄溪倒吸了一口气："真的假的？"放个背影都已经是上头条的节奏了，放个正面不是要她的微博页面瘫痪吗？

……

某人含笑瞧着微博里的照片，轻轻地搂着她道："宝贝，给我生个女儿吧？"

还生？这都已经生了两个儿子了。江澄溪的眉头皱得几近打结。

某人滑开了手机照片，极度愤愤不平："你看，你看看聂重之的嘚瑟样！生了个女儿就在那里自封国民岳父。哼！不就欺负咱们没有女儿吗？"

手机里头是聂重之的女儿聂亦心的照片。聂重之千辛万苦抱得美人归，连女儿的名字都从一个"恋"字拆开来取的，可见对妻子蒋正璇的一片深情。又因蒋正楠、楚随风等人目前生的都是儿子，所以这群人如今估计都在强烈的"愤愤不平"中！

不久，到底叫某人"奸计得逞"了。

日渐丰腴的江澄溪嗜睡得很，这一日，头搁在某人腿上便睡着了，蒙蒙眬眬间感觉到有只手在温柔地轻抚自己的脸："宝贝，你记不记得苏小小死后，小九送了五只小龟给你？其实是我去花鸟市场买的。那个时候，我就偷偷地想，以后我要跟你生三个孩子，我们一家人要凑成一只手，让三个孩子每天在园子里嘻嘻哈哈地跑来跑去……想不到我真的如愿以偿了……

"宝贝，谢谢你……"

她自然记得那一玻璃缸的五只小龟。记得他对她说："不过几只傻龟而已，用得着这么开心吗？"

记得她跟他顶嘴："你才是傻龟呢，你们全家都是傻龟。"

记得他似笑非笑地对她："是啊，我们全家都是傻龟。"

现在想来，他当时的这个表情是促狭的微笑。这家伙，原来那时候就在打这个主意了。这个大坏蛋！

江澄溪侧了侧头，嘴角含笑着在他怀里沉沉入睡。

番外五 难以忘怀的日子

　　贺家两个男生每天都生活在"忍了又忍，忍无可忍，重头再忍"之中。

　　忍老爸贺培安无敌差的厨艺，每顿都吃他做的黑暗料理。虽然他们能够理解老爸这么多年来养尊处优，除了每年在妈妈江澄溪生日那天下厨做一碗长寿面外，从来不进厨房，但理解并不能为黑暗料理增加半分美味。

　　一个多星期，两人便饿瘦了三斤。

　　妈妈江澄溪实在是看不下去了，提议由她来做饭。

　　两人闻言，雀跃欢呼道："耶！"

　　下一秒，妈妈的这个提议就被老爸贺培安一口否决："不行。你会做什么？万一切菜切到手，下油锅的时候被滚油烫到，那该怎么办？反正不行。坚决不行。"

　　贺家两个男生耷拉着脑袋，一副生无可恋状。要不是这场突如其来的疫情，他们此刻应该在阳光灿烂的海岛，而不是被困在家，连叫外卖也不能。

　　这日下午，兄弟两人打扫好家里楼上楼下的卫生，累得摊在了床上。两人一边偷吃着网购的小饼干，一边吐槽老爸的饭菜难吃。突然，门口响起了一道奶声奶气的声音："'各各'，你们肯定弄错了……'拔拔'做的蛋包饭可好吃了……'拔拔'好棒棒的……"

说话的这个是贺家小妹——今年五岁的鱼宝。她是全家手心里捧着的宝，特别是父亲贺培安，完完全全是个女儿奴。每天唯女儿的话是从，每天只差没下跪请安了。鱼宝年纪小，喜欢吃酸酸甜甜的食物，比如蛋包饭、糖醋里脊等。

老爸为了给她做蛋包饭，前几日特地视频连线了他的好友聂重之伯伯，"不耻下问"地求教了他们聂家特制蛋包饭的做法。

可他们两个男生都已经十二岁了，喜欢吃红烧、香辣这些重口味的菜。偶尔吃一次酸甜口味的蛋包饭可以，可总不能每顿都吃这个吧。

给小妹做吃的也就罢了，毕竟他们兄弟二人也很疼爱小妹，也愿意事事以小妹为先。但跟聂伯伯视频的同时就不能问一下红烧肉、辣鱼块这些菜的做法吗？兄弟两个敢怒不敢言，哀怨无比，觉得自己根本就不是亲生的，多半是充话费送的。

此时此刻，两人还不得不附和鱼宝："对，'拔拔'做的蛋包饭最棒，'拔拔'最厉害。"

鱼宝得到了肯定，心满意足地笑了："'各各'，妈妈让我来叫你们去客厅。"

"去客厅干吗？"

"我不知道。反正你们快点下来哦。"鱼宝抱着毛绒玩具一蹦一跳地离开了。

两人下去的时候，只见妈妈江澄溪拿着剪刀，拍了拍凳子，道："来，我给你们剪头发。"

老妈什么时候学会剪头发这个技能的？这一剪刀剪下去还能活吗？兄弟二人对视一眼，均从彼此的目光中看到了怀疑。贺家老二看着在一旁站着的老爸，灵机一动道："妈妈，老爸的头发比我们长，老爸先剪！"

贺家老大赶紧附和："是啊。尊老爱幼嘛。老爸先！老爸先！"

"行。那就我先剪。这可是你们妈妈第一次给别人剪头发。我还不想让你们先剪呢。"老爸贺培安一口应下，坐了下来。妈妈江澄溪拿了件他的白衬衫，围在他的脖子处，然后拿起剪刀和梳子，小心翼翼地下手。

开始几个步骤倒也不难，"咔嚓咔嚓"地把长发先剪短就是。可是等剪短了，想要把头发修成有形的发型，就有难度了。江澄溪觉得压力越来越大，下手也越来越缓慢无力。

最后，她看着贺培安头上长短不一的头发，心知第一次剪发已然失败，内疚地颓然放弃："算了，不剪了。我剪得太难看。要不，我们还是戴着口罩去理发店吧？"

贺培安拿着大镜子，看了一圈自己的头发，自恋道："不用去理发店了。为什么要去理发店？我觉得剪得很好。我老婆无论做什么都是最棒的。拍照片是最棒的，连剪的头发都这么英俊有型。这个发型就叫它'溪式发型'怎么样？"

贺家老大、老二瞠目结舌：这个发型可以称为好吗？连狗啃都会比这个好看一点吧？

兄弟两人得出了一个结论：所谓妻奴就是无论老婆做什么都是对的。就算做得再不好，那也要说是最好的。老爸这些年来，已经尽得外公江阳的真传，已然是不折不扣的妻奴二代。

两人从此有了一个重大决定：长大后坚决不做妻奴三代。这等是非不分之事实在是太丢人了。

但长大的事情……嘿嘿嘿，谁又能知道呢！

毕竟人生漫漫，什么事情都有可能会发生。

贺培安问女儿："鱼宝，你觉得妈妈剪得好不好？'拔拔'帅不帅？"

鱼宝作为贺培安的超级大粉丝，自然爸爸做什么都好："'拔拔'最好看！'拔拔'最帅！"

贺培安一把抱起了女儿，在她奶香的脸上亲了大大的一口，旋即又转身去吻自己的老婆，当着孩子们的面，来了一个热吻。

"看来咱俩真的是充话费送的。一点也不考虑正要步入青春期的两个儿子的感受！"贺家老大、老二脸部抽搐，心里正在腹诽，忽然看到老爸贺培安转身，指着他们道："你们两个，谁先剪？"

两人顿时如被雷劈，面面相觑，之后你推我，我推你："你先剪。"

"你先。"

"你先……"

贺培安指着老大："你是老大，你先来。"

父命难违。看来今天是逃不掉了。贺家老大只好乖乖地坐了下来。

剪完后，江澄溪对两个儿子深感抱歉。

贺培安却是啧啧称赞了一番，对她道："不愧是我们的儿子，剪了头发更帅了。这样吧，以后我们爷仨的发型都交给你了。"

贺家老大、老二再次受到一万点的暴击，在心里默默流泪并哀悼自己从前那些个清爽的帅气发型。

之后，贺家两个男生每天顶着狗啃式的发型，吃着不知所谓的黑暗料理，每天在家从客厅旅游到餐厅，从卧室旅游到洗手间，和全国人民一起度过了一段难以忘记的日子。

以至于十几年后有个家庭采访，主持人问起他们："你童年印象最深刻的一段日子是什么时候？"

两个人都不约而同地想起了那狗啃式的发型和那段吃黑暗料理的日子。

主持人问贺培安："贺先生，回顾这几十年，对你影响最大的事情，或者说，你觉得你人生最大的意外是什么？"

贺培安温柔有爱地注视着妻子，说："我人生最大的意外和幸运就是遇见了我的小太阳——我的老婆江澄溪。是她给了我一个温暖的家，给了我想要的爱和陪伴。这是我一直以来都梦寐以求的东西。"

主持人转而问江澄溪："贺太太，那你呢，你觉得你人生最大的意外是什么？能跟我们分享一下吗？"

江澄溪含笑与贺培安四目对视："我人生中最大的意外就是遇见贺培安。我从没想过会遇见他，但是却遇到了。我从没有想过会爱上他，但是我爱上了。"

这明明是一个谈话类节目。为什么会变成大型的秀恩爱现场呢？主持人都被他们的恩爱闪到了。

　　主持人又问："贺先生，我们的采访马上要结束了。我在这里想问你最后一个问题：作为我们三元城最成功的人士之一，你有什么特别想要和大家分享的人生经验吗？"

　　贺培安想了想，对着镜头道："不管是开心、伤心、得意，还是失意，都要尽力过好每一天。"

✈ 作者的话

嗨，亲爱的朋友们：

大家好！

梅子再一次和大家见面了。不知道大家喜不喜欢书中"澄溪"这个名字？梅子以"澄溪"做我们女主角的名字，是为了纪念生我养我的浙北小镇——油车港。它位于江、浙、沪两省一市的交界处，东邻上海，西靠杭州，北接苏州，处于长江三角洲中心的中心，是著名的丝绸之府、鱼米之乡。这个小镇在民国时期叫澄溪镇。

澄溪，澄溪，澄净的小溪，多清新好听的名字啊。总叫梅子想起小时候，阡陌河道里头清澈见底的河水，蓝天白云倒映其中，碧玉一样的水草下，可见里头惬意游动的小鱼小虾。

是这个小镇的水、这个小镇的土养育了梅子的祖祖辈辈，也养育了梅子。后来，梅子到了嘉兴市里求学工作，每每想起我的家、我的小镇，心里总是充满数不尽的爱意，仿佛世界之大，再没有一个地方比那里更可爱美丽了。如有任何人对它有一点侮辱的话，梅子每每会像只公鸡，昂起头，竖起翅膀，准备随时飞扑上去。

在这篇文章中，梅子在前半段第一次尝试了用幽默可爱的语言去描述江澄溪的恋爱故事，后半段则保留了一点点虐恋故事，不知道大家会不会喜欢？

另外要说明一点，这个故事发生的时间点比《有生之年，狭路相逢》中蒋正楠、许连臻的爱情，还有比《恋上，一个人》中聂重之、蒋正璇故事都要早。所以，大家可以在另两个故事中看到梅子提及祝安平，甚至提及祝安平孩子的照片。

或许大家会问：梅子，你是不是准备转型啊？居然开始玩幽默了。不，不是的。梅子没有想过转型。其实梅子向来大爱虐文，所以也一直写虐恋，虐恋已经成为梅子的一部分，梅子会将它进行到底。写自己想看的，一直是梅子的宗旨。但是有机会，梅子想要尝试各种不同的写法，想在给自己惊喜的同时，也给大家带来一些不同的感觉。

希望大家可以感受梅子的用心，看到梅子每本书中的小小改变。这样的话，梅子就觉得足矣。

梅子一直觉得自己是幸运的，梅子静静地写，大家静静地看。隔着书和电脑，我在这头，大家在那头。中间则是那些散碎在文字间的光阴，默然相爱，寂静欢喜。

岁月这般静好，日子如流水般缓缓流淌而过。

梅子觉得人生至此，已经足矣，不敢再多奢求什么了！

在此，唯愿所有的朋友，每一天都过得开心愉悦！

PS：梅子后来查了一下，发现在重庆市垫江县有一个小镇也叫澄溪。虽然从未去过，但澄溪这个名字，也一样献给那里可爱的人们。

也祝愿我们祖国的千万条江河，早日澄净透彻，一如我们记忆的往昔！

梅子黄时雨于浙江嘉兴

2014 年 6 月 3 日

再版中作者的话

大家好。

很高兴再一次跟大家在《遇见，终不能幸免》这本书里相遇。

新书增加了一个番外，写的是疫情期间贺家的生活，希望通过番外，大家可以看到贺培安对江澄溪的宠溺和爱，看到他们一家五口的幸福生活。而没有写出来的这些年里，则是阳光开朗的江澄溪用爱滋养了贺培安，治愈了外表冷酷内心孤单的贺培安，使他得到了家庭的温暖，也令彼此拥有了幸福的人生。

人生是什么呢？其实是一条不长也不短的路。走在路上的每个人都能看到路的尽头。我们每个人都希望在这一路上少留下一点遗憾，多一点圆满。希望归希望，能不能做到又另当别论。毕竟，我们能把握的只有当下而已。

那就如贺培安所说的，不管是开心、伤心、得意，还是失意，尽力过好每一天。尽力让每一天不留有遗憾吧。

再一次感谢在这本书里和梅子相遇的你们。

祝福大家一切都好。希望这世间一切俗套的祝福语在你们身上都灵验。

也同样祝福自己，希望可以一直这样奔跑在自己的热爱里。

梅子黄时雨于浙江嘉兴

2020 年 6 月 29 日